Flöss / Schnittbögen

Helene Flöss

SCHNITTBÖGEN

Roman

Haymon

Eine kurze Erklärung zum zeitgeschichtlichen Hintergrund des Romans finden Sie auf Seite 197, außerdem ein Glossar zu politischen Bezeichnungen und Abkürzungen; es enthält auch die Übersetzung von Dialektausdrücken und italienischen bzw. ladinischen Wörtern und Sätzen.

Für die Transkription und Übersetzung der ladinischen Texte gilt der Dank der Autorin ihrer Cousine Dr. Erna Flöss.

Die Deutsche Bibliothek - CIP-Einheitsaufnahme:

Flöss, Helene:
Schnittbögen : Roman / Helene Flöss. - Innsbruck :
Haymon, 2000
ISBN 3-85218-334-0

Umschlag: Benno Peter
Satz: Haymon-Verlag

Druck und Bindung: Wiener Verlag, Himberg bei Wien

Por mi pere

Wie auf den Messias, ich habe für alle dieselbe Antwort gehabt.

„Wartest du noch immer?"

„Wie auf den Messias."

Kopfschütteln. Ein Frauenleben lang warten.

Ufficio anagrafico del Comune di Paola, steht auf dem Brief. Den Poststempel kenne ich auswendig, den Briefkopf, die Mitteilung, die Unterschrift. *Il sindaco del Comune di Paola. Provincia di Catanzaro.*

Die amtliche Bestätigung meiner Witwenschaft. Eine späte Erlösung, vielleicht. Sie hat in meinem Leben nichts mehr verändert.

„Ma chi mai era costui?" hat der kalabresische Bürgermeister gefragt.

„Wer er war? Chissà."

„Dopo la morte del fratello, l'altro santo ha continuato a vivere in questa brutta stalla..." Der andere Heilige. Nach dem Tod des Bruders. In diesem häßlichen Stall... wie Josef und Maria, mit Ochs und Esel.

Was ich hierlassen werde, habe ich im Probierzimmer zusammengestellt. Wandspiegel, Drehspiegel, Rückspiegel. Maßbänder, Maßstäbe, Maßbücher. Schneiderkreiden, Schneiderpuppen, Stecknadelpölster. Papierschere, Stoffschere, Knopflochschere. Bügelhansel, Frisiertisch, Kleiderständer.

Der Brief des kalabresischen Bürgermeisters kommt in die Truhe zu den Zuschneidepapieren.

Jedesmal, wenn ich durch das Probierzimmer gehe, muß

ich einen Blick in den Spiegel werfen. Eine Gewohnheit. Es kommt kein angenehmes Bild mehr zurück. Wieviel kleiner ich doch geworden bin. Einmal habe ich alle meine Kundinnen im Spiegel überragt.

Seit drei Jahren nähe ich nun schon nicht mehr. Der Brief hat mich auch von der Schneiderei befreit, dieser Verbindung zur Welt, die bis dahin nicht hatte abreißen dürfen. Geblieben sind diese papierenen Schnitteile, ineinandergerollt, mit einem Stoffstreifen verknotet. Von jedem einzelnen Bündel weiß ich bis heute, was ich daraus geschneidert habe und für wen. Rücken- und Vorderteile, Ärmel und Krägen, alles mit Anmerkungen beschrieben. Die fasrigen Bögen der dreißiger Jahre, das Makulaturpapier während des Krieges, das durchscheinende Seidenpapier und ein wechselndes Schriftbild; brav die Sechzehnjährige, streng die erwachsene Frau. Ich hätte mir auch Hefte leisten können.

Ich habe beschlossen, da noch einmal hineinzulesen. Rollen mit Jahreszahlen, andere mit Namen. Es raschelt beim Aufwickeln. Die glattgestrichenen Blätter drehen sich wieder in ihre alte Form zurück. Kleine Besatzstücke fallen heraus, Stulpen, Manschetten, Zettel mit Maßangaben, Modellskizzen.

Nein, Tagebücher sind das keine. Schneiderinnen schreiben keine Tagebücher. Sie schreiben Maßbücher, höchstens noch Hausbücher.

Gestern ist Olga dagewesen. Wir sind auf meine Schnittbögen zu reden gekommen. Und auf ihre Briefe. Die Briefe von Mati.

Ob Olga sich an Ansgar erinnert? ’43 muß es gewesen sein oder ’44 ... Mati ist im Krieg geblieben. Den Heldentod gestorben, hieß das. Ansgar ist desertiert.

Gehütet habe sie Matis Briefe, sagt Olga, aber nachgelesen?

„Nachgelesen nie mehr.“

Olga und ich werden in ein paar Tagen ins Bürgerheim übersiedeln, was nichts anderes ist als ein Altersheim. Sie mit ihren Briefen, ich mit meinen Schnittbögen.

Befreundet waren wir eigentlich nicht. Wir kannten einander. Wie sich beinahe Gleichaltrige eben kennen in einer Kleinstadt. Nach der gemeinsamen Volksschule bei den Englischen Fräulein ist Olga in die Handelsschule gegangen – richtig hat das damals ja *Scuola materna* und *Avviamento* geheißen. Dann hat sie den Betrieb ihres Vaters übernommen. Später ist sie meine Kundin geworden. Eine von vielen.

Zwei alte Frauen, sechsundsiebzig und achtundsiebzig, rüstig, bis auf die gewöhnlichen kleinen Gebrechen. Ein schmerzendes Kreuz, Bluthochdruck, nicht aufregend. Wir teilen uns den Tag ein, das heißt, was vom Tag nicht schon eingeteilt ist. Nach dem Mittagessen sitzen wir ab und zu beisammen, entweder in einem Café in der Stadt, in meinem oder in Olgas Zimmer. Wir halten unsere Erinnerung gegeneinander. Später werden wir in den Garten gehen.

In Matis Briefebündel hat Olga damals mit einer Ahle zehn Löcher gestochen und doppelten Spagat durchgefädelt mit Knopflochknoten zwischen dem einen und dem anderen. Kinokarten stecken zwischen den Bögen, Fortsetzungsromane aus den *Dolomiten*, Photos.

Mati ist unter den ersten gewesen, die gegangen sind. Nach Berlin, im Winter 1940. Zusammen mit seinem Bruder.

Als der Hitler zwar nicht grad das ganze Landl in Bausch und Bogen, aber jeden einzelnen Südtiroler *heim ins Reich* holen will, optiert Matis Familie für Deutschland, Olgas Familie für Italien. Beide halbherzig. Walsche wollen weder die einen sein noch die anderen.

„Die Armut im Gadertal kann sich keiner mehr vorstellen“, sagt Olga, und dann: „Reich werden will ich nicht, hat Mati gemeint, arm bleiben auch nicht. Würdig leben halt… oder hat er anständig gesagt?“

Olga versteht nicht, wie eine derart versessen in diesem alten Leben herumsuchen kann. Es ist so lange her, meint sie, und daß man Gewesenes besser ruhen lassen sollte, auch daß es in unserem Alter nichts Intimes mehr gäbe, nur mehr viel Überflüssiges.

Dann gibt sie mir die zusammengeknoteten Briefe als Krücke beim Zurückschauen.

1

Berlin, 4. Jänner 1941. ... Hier im „Hegelhaus" ist es jetzt lebendiger geworden und ich bin wieder besserer Laune. Es ist eine große Gruppe Studenten zu diesem Matura=Kurs gekommen. Ein Brunecker ist auch darunter... Weißt Du, wenn ich allein bin, mache ich mir tausend Gedanken, ich spüre Heimweh und alles verdrießt mich. Am Abend finde ich keinen Schlaf. Ich meine, das macht die zuviele freie Zeit ... Mit meinem Bruder Jan bin ich so alle vierzehn Tage einmal beisammen. Von daheim bekomme ich viel Post. Meine Schwester Zilia schreibt nur auf italienisch; macht nichts, ich lese ja italienisch genauso gern ...

Ja, ja, die Ladiner ... für die Faschisten sind die Ladiner seit jeher halbe Walsche gewesen. Eine Woche nach Dreikönig hat der Vater den neuen Gesellen eingestellt. Jetzt hole ich mir noch einen Badioten ins Haus, hat er gesagt. Die Mamma hat immer dann ladinisch mit dem Mati geredet, wenn der Vater sie nicht gehört hat. Ein schneidiger Bursch ist er gewesen und ein feiner dazu. Bevor er sich selbst bedient hat, hat er bei Tisch die Suppe in meinen Teller geschöpft. Das war bisher noch keinem Lehrbuben und keinem Gesellen eingefallen. Die Mamma ist mit dem Mati wie mit ihrem eigenen Buben umgegangen. Der Vater ist reserviert geblieben. Er hat überhaupt vor allen gern den Meister herausgekehrt, ist schroff zu den Leuten gewesen. Schlecht gezahlt hat er auch. Verliebt? Ich weiß nicht, Elsa, ob ich in den Mati verliebt gewesen bin. Er in mich schon. Einmal sind wir in die Fischzucht hinuntergegangen, auf den Eislaufplatz vom Unterfrauner Oskar, du weißt ja. Da hat mir der Mati etwas Warmes zu trinken gekauft. Es hat Musik aus einem Grammophon gegeben, und der Mati ist mit mir Schlittschuh gelaufen. Ja, ein paar Mal sind wir noch auf den zugefrorenen Eisack gegangen, weil wir da allein gewesen sind. Zum Rodeln ist es nicht gekommen. Schnee ist in diesem Winter '39 keiner mehr gefallen. Enttäuscht bin ich schon gewesen, wie der Mati nach Berlin gegangen ist. Die Seinen haben alle für Deutschland gestimmt. Ausgewandert sind sie nur zu dritt, Mati, Jan und Sefl. So ist es überhaupt gewesen im Tal. Ein Drittel der Badioten hat für Deutschland optiert, ein Drittel der Optanten ist dann auch wirklich gegangen. Sobald er es zu etwas gebracht hat, holt er mich, hat er versprochen. Dafür habe ich dich nicht in die Avviamento geschickt, daß du doch wieder nur einem Gesellen Seine wirst, hat der Vater gesagt. Daß es den Habenichtsen ein Leichtes sei, zu gehen, hat nicht nur er behauptet. Um dieses mindere Mischbrot zu backen, müssen wir niemanden anstellen, hat er gemeint und sich nach keinem Gesellen mehr umgeschaut. In Berlin hat es Bäcker genug gegeben, und der Mati hat einen Hausmeisterposten bekommen. Das „Hegelhaus" ist so etwas wie ein Internat gewesen, in dem Studenten gewohnt haben, die zu strammen Deutschen ausgebildet worden sind. Stramme Offiziere, stramme Lehrer. Der Mati wäre auch immer gern ein Student gewesen, aber sein Vater hat das Kostgeld im Vinzentinum nicht zahlen können. Neun Geschwister sind sie beim Mati daheim gewesen. In den Dreißigerjahren hat sein Vater alles verloren, was er zu verlieren gehabt hat; das Wirtshaus, den Laden, das Holz, das er schlägern mußte und das keinen Wert mehr gehabt hat im Verkauf. Die Felder hat er versteigert. Die „schöne Krämerin" ist eine Kleinhäuslerin geworden. Matis Mutter hat auf dem Stegener Markt ein Standl gehabt. Was man bei ihr erworben hat, das hat man der schönen Krämerin abgekauft. Aber warmherzig muß sie auch gewesen sein, nicht nur schön. Was hat der Mati diese Umma geliebt ... Geküßt und umarmt hat er sie. Das hat es sonst nicht gegeben. Bauern sind nicht zärtlich. Bauern schreiben auch keine Briefe. Aber ihre Feldpost ist ein Stoß gewesen, nicht viel kleiner als der meine. Sie hat Socken gestrickt mit diesem Spiel aus fünf dünnen, kurzen Nadeln. Flink. Wenn sich ihre Ränder am Augenlid mit Wasser gefüllt haben, hat sie auf ihr Strickzeug hinuntergeschaut. Da hat sie schon nur mehr die Briefe gehabt ... Was glaubst du denn, so viel Zeit habe ich gar nicht gehabt, als daß ich lange um den Mati hätte weinen können. Zwischen Backstube, Wiesen und Äckern in Villanders und Sarns hat wenig Sinnieren Patz gehabt.

*

MIT „NEUJAHR 1941“ ist die erste Rolle meiner Zuschneidepapiere überschrieben. Blaues Tüllband rundum. Da bin ich gerade siebzehn und im letzten Jahr meiner Schneiderlehre. Daheim im Wirtshaus ist nicht viel los. Seit Krieg ist, ist nie mehr viel los. Und Weihnachten ist auch im Frieden eine tote Zeit.

Betritt am Christtag zu Mittag ein Fremder die Stube, stirbt im kommenden Jahr einer aus dem Haus, heißt es. 1941 stirbt in vielen Häusern jemand.

An den Bakelitkasten auf der Stellage geht nur Vater. Er schaltet ein und aus, laut oder leise. Ist die Wirtsstube leer, spielt er sein Programm, stellt auf sehr leise und hört den Feindsender.

Seit drei Jahren hat der Sternwirt einen anderen Namen. Die Dableiber, sagen die, die für Deutschland gestimmt haben, die Dableiber trinken dem walschen Wirt seinen walschen Wein. Der Sternwirt lebt von der bischöflichen Kurie, heißt es in der Stadt auch, eine sichere Kundschaft.

Vor der Wahl – mein Gott, was ist das für eine Wahl, wenn einer nicht einmal weiß, welches das kleinere Übel ist – vor der Wahl zeigt man sich im schwarzen Hemd und streckt vor den walschen Beamten die Rechte mit dem eisernen Ring aus. Nach der Wahl hält man Walsche und Deutsche leichter auseinander. Viele Walsche aber wissen nicht einmal, wie sie zu solchen geworden sind.

„Der Faschismus hat den Model für den Hitler geschnitzt", sagt der Sternwirt.

Meine Schneidermeisterin ist eine Nazi, weil ihr Sepp einer ist. Dem Vater verschweige ich, daß der Mann der Meisterin zur AdO gehört. Die Schneiderlehre habe ich gegen seinen Willen durchgesetzt.

„Und was werde ich", frage ich, als Richard, mein älterer Bruder, ins Vinzentinum aufs Gymnasium kommt.

„Du wirst schön, Kind, das reicht für eine Frau."

Ich bin die jüngste in der Schneiderei. Die Meisterin sagt, ich sei gut fürs Geschäft. Der Mann der Meisterin bringt deutsche Soldaten ins Haus und heimische Nazigrößen. Die Meisterin tischt groß auf. Sie handelt sich von den Bäuerinnen der Umgebung Butter und Speck ein. Und die Geschäftsfrauen aus der Stadt brechen für ein neues Kostüm ihre geheimen Vorräte an.

Der Mann der Meisterin gönnt dem schneidigen männlichen Besuch auch die Freundlichkeit der Schneidergehilfinnen. Frau Pichler schimpft mit den Mädchen in der Schneiderei. Mit mir schimpft sie nie. Was sich so tut um mich herum, schreibe ich im Bett auf ausgediente Papierschnitte.

„Daß mir auch nie eine Jungfrau unterkommt ..."

Herr Pichler breitet gern seine Liebesabenteuer aus. Es schert ihn nicht, daß seine Frau mithört oder zuschaut, wenn er den Lehrmädchen an den Busen greift.

„Herr Pichler, bitte!"

Ohne Kopftuch darf in der Schneiderei niemand an den Bügeltisch. Die Stoffe haben Kriegsqualität. Die Meisterin behauptet, der stinkende Nebel, der unter dem Eisen herausdampft, sei Schuld daran, daß zwischen ihren eingedrehten Locken weißliche Löcher durchschimmern.

„Sie werden Judenhäute in die Webe einarbeiten."

„Ach, du mit deinen geschmacklosen Witzen, Sepp."

Nach der Arbeitswoche nehme ich Stoffreste mit nach Hause und nähe in der freien Zeit, die in der Wirtsstube zwischen einem Achtel und dem anderen bleibt.

Vater ist seit einem halben Jahr tot. Mutter läßt als Witwe den Betrieb nicht verkommen. Sie hat schon zu Vaters Lebzeiten das Sagen im Haus gehabt.

Richards Militärdienst als Dableiber dauert sieben Monate. Die gleichaltrigen Optanten in der Gaststube schimpfen ihn einen Walschen und einen Davonstehler.

„Buona notte, walscher Totte!" rufen die Kinder über den Domplatz.

„Buona sera, walscher Plärra", kommt es zurück.

Großmutter steht seit drei Monaten nicht mehr vom Bett auf. Sie hat schweres Asthma und einen Roßhaarkeil im Rücken. „Solange die Augen mittun", sagt sie und liest ein Buch nach dem anderen. Die bringen der Dompfarrer und der Herr Professor aus dem Vinzentinum. Sie hat mich gern neben sich. „Mein schöner Trost", sagt sie.

Bis zur Sperrstunde hängt ein dumpfes Geraune über der Gaststube. Ab und zu dreht ein später Trinker sein Ohr zum Deckengetäfel und schüttelt den Kopf. Er hört der Sternwirtin lesende Altstimme. Es ist wie Rosenkranzbeten oder die Heiligenlitanei. Ich zeichne und nähe neben der Großmutter, fädle die winzigen Modellkleider mit zwei Ösen an den Schulterstücken auf eine Schnur, die quer durchs Zimmer geht.

An jedem ersten Freitag im Monat beichtet die Großmutter, an jedem Sonntag geht sie zur Kommunion. Was beichtet jemand, der zum Sündigen keine Gelegenheit hat?

„Der Gerechte, heißt es in der Bibel, der Gerechte fällt sieben Mal am Tag."

Pater Augustin gehört als Mutters Cousin zu den Hausleuten. Er kehrt auch ohne Kommunion beim Sternwirt ein und lehnt zu keiner Tageszeit die Pastasciutta der Sternwirtin ab.

„Im Kloster schmeckt alles ein bißchen jungfräulich."

Die Sternwirtin würzt gut. Ob sie nicht wieder heiraten möchte?

„Ich will keinen Stiefvater, Pater Augustin!"

„Du würdest auch einen Stiefvater einwickeln."

Am Vorabend des Dreikönigsfestes holt die Sternwirtin die Rauchpfanne aus dem Unterdach. Aus den Häusern der Städter vertreiben die Kapuziner die bösen Geister. Der Bauer läßt sich die Segnung von Hof und Feld nicht abnehmen. Er geht selbst betend mit der Pfanne über Wiese und Acker, versprengt Weihwasser.

Pater Augustin wird die letzten Weihrauchkörner beim Sternwirt verglühen lassen und dann bis zur Sperrstunde sitzenbleiben.

*

BERLIN, 2. Februar 41. So allein wie ich jetzt bin, muß ich mich fest zusammennehmen, um mich nicht gehen zu lassen. Die Mutter schreibt, daß sie für mich betet. Tust Du es auch? ... Ich habe mir das Kartenspielen abgewöhnt. Und das Gasthausgehen. Nur ins Kino gehe ich noch. Einmal oder zwei Mal in der Woche. Ich will sparen, damit ich etwas habe, wenn ich einrücken muß ... Am 1. März hätte ich in Salzburg im „Österreichischhof" einstehen sollen. Aber der Professor hat meine Kündigung nicht angenommen. Er sagt, wenn ich mich hier abmelde und an einem anderen Ort anmelde, dann kann es gut sein, daß sie mich packen. Ich soll mich nicht rühren, sagt der Professor, einfach nicht rühren. Ich könnte dann ja auch Glück haben und übersehen werden ... Am Samstag kommen 45 Studenten der deutschen Wehrmacht hierher zu einem Offizierskurs. Es geht mir eigentlich ganz gut da. Ich habe genug zu essen. Trotzdem danke ich Dir sehr für die Torten. Was von Dir ist, schmeckt doppelt gut... Ja, kalt ist es in Berlin auch. Heute waren 20 Grad Kälte, in den letzten Tagen auch weniger. Und heute hat es einen mittleren Krach im Hause gegeben. Ich bin um zehn Uhr in die Kirche gegangen und wie ich zurückkomme, ist alles in heller Aufregung. In zwei Zimmern waren die Heizungsrohre geplatzt und ich war nicht da, um das Wasser aufzuwischen und alles wieder herzurichten. ... Liebe Olga, die Sonntage fallen mir besonders schwer. Es gibt nichts zu tun und niemanden zum Reden. Zum Ausgehen ist es zu kalt und allein freut es mich nicht. Zu den Mädchen ins Zimmer darf ich nicht, und sonst ist niemand da ... Gerade ist ein Telegramm eingetroffen, daß am 2. Jänner um 10 Uhr in Salzburg meine Nichte geboren ist ... Ein italienischer Gast soll gekommen sein. Darauf freue ich mich, da kann ich ein bißchen wallisch mit ihm plodern ... Wenn ich Dir schreibe, Liebste, kommt mir vor, ich bin in dieser Stunde bei Dir und erzähle Dir meine Erlebnisse ...

Diese dauernden Kontrollen damals ... Sie haben die Backstube auf den Kopf gestellt, um etwas zu finden, was mit den Eintragungen in die Fragebögen nicht übereinstimmen hätte können. Wir haben ja fast jedes einzelne Weizenkorn auflisten müssen. Der Vater hat getobt, wie sie die Eisengitter einsammeln gekommen sind, ich sehe ihn noch vor mir.

Und für die Befanafeiern haben sie Geld genug, hat er geschrien. Hundert Pakete sind an die Kinder der Fasci und der Squadristi verteilt worden und ein Sparkassenbüchlein mit fünfzig Lire, wo eh kein Geld dagewesen ist bei den Leuten. Auch sonst nicht viel. Mein Onkel hat geweint wie ein kleiner Bub, wie sein Roß unter der Holzfuhre zusammengebrochen ist. Weder hat er sich ein neues Roß leisten können, noch ein neues finden. Aber die Schönheitswettbewerbe für die Haflinger in Meran sind die ganzen Kriegsjahre weitergegangen. Und die Pferderennen auch.

*

RICHARD HAT GROẞMUTTER in die Gaststube getragen. Wie hart die Holzbank aufs Steißbein drückt. Und wie wenig Gäste da sind. Und der junge Kapuziner kommt schon zum dritten Mal, und wieder verschiebt sich die Aussegnung auf später.

„Ein Achtel Roten", ruft einer mit dem Arm in der Schlinge von der Budel herüber.

„Wie feiert man walsche Weihnachten?" fragt der Schreiner-Wastl spöttisch.

„Bei der deutschen Weihnacht hat der Hitler gepredigt, gell?"

Nie werde ich so schlagfertig werden wie Großmutter.

„Beim Traubenwirt ist der bessere Radio gestanden", erzählt der Gast. „Die Stube ist voll gewesen wie eine Kirche. Bis auf die Lauben hinaus hat man Heil Hitler rufen gehört."

„Lang feiert man mit dem Hitler nicht. Wann folgst du ihm eigentlich ins Reich, Wastl?"

Der Schreiner-Wastl hat eine Tischlerei in der Stadt. Er zahlt sein Viertel und schlägt die Tür hinter sich zu.

Die Sternwirtin führt die Prozession betend durchs Haus.

Auf jeden Türrahmen schreibt der Frater mit geweihter Kreide 19-K-M-B-41.

Der Maresciallo wünscht Buona Befana und geht mit seinem Kollegen in den Winter hinaus. Buona Befana. Die Großmutter weiß gar nicht, was die Fremden da wünschen.

Ich habe immer gern italienisch geredet ... Die Lehrerin aus Messina hat rote Lippen und rotlackierte Fingernägel. „Spiega tu!“ sagt sie, wenn meine Mitschüler nicht verstehen wollen. Die Signorina ist eine nervöse Person und vergißt in ihrer Zerstreutheit oft etwas, das sie sich dann von mir aus der Kammer im Unterdach des Schulhauses holen läßt. Dort oben schlüpfe ich in die hohen Stöckelschuhe der Maestra und schaue in ihren Schminkbeutel. Die anderen sagen, die Elsa ist die *Prediletta* der Lehrerin, das Liebkind.

„Bevor sie den Luigi hierher versetzt haben“, erzählt die Großmutter, „hat er gar nicht gewußt, daß es in Italien Leute gibt, die deutsch reden. Aber Italien, hat er gesagt, Italien ist das hier nicht. Fremd sind die Walschen bei uns und fremd werden sie bleiben. Abgeben tut sich von den Unsrigen keiner gern mit ihnen, außer er braucht etwas. Wen wundert's, daß die Carabinieri hier so gut wie nichts verstehen. Nicht was die Leute untereinander reden, nicht was sie denken, nicht wie sie leben, nicht was sie essen und wie sie feiern. Sie könnten einem leidtun, wenn sie keine Walschen wären.“

Die Sternwirtin will vom Mitleid mit den Dahergelaufenen nichts wissen. „Ihr verderbt mir noch die Kinder mit Eurer Rede, Mutter.“

Die Trentiner Lehrerin aus der zweiten Klasse hat so schöne Hände.

„Und ein böses Mundwerk“, ergänzt der Vater.

„Che cosa avete nella vostra zucca? Patate e crauti?“

„Ja, ja. Kraut und Erdäpfel habt ihr für die im Kürbis", sagt der Vater. „Die walschen Lehrer benehmen sich wie die Missionare, die Wilde zu bekehren haben."

Die gotischen Buchstaben, die ich in Kurrentschrift in mein geheimes Heft male, sind seiner Ansicht nach mit den lateinischen an Eleganz nicht zu vergleichen.

Vaters Finger auf der Datumangabe. E. F. steht am Kopf des Blattes, die Jahreszählung der Faschisten, daneben Tag und Monat.

„Das heißt Elsa Frener, Vater."

Diese Angst, er könnte vor Wut über die „Era Fascista" das Heft zerreißen.

*

DER JUNGE KLOSTERBRUDER ist während der Aussegnung nicht ganz bei der Sache. „Heiß!" schreit Pater Augustin auf. Der Frater hat die glühenden Körner aus der Pfanne danebengelöffelt. Später zischt es laut, weil sich des Fraters Weihwasserwedel und das Rauchfaß nicht vertragen. In der Kammer vergißt er aufs Nachbeten. Mit schrägem Kopf schielt er auf die Buchrücken hinter dem Glas des Kastens.

Ich binde Großmutter die geschnürten Schuhe auf, ziehe die Strümpfe von ihren Beinen, umfasse ihre Knöchel und drehe den mageren Körper vom Sitzen ins Liegen. Ein geübter Schwung.

„Das arme Paterle. Viel zu jung fürs Kloster."

„Im Kloster spürt er den Krieg nicht, Großmutter."

Die Gaststube ist leer. Auf dem Türschild zur Kammer hinter der Küche steht *Privat.* Für einige Gäste wird das Privat nach der Sperrstunde aufgehoben. Die Schüssel mit den Nudeln steht schon auf dem Tisch. Ich hole den Brotkorb und setze mich auf den äußeren Rand der kurzen Eckbankseite. Mein angestammter Platz.

Frater Ansgar ist näher ans Getäfel gerückt. „Eigentlich heiße ich Ulrich."

Aus dem deutschen Ansgar mache ich später vorsichtig einen lieblicheren Gari.

Die Tischgesellschaft ist laut. Pater Augustin ist angetrunken. Sein Lachen dröhnt bis in die Kammer der Großmutter hinauf.

Ich bringe einen frischen Krug Wein, fülle Brot auf. Frater Ansgar schaut mir gern nach. Aber das sagt er mir erst viel später. Auch, daß er seine Hand auf die warme Stelle neben sich auf die Bank gelegt und dem Augenblick nachgespürt hat, bis ich mich wieder neben ihn gesetzt habe.

„Man kann die Sünde nur fliehen", sagt der Novizenmeister. „Man kann die Sinnenlust nur abtöten."

Am Montag geißeln sich die Brüder nach der Matutin im Refektorium.

„Und diese dicken Bücher liest Ihre Großmutter?"

„Ja. Sie läßt mich beim Nähen mitlesen."

Ich will den leeren Fleischteller aufheben.

„Bleiben Sie, wir haben ja alles." Frater Ansgar legt seine Hand auf die meine. Er zieht sie aber so schnell wieder zurück, daß es wie ein Blitz ist. Und ich lasse den Teller fallen.

„Ich sage Großmutter gute Nacht."

Frater Ansgar wünscht sich, diesem Mädchen vorzulesen. *Heloisa und Abaelard.* Auf daß ich nicht in Versuchung falle ... Die Romane aus der geheimen Bibliothek von Pater Albuin verschlingt er genauso heimlich, wie er sie zugesteckt bekommt. Gegen das schlechte Gewissen ein Lesezeichen mit dem Aufdruck *Gute Bücher sind Wegweiser zu Gott.*

Ich bringe *Irrungen und Wirrungen* aus der Kammer mit. „Das ist unser letztes."

„Lene ist Näherin ... wie Sie!"

„Ach, Sie haben das auch gelesen?"

Die lebhafte Unterhaltung bei Tisch. Der Übermut meiner Geschwister. Das laute Lachen der Mutter. Die Faust von Pater Augustin, die auf den Tisch schlägt. Ansgar und ich sind still. Wir lächeln zu den Sprüchen der anderen und einander zu.

Die Geschichte mit Lenes Haar um den Blumenstrauß ...

„Haar bindet, hat Großmutter beim Vorlesen gesagt, deshalb stricken unsere Frauen Haare in die Maschen der Janker ihrer Männer."

Bis dahin bin ich noch keinem begegnet, den ich hätte binden wollen. Aus meinem Rocksack ist das Taschentuch herausgerutscht. Es liegt eine Weile zwischen uns beiden. Dann hebt es Ansgar auf. Ich ziehe ein Haar aus meinem Zopf, gebe es in das auseinandergefaltete Tuch und lege es wieder hin. Ansgar schiebt es in seinen Ärmel. Und wird rot.

„Auf, Ansgar, bevor es zum Angelus läutet!"

Richard bringt den Pfiati-Gott-Schnaps. Sobald wir einander Gesundheit wünschen, wissen wir beide, daß uns mit einem Mal die Liebe ausgebrochen ist.

*

BERLIN, Hegelhaus ... Ich freue mich wie ein kleines Kind, wenn ein Brief von Dir kommt. Ich lese ihn drei Mal, vier Mal und immer wieder. Am liebsten würde ich Dir jeden Tag schreiben, damit Du jeden Tag antworten mußt. Ich vermute, ich seufze laut beim Lesen und bin froh, daß ich allein in der Kammer bin. Die Kollegen würden mich auslachen. Deine Nachrichten tun mir so wohl, daß ich den ganzen Tag lang den viel besseren Mut habe. Und wie schön Du erzählen kannst. Manchmal denke ich, das Schlimme verheimlichst Du, um mich nicht zu betrüben ... Von den Mädchen hier im Haus habe ich zum Fest zwei schöne Bücher geschenkt bekommen. Eines heißt „Unter den Dolomiten", und das andere „Alpentragödie" ... Danke für das Paket! Aber Du brauchst mir nichts zu schicken, mir geht nichts ab. Ich habe mit Jan geteilt. Er hat es nicht zu gut. Er kommt oft erst spät nach Hause und bekommt nichts mehr zu essen. Er würde eine Frau brauchen ... Im nächsten Monat sollen 35 Mädchen aus Südtirol kommen, um hier im „Hegelhaus" einen Kurs für Kindererzieherinnen zu besuchen ... Ja, weißt Du, wenn Dein Vater ein bißchen kulanter gewesen wäre, wäre ich vielleicht nicht gegangen. Aber gezahlt hat er fast nichts und haben hat er mich auch nicht wollen. Als Deinen Schani, mein ich. Da war ich ihm halt zu minder als Bäckergeselle ... Ich lege Dir ein Bild von mir bei. Erschrick nicht, es ist ein Blitzphoto. In Wirklichkeit bin ich viel schöner. Sei umarmt und geherzt!

Es ist recht kurzweilig gewesen in der Bäckerei. Die Leute haben viel erzählt. Bötinnen hat es auch noch gegeben. Diese Bötinnen mit ihren Geschichten... was ist eine Zeitung dagegen? Heimweh? Schon. Wie man sich halt so sehnt mit zwanzig. Manchmal habe ich sogar gefürchtet, er könnte vielleicht eine Berlinerin finden. Und schließlich ... leichter hätte ich es auch gehabt mit dem Mati im Haus. Den Vater hat es wohl oft gereut, daß er ihn hat gehen lassen. Ein Geselle ist in den Vierzigerjahren ein Hungerleider gewesen. Keine gute Partie, sozusagen. Die großen Reden über Sozial- und Altersversicherung hat den Faschisten niemand abgenommen. Ehe- und Geburtenzuschüsse haben sie versprochen, Krankenversicherung, Invalidenrenten. Ich habe anderes im Kopf gehabt als Heiraten. Ich habe mich um die Rationierungen gekümmert, um die Brotkarten, die Vor- und Nachanmeldungen. Dann haben uns auch die Zeremonien und Andachten zerstreut, die Ämter, Prozessionen. Das alles hat den Tag ausgefüllt. Da ist man nicht so angewiesen gewesen auf eine Liebschaft. Ins Kino bin ich besonders gern gegangen. Dafür bin ich mit der Herta sogar nach Bozen gefahren. *Vittoria ad Occidente, La quinta Colonna*, und wie das Zeug alles geheißen hat. Heil Hitler. „Heil Hitler" hat der Mati unter seine Briefe geschrieben. Vier Mal. Gezählte vier Mal in zweiundvierzig Briefen. Das ist kein Schnitt, für den er sich schämen müßte.

Berlin, am 22. Mai 1941 ... Ganze 22 Tage ist Dein Brief unterwegs gewesen. Seit vier Stunden habe ich ihn nun ... Jan und ich reden viel darüber, wie wir von hier wegkommen könnten. Mein Bruder wird in der nächsten Zeit in die Ostmark fahren, um sich vielleicht einen Hof anzuschauen, damit meine Familie weiß, wohin, wenn sie von daheim fortgeht. Na vertora ... Bis zum 1. Oktober hat mich der Professor vom Militär freigemacht. Das ist schön von ihm, nicht? ... Lüca, mein Schwager, schreibt, Jan und ich sollen nach Salzburg kommen. Er würde das Nötige für uns in die Wege leiten. Da wäre ich dann viel näher bei Dir, Olga. Linêrt hat gemeint, Innsbruck wäre noch schöner. Alles bekannte Leute – vielleicht gar zu viele bekannte ... Am 13. Mai sind die Kameraden eingerückt. Diesmal ist das Alleinsein weniger schlimm. Ob ich ans Abschiednehmen schon gewöhnt bin? ... Wir erwarten eine Gruppe von 80 Leuten. Woher sie kommen, weiß ich nicht. Die Südtiroler Mädchen sind ausgeblieben. Also sind wir zur Zeit nur 20 Ausländer ... Die Tota schreibt, sie hat uns am Kassiansonntag vermißt. Als wenn man für die Kassiansprozession von Berlin nach Brixen fahren könnte ... da darf der Hl. Kassian für uns Badioten noch so eine Bedeutung haben. ... Chiló diji che i Ingleji vëgn a taché füch ai bosc y ales compagnes canche döt é bel sëch, spo ne n'unse nia plü da mangé por n'ater ann. I sun tan contënt che T'ess t'n post al sigü! ... Zum Glück hast Du wegen s un jì keine Sorgen ...

Wenn ich nur bei Dir sein könnte! Ich küsse Dich und umarme Dich, Dein Mati.

In meinen jungen Jahren bin ich fromm gewesen. Alle sind wir fromm gewesen. Richtig lau ist das jetzt im Vergleich, das Beten nachlässig. Was der Kassianssonntag für ein Erlebnis gewesen ist! Und diese Aufregung damals, als nur mehr die behördlich angemeldeten Musikkapellen bei der Prozession haben mitgehen dürfen. Der Mati hat immer viel gebetet. Die Badioten sind überhaupt feste Beter. Fast schon ein bißchen abergläubisch. Einmal hat er geschrieben, seine Kameraden würden groß schauen, wenn er sich in der Nacht bekreuzige. Aber sagen würden sie nichts, nur schauen. Da ist er schon an der Front gewesen.

*

ICH BIN BEI DEN *PICCOLE ITALIANE*, meine Brüder bei der *Balilla*. Bei der Einweihung des GIL-Gebäudes feiert die faschistische Jugendorganisation. Die Leute vom *Völkischen Kampfring* fluchen. Im Großen Graben stehen hier die Dableiber, dort die Optanten, hier die Verräter, dort die Nazi.

Ich fahre mit der *Colonia Fascista* ans Meer. Aufstehen und turnen, waschen und frühstücken, wandern und schwimmen und alles gemeinsam und dann, wenn es der Kapo will. Der Drill. Wie im katholischen Knabenseminar in Salern, wo alles der Zucht des Präfekten folgt.

Auch Mastromattei ist ein Präfekt. Diese fremde Macht, die auch fremd geheißen hat: *Prefetto* und *Podestá* und *Commissario.* Man hört den Präfekt vom Domplatz bis zum Sternwirt herüberschreien. Er will die Südtiroler im Land behalten – nicht alle zwar, aber das sagt er nicht. Da hat sich die Familie Frener schon lange fürs Dableiben entschieden.

„Ihr habt etwas zu verlieren", spotten die angetrunkenen Arbeiter und Knechte an der Budel, „uns kann's draußen nicht schlechter gehen." Und meinen draußen im Reich.

Die Brixner verabschieden die ersten Umsiedler auf dem Bahnhof. Hitlergrußarme recken sich vom Perron zu den Hitlergrußarmen in die Waggonfenster. Die Enttäuschung liegt schon anderthalb Jahre zurück. Damals haben die Brixner vergebens auf dem Bahnhof gewartet. Der Führer aus Deutschland hat nicht einmal die Vorhänge in seinem Abteil zurückgezogen und ist durch den Brixner Bahnhof zum Duce nach Rom gebraust.

Es warten recht armselige Gestalten auf den Umsiedlerzug, für die sich die besseren Brixner schämen.

„Wir sollten kein Gesindel ins Reich schicken", sagen sie.

2

Ansgar schläft schlecht in der Dreikönigsnacht 1941. Keine Andacht über den heiligen Texten während der Laudes. Seine sündigen Lippen loben die Unschuld der jüngfräulichen Mutter. Er wird Wasser und Brot essen. Einen Tag lang Wasser und Brot. Er wird auf dem Boden schlafen. Er wird seinen Kopf auf den Stein betten. Herr vergib mir armem Sünder.

Da ist der Ansgar noch ein Ulrich, wie man ihn als einzigen aus seiner Klasse ins Internat schickt. Das Dorf ist überrascht. Der Schuster-Ulrich ist weder ein besonders guter Schüler noch besonders fromm. Fromm ist die Mutter daheim.

Geht ein Bauernbub studieren, wird er Pfarrer. Was sollte er sonst auch werden. Die einheimischen Lehrer haben in der Schule nichts mehr zu suchen. Stirbt der alte Gemeindearzt, wartet ein walscher Doktor auf seinen Posten. Im *Municipio* sitzen walsche Schreiber und Beamte, die *Cassa Rurale* ist unter walscher Verwaltung. Und als Advokat kommt man in die Hölle, ob deutsch oder walsch.

Die Mutter hat neun Kinder geboren, davon leben sechs. Der Dorfpfarrer achtet die Schusterbäuerin, die am weitesten von der Kirche entfernt wohnt und am verläßlichsten in der zweiten Reihe auf der Weiberseite kniet. Bleibt ihr Platz einmal leer, weiß er, daß sie sehr krank ist. Dann schickt er die Hebamme auf den Berg. Der Gemeindearzt wohnt am Taleingang, die Hebamme neben dem Widum.

Die Frühgeburt der Schusterbäuerin damals. Die Hebamme plagt sich durch einen Stollen aus mannshohen

Schneewänden. Bis zum Schusterhof kommt sie nicht. Die Bäuerin verliert zuviel Blut. Noch im selben Jahr ruft der Ulrich, was tut ihr der Mutter an?

Er hört die Gebärende stöhnen. Der Vater hat die Kinder auf den Stufen vor der Kammer versammelt und ihnen den schmerzensreichen Rosenkranz aufgetragen.

Die Schusterbäuerin fastet zweimal in der Woche. Am Freitag fasten alle anderen auch. Am Mittwoch sind zwei Speckknödel in der Schüssel durch ein Hölzchen gekennzeichnet. Denen fehlt der Speck.

Die Mutter steckt roggene Bricke in den Kittelsack, bevor sie aufs Feld geht. An den steinharten Würfeln lutscht sie lange. Sie hat schlechte Zähne und einen kranken Magen. Die Suppenschüssel mit den Knödeln stellt sie zu Mittag auf eine Holzbank mitten in die Küche. Rechts und links knien die Kinder und werden nicht satt. Die Mutter hebt die Schüssel auf, nachdem der erste Heißhunger vorbei ist. Sie beten gemeinsam ein Vaterunser, weil nach dem Vaterunser die Knödel reichen.

Bevor die Teigkugeln ins Kochwasser kommen, zählt die Mutter auf dem Brett ab: acht für den Vater, zwanzig für die Kinder. Nie bleibt eine in der Schüssel zurück.

Am Abend vor dem Knödeltag schneidet die Mutter beim Rosenkranzbeten die weißen Struzn zu Würfeln. Sie kniet auf dem Boden. Das Brett hat sie auf einem Sessel vor sich. Beim Schnittlauchschneiden weint sie über dem grünen Bündel.

Die Kinder stehlen Speckwürfel aus der Schüssel. Die Mutter klopft mit dem Messerrücken auf das Brett, wenn sie es in ihrer Andacht bemerkt. Auch die Katze legt ihre Pfoten auf den Tisch und bettelt um eine Schwarte. Auch sie verscheucht die Mutter mit dem Messerrücken. Einmal streckt der Kater frech seine Pfote aus. Die Mutter dreht in der Eile das Messer nicht um und hackt dem armen Vieh das Pratzl ab. Sie wischt jammernd die Blutspur vom Küchenboden. Der Vater erschlägt den Kater.

Aus dem ganzen Dorf laufen die Buben in Scharen zusammen und bestaunen die walschen Muli, die mit den Soldaten zum Manöver ins Tal ziehen.

Vom Klockerkarkopf, der jetzt *Vetta D'Italia* heißt, rumpeln drei Muli herunter und verwesen in der Schlucht.

Ulrich rauft gern. Er ist nicht sehr groß und nicht sehr stark, aber wendig und tückisch. Er nimmt es auch mit älteren Buben auf. Er geht über Schleichwege von der Schule heim, weil man ihm auflauert. Er stänkert die Achtkläßler an und steckt oft Schläge ein. Dann macht er sich von hinten an den größten Buben heran, der in der Abschlußklasse der Rädelsführer ist. Er hält mit beiden Händen eine Schwedenreiterstange fest, läuft auf den Peter zu und stößt ihn mit Wucht zu Boden. Der Stecken liegt quer über Peters Hals. Ulrich kniet sich drauf. Der Bub unter ihm wird rot und blau.

„Jetzt erstickt er mir."

Nachgeben kann er nicht mehr, sonst bringt ihn der Feind um. Eine schreiende Horde rundherum.

„Laß ihn aus!" rufen die Gaffer.

Der Ulrich drückt die Fäuste fester und die Knie dazu. Die Gerda kommt mit dem Pfarrer aus dem Widum. Zur Buße muß Ulrich am nächsten Tag während der Religionsstunde auf einem spitzen Holzscheit knien.

„Drei Leut sind auf dem Krimmler Tauern erfroren." Der Vater kommt mit der Nachricht vom Holzziehen heim.

Ulrich kennt weder Mantel noch Handschuhe. Unter der Sarnerjoppe hat er ein Hemd, unter der Lodenhose nichts.

Auf der zugefrorenen Ahr schlittern die Buben mit unter die Schuhsohlen gebundenen Blechstücken dahin. Ulrich bricht ein, traut sich mit seinem nassen Zeug nicht an den Lehmofen in der Stube. Am nächsten Tag fiebert er. Er hat dick verschwollene Augen, aus denen nach ein paar Tagen Eiter rinnt. Der Doktor in Bruneck diagnostiziert einen griechischen Augenvirus. Ulrich bringt die Lider tagelang nicht auf. Er kommt nach Bozen zu einem Spezialisten. Das kostet den Vater eine halbe Kuh. Das Würstl in der Suppe, das sie beim *Feichter* essen, ist ein zusätzlicher Luxus. Von der Augenkrankheit bleibt Ulrich eine Fehlsichtigkeit zurück und eine Brille.

Die Brille ist beim Raufen ein verfluchtes Hindernis. Die Mutter schimpft, der Vater redet Ulrich ins Gewissen, wenn das Gestell schon wieder kaputt oder ein Glas zerbrochen ist. Es gibt auf dem Schusterhof kaum einen Kreuzer, der jetzt Centesimo heißt. Wie soll der Vater alle vierzehn Tage einen neuen Spekulierer kaufen, wo er nur eine Kuh im Jahr in Lire umsetzt.

Vom Markt kommt er mit Zucker, Salz, Petroleum und Weißbrot zurück. Den Zuckersack stellt er zuoberst auf den Holzrahmen, in dem die emaillierten Teller stehen. Wie lange ein Kilo Zucker für sechs Kinder reichen müßte, will die Mutter wissen. Der Vater greift jeden Abend ans weiße Sackl, um zu prüfen, wie weit er schon hinuntergerutscht ist.

Im Winter näht der Vater Filzpatschen für die Leute im Dorf. Er flickt auch Schuhe. Ulrich zieht den Klebergeruch bis in die Lunge und schaut gern zu, wie der Vater mit der Ahle Löcher in den dicken Filz bohrt und gewachsten Zwirn nach oben und unten durch die Sohlen zieht. Ein Patschenmacher geht nicht auf die Stör.

Die Mutter kennt ärmere Dörfler als ihre eigene Familie. Beim Binder hat man keinen Speck für die Knödel und kocht dieselbe Schwarte zweimal in der Suppe mit. Da färbt das Geselchte nicht einmal mehr das Wasser. Die Schusterbäuerin faßt heimlich an jedem Montag für die Binderleut einen Butterbatzen und ein paar Eier in die Schürze.

Warum der Brückenheilige nicht mehr auf deutsch angefleht werden darf, versteht niemand im Dorf. Der heilige Nepomuk schützt doch auch die walschen Carabinieri vor dem Wildbach und der Lahne.

Die Sprüche, die Ulrich aus dem italienischen Lehrbuch liest, stehen auch auf ein paar Hauswänden im Dorf. Der italienische Staat zahlt kein schlechtes Pachtgeld für seine Propaganda.

„Der Moser verkauft seine Gesinnung für ein paar Centesimi. Wie der Judas", kommentiert der Vater.

Von Anfang März bis Ende Oktober sitzt Ulrichs Mutter an Sonntagnachmittagen auf dem Holzbankl vor dem Wetterkreuz und hält ihre Andacht. Der Vater legt sich in die Kammer. Die Mutter legt sich nicht dazu.

Du sollst den Feiertag heiligen, steht im Katechismus.

„Nur am Feiertag bin ich nicht todmüde", antwortet der Schusterbauer.

Der Vater spannt eine Kuh vor den Pflug, eine Kuh vor die Egge, eine Kuh vor den Heuwagen. Das geschundene Vieh gibt am Abend keine Milch und frißt für zwei. Die Mutter jammert über die dürren Flanken der Rinder.

Ulrich kommt als Hüterbub auf die Alm des reichsten Bauern im Dorf.

„Ein Esser weniger über den Sommer", sagt der Vater.

Der alte Senner ist fast stumm. Er schnarrt seine Befehle und knurrt beim Rosenkranzbeten. Ulrich läuft tagein tagaus Schafen und Geißen hinterher und sucht Weideplätze für die Kühe. Die Einsamkeit macht ihn trübsinnig, die Langeweile auch. Und er hat sich so auf den Sommer gefreut. Er ist neben dem Senner auf dem Dorfplatz gestanden und hat zugeschaut, wie der Alte die Schafe mit Farbstrichen gekennzeichnet hat. Wie flink er in den Farbtopf gefahren ist und wie zügig er den vorbeitrottenden Schafen einen Wisch mit dem Pinsel verpaßt hat.

Sieht er Wanderer von weitem daherkommen, läuft ihnen Ulrich mit einem Jauchzer entgegen. Die grüßen meistens nur oder fragen, zu wem er gehört. Manchmal bekommt er ein Stück vom weizenen Struzn, das er andächtig kaut. Der Senner kocht drei Monate lang an jedem Abend ein Rahmmus. Untertags muß der Bub von einem harten Breatl und einem Streifen Speck satt werden. Der Senner markiert den Anschnitt auf der Speckseite, damit der Ulrich nicht in Versuchung kommt, sich ein zusätzliches Stück abzuschneiden. Ulrich geht barfuß. Schon nach vierzehn Tagen spürt er keinen Stein mehr unter der Hornhaut. Er fürchtet sich vor dem Gewitter. Unter Blitz und Hagel treibt er die Kühe von der Weide in den Stall und sucht die verschreckten Viecher in den Felsen.

Im Herbst weiß sich Ulrich vor Übermut fast nicht zu helfen. Schon am ersten Tag die große Rauferei. Der Paul zeigt ihm, daß er außer Übung ist. Er kommt seinen Fäusten aus, reißt einen Stein aus dem losen Mauerwerk am Wegrand und wirft ihn dem Paul nach. Ulrich duckt sich beim Laufen, zielt und trifft anstelle des Buben die Hinterseite des Wegkreuzes. Die gipsenen Heiligenfiguren zerbrechen auf dem Boden, die Muttergottes samt dem heiligen Johannes, die rechts und links vom Corpus aufgestellt sind.

Der Schuster-Ulrich hat den Herrgott gesteinigt! heißt es im Dorf.

Die Mutter weint über den mißratenen Buben. Der Pfarrer verhängt eine Kirchenstrafe über Ulrich, die Mutter eine Hausstrafe. Dreißig Tage lang muß er zur Frühmesse in die Dorfkirche hinunterlaufen, sich am Speisgitter wie an einem Pranger niederknien. Bei der Kommunion legt der Pfarrer allen, die neben dem Büßer die gefalteten Hände unter das gestärkte Speistuch halten, die Hostie auf die Zunge, nur den Ulrich läßt er aus. Beim Abendrosenkranz daheim kniet er mit ausgespannten Armen mitten in der Küche.

„Geschmuggelt haben die Ahrner schon immer ... Aber jetzt werden sie auf jedem Kar Zäune aufstellen", fürchtet der Vater. Es hat einen entfernten Verwandten erwischt, der ohne Grenzschein ins Österreichische gegangen ist, um Zigaretten und Sacharin zu besorgen.

Mit der Maestra ist Ulrich auf Kriegsfuß.

„Che me ne faccio di un coniglio?" hat sie gefragt, obwohl es der Ulrich von den Carabinieri hat, daß die Walschen gern Hasenbraten essen. Ulrich hält seit Jahren die beste Zucht im Dorf. Er weiß vor allen anderen, welches der Tiere im neuen Wurf ein Männchen, welches ein Weibchen ist. Ab und zu handelt er gegen besseres Wissen mit Weibchen, die sich dann anders auswachsen.

Die Hausaufgaben schreibt Ulrich von seinem Bruder ab. Manchmal ist es um fünf Uhr zum Abschreiben schon zu spät. Beim Schuster gibt es 1923 noch kein elektrisches Licht, und der Vater spart mit dem Petroleum.

„Hättest mit sechs einschulen dürfen, wär' dir ein zweites deutsches Jahr gegönnt gewesen."

Der Jahrgang 1917 ist für den Dorflehrer der letzte. 1924 wird er vom italienischen Maestro abgelöst.

Der Walcherbach ist zur Sturzflut geworden. Die Mutter erzählt nach dem Nachtmahl, wie das ist, wenn elf Familien von ihren Höfen gehen müssen. Die Kinder horchen stumm, ducken sich hinter der Ofenbank und fürchten sich. Im vergangenen Jahr haben sie sich vor dem Schwarzenbach gefürchtet.

„Herr, wende ab Deinen Zorn!“ betet die Mutter.

„Herr, erhöre uns!“ antworten die Kinder.

Der Franz und der Jakob, die im Frühjahr ausschulen, sind schon unter den Fahnenträgern. Was haben die Carabinieri bei der Prozession verloren?

Von der Gemeinde weht die Tricolore. „Grian, weiß, roat, isch die walsche Pfoat!“

Die Carabinieri strecken zur Abwehr des bösen Zaubers Zeige- und kleinen Finger der linken Hand aus und verhaften die Buben. „Auf unsre Fahnen sind die Walschen ganz heiß“, sagt der Vater.

Der Vetter Tonl nimmt lieber das Gefängnis in Kauf, als die Tiroler Fahne vom First.

Der Ulrich ist gerade zehn, und der Lang Florian vor ihm in der Schulbank heißt von einem Tag auf den anderen Longo. Der Florian hat mit fünf Jahren Klarinette gespielt und wäre sicher bei der Musikkapelle, wenn es noch eine gäbe. Wenn es die Schützen noch gäbe, wäre der Ulrich gern bei den Marschierern.

Der Stegerhof brennt. Es brennt immer in der Nacht. Die Blockhäuser haben Stroh- oder Schindeldächer. Das Holz der Balken ist von Sonne und Alter schwarz.

Es zündet wie Kien, sagen sie im Dorf.

Ulrich kommt erst beim Dunkelwerden heim. Heute schimpft die Mutter einmal nicht. In der Küche sitzt ein fremder, junger Mann. Die Mutter muß sich anstrengen, in der Schriftsprache zu reden, und vergißt darüber auf ihren

Buben, den Herumtachenierer. Lustig ist das holprige Schuldeutsch der Mutter. Der Fremde ist ein Flüchtlingskind und heißt Frank. Der Pfarrer hat die Kirchgänger bei der Frühmesse gefragt, wer die drei Buben bei sich aufnehmen könnte.

„Die Tschechen reden deutsch", hat der Hochwürden versichert.

Die Schusterbäuerin geht nach der Messe in den Widum und nimmt den Frank mit.

„Wo wir doch selbst nicht genug haben", sagt der Vater.

„Die, die genug haben, nehmen die Flüchtlinge nicht."

Die Viehpreise auf dem Markt werden von Mal zu Mal schlechter. Noch vor einem Jahr ist die Nelke um 3.300 Lire weggegangen. Diesmal hat der Schusterbauer für die bessere Milchkuh nur mehr die Hälfte bekommen.

Frank ist kein Bub mehr. Zwanzig ist er und studiert Medizin. Der Loam und der offene Herd heizen Stube und Küche. Nur noch in Franks Kammer steht ein Ofen. In dem holzgetäfelten Raum über der Küche liest der junge Tschech' den ganzen Tag in seinen dicken Büchern. Der Ofen glüht, der Vater flucht, und Ulrich schleppt Holzscheiter vor die Tür. Der studierende Frank gefällt Ulrich, es gefallen ihm die dicken Bücher und die Zeichnungen und Bilder vom menschlichen Körper.

Im Jahr darauf schreibt Frank auf hauchdünnem Papier Briefe aus Amerika und schickt Ansichtskarten von New York bei Nacht.

Da wünscht sich Ulrich, auch ein Student zu werden. Er macht jetzt seine Hausaufgaben. Dafür setzt er sich auf den Platz, der Frank gehört hat. Den Ofen darf er nicht heizen. Der Vater kann sich keine Verschwendung leisten. Ulrich schiebt den Tisch unters Fenster, genauso wie es Frank getan hat, und schiebt ihn vor dem Schlafengehen wieder neben die Kommode. Den Maestro versteht er zwar immer noch nicht, aber er geht wie die anderen heimlich in den Deutschunterricht.

Die Ahrntaler Lehrerin bringt den Dorfkindern sonntags in der Pfarrschule deutsch lesen und deutsch schreiben bei. Als man die Katakombenlehrerin zu einer Geldstrafe verurteilt, steuert das ganze Dorf zusammen.

Noch ist Ulrich der Anführer der Sunnseiter-Buben, aber er nimmt sich zum Raufen immer weniger Zeit. Die Bande von der Schattenseite schreit ihm nach, sie will den dicken, geschnitzten Stecken wiederhaben, der je nach Kampfkraft von der einen auf die andere Talseite wechselt. Es gibt unter den Sunnseitern keinen zweiten Schuster-Ulrich.

Der Maestro staunt über Ulrichs Fortschritte, der Pfarrer staunt auch. Er läßt den Buben wieder ministrieren, sogar beim Hochamt.

Der Hochwürden schlägt jedes Jahr einen oder zwei Schüler aus der Abschlußklasse fürs Studieren vor. Beim Ulrich hat die Ahrntaler Lehrerin Bedenken. Sie will sich auswärts nicht mit einem schlechten Schüler blamieren.

Seit der Herr Pfarrer einen Internatsplatz für ihren Ulrich angemeldet hat, betet die Schusterbäuerin noch inständiger. Sie kommt mit dem Beten gar nicht mehr nach. Im Dorf geht die Welt drunter und drüber. Für den Herrgott sind alle Toten gleich.

„Herr, gib ihnen die ewige Ruhe“, betet sie und hängt an den Abendrosenkranz je ein Vaterunser für die drei erschossenen Walschen an, für den Brigadier, den Carabiniere und den Maestro. Das Nachtgebet wird immer länger, ein halbes Dorf ist in Haft.

„Herr, erbarme Dich unser!“

Der Vater hat sich ins Knie gehackt. Das zerrissene Hemd um die Wunde gebunden, ist er vom Wald heimgehumpelt, das blutige Beil auf der Schulter. Den Gemeindedoktor haben die Walschen für drei Jahre auf die Insel Ponza verbannt. Der Vater muß bis in die Stadt zum Brunecker Doktor.

Von der Lehrerin bekommt Ulrich seinen ersten Mantel geschenkt.

Der Vater schlägert zwei Föhren in seinem Wald. Vom Erlös der einen wird er das Nötigste an Kleidung und Schulzeug kaufen, von dem der anderen das Kostgeld zahlen. Die Holzpreise sind zur Zeit nicht schlecht.

„Was der Bub alles braucht", staunt die Mutter.

Sie geht wochenlang mit dem Zettel in der Hand herum, macht ein Kreuzl, sobald sie etwas auf der Liste im Koffer untergebracht hat. Sechs Handtücher, sechs Paar Strümpfe, Schuhputzzeug, Eßbesteck und Trinkglas, Seife, Zahnbürste und Kamm, eine Wollkappe und einen Regenschirm hat sie beisammen. Daß ausgerechnet die Hausschuhe und die zwei Paar Lederschuhe noch fehlen, wirft sie dem Vater vor.

„Handwerk leidet Not", sagt der und will es der Mutter ausreden, daß es zum Regenschirm auch noch einen Regenmantel braucht.

Wie der alte Hausanzug ausschauen soll, der auch auf dem Zettel steht, darüber rätselt die Mutter lange. Die Stoffreste zum Flicken hat sie zusammengebunden, auf die vier Leintücher und die zwei Polsterbezüge die Zahl dreiunddreißig gestickt, wie auf alle übrigen Kleidungsstücke auch.

„Ulrichbub!" sagt die Mutter.

Soll er sich auf Salern freuen oder vor Salern fürchten oder beides? Die Roggengarben schauen von den Harpfen herunter, ringsum rupfen die Kühe das Gras von den gemähten Wiesen. Ob es in Brixen schneien wird?

Ulrich trägt einen Koffer aus brauner Pappe, der Vater einen Rucksack. Er wird in Brixen übernachten, weil er an einem Tag nicht hin- und zurückkommt. Die Nachbarn bringen Schmalzmaislan und eingekochte Butter im Holzstötzl und verabschieden damit den Ulrich.

„B'hiat Gott!" sagen sie.

„Segen's Gott", antwortet der Bub.

Die Dunkakrapfen schenkt er dem Vater. Er will sie nicht zur Wäsche in den Koffer legen. Er trägt zwei Paar schafwollene Socken übereinander. Die neuen Schuhe sind viel zu groß. Sie werden fünf Schuljahre lang halten, hofft der Vater.

Drei Tage arbeitet die Näherin beim Schuster auf Stör. Ulrich bekommt seine ersten Unterhosen, die er in der Stadt wohl wird tragen müssen, eine Sonntags- und eine Werktagsjoppe, die dazugehörigen Lodenhosen und Hemden. Der Taufpate steuert ein Dutzend Taschentücher bei.

Die Mutter weiß schon jetzt, daß ihr der Bub abgehen wird. Brixen ist fast so weit weg wie Maria Trens. Der Wallfahrtsort ist ihre weiteste Fahrt gewesen. Und ihre Hochzeitsreise. Sie hat in dem Wirtshaus neben der Kirche kein Auge zugetan. Sie hat sich das nicht so vorgestellt gehabt.

In den Weihnachtsferien wird der Bub wiederkommen.

Als Ulrich das erste Mal vom Seminar in Salern auf die beleuchtete Stadt hinunterschaut, ist der Vater noch da. Wie groß Brixen ist, will Ulrich wissen.

„Nicht viel größer als Bruneck."

Die vielen Lichter haben ihn an Franks Ansichtskarten aus New York erinnert.

Bruneck kennt Ulrich vom Stegener Markt. Zweimal hat er den Vater dorthin begleiten dürfen. Weil der die trächtige Göre verkauft hat, hat für Ulrich ein Stanitzel mit Wiener Zucker herausgeschaut. Das zweite Mal haben sie die Sau wieder heimführen müssen. Da hat der Bub gar nicht erst auf die süßen Stöckln mit den aufgemalten Blüten hinten und vorn gewartet.

*

IM SCHLAFSAAL stehen achtzig Betten in vier Reihen. „Wenn die alle voll sind, ersticke ich." Beim Frühstück sitzt er neben dem Vater. Sie löffeln Brennsuppe und wissen beide, daß sie nicht schmeckt. Der Vater schüttelt den Rest harter Brotbrocken aus dem Stoffsack und verteilt sie auf seinen und des Buben Teller.

Im Waschraum rinnt das Wasser aus Hähnen in eiserne Becken. Aus dem Brunnen im Hof beim Schuster rinnt es viel kälter; im Haus überhaupt nicht. Die Buben waschen sich nach Befehl: Hemdkragen einrollen, Hosenröhren aufkrempeln, Waschen von Händen und Armen bis zum Ellbogen, Füßen und Beinen bis zum Knie. Keiner zieht Hemd oder Hose aus. Am Sonntag in der Früh wechseln sie unter der Bettdecke ihre Leibwäsche. Das geht flugs, weil weder Nachthemd noch Pyjama dazwischengeraten können. Das schmutzige Zeug kommt in eine große, hölzerne Kiste. Die steht in einer Ecke im Schlafsaal. Einmal im Monat kommen auch die Leintücher dort hinein. Dann geht die Kiste über. Das läßt er sich von Thomas nicht gefallen, daß der ihn seiner Seife wegen auslacht. Er drückt dem Spötter den Kopf ins Waschbecken und dreht den Hahn auf. Der Ulrich hätte auch lieber eine gut riechende Seife. Eine, wie sie das Rosele von ihrer Patin bekommen hat. Das Bröckl liegt unter der Sonntagsschürze seiner Schwester in der Kommode. Ein feiner Duft steigt auf, wenn das Rosele das blaue Seidentuch vor den Trachtenkittel bindet. Beim Seifekochen riecht es in der Küche abscheulich. In die Würfel, die Ulrich nach Salern mitnimmt, mischt die Mutter besonders viel Soda. Soda macht sauber.

Auf der finsteren Stiege bis hinunter zum Klosett im ersten Stock lauern in der Nacht allerhand Geister. Aber Ulrich macht trotzdem nicht einfach in die Wäschekiste wie seine Mitschüler, weil es ihn vor dem nassen, gelblichen Haufen graust und vor dem Uringestank. Dieser Geruch im Klosett. Auch im Plumpsklo daheim gibt es keine Spülung, aber das Häusl steht im Freien. Nur bei Regenwetter stinkt es nach Jauche. Hier stinkt es immer.

Ulrich schaut seinem Vater nach, sieht seinen Hut noch ein-, zweimal auftauchen, dann ist er allein. Er greift unter seine Joppe und sucht den Muttergottespfennig. In jedes Hemd einen hat die Mutter genäht. Ulrich hält ihn zwischen Daumen und Zeigefinger fest: Heilige Maria, Schutzmantelmuttergottes, bitt für mich!

Vor dem Wegfahren hat ihn die Mutter gesegnet wie jeden Abend vor dem Schlafengehen; ein bißchen eindringlicher diesmal, kommt ihm vor. „Es segne dich Gottes Kraft und Christi Blut, daß dir kein Unglück passieren tut!" Dazu hat sie drei Kreuze auf Stirn, Mund und Brust geschlagen.

Auch der Vater segnet seinen Buben. Er legt seine große Hand auf Ulrichs Kopf und zeichnet mit dem heruntergebogenen Daumen das Kreuz in den Haaransatz. Der Vater kann seine Hände nicht flach auf den Tisch legen. Immer bleibt eine Wölbung zwischen Fingern und Platte. Darunter hätte ein Wollknäuel Platz.

Warum muß das Schuljahr ausgerechnet mit einer Lateinstunde anfangen? Und auf dem Stundenplan stehen sieben in der Woche. Da treffen auf einen Tag sogar deren zwei.

Studiersaal und Klasse sind dasselbe. Dazwischen ist die Mittagspause. Die Buben spielen Ball. Mit den viel zu großen Schuhen, den schweren, trifft Ulrich selten. Er würde lieber den Wald auswandern, der zum Seminar gehört, zu den mächtigen Kastanienbäumen hinüberlaufen oder einfach nur so über Wiesen und Äcker gehen.

Es gibt eine strenge und eine leichte Studierzeit. Totenstille während der strengen, Ruhe während der leichten. Sagen muß ihm das keiner mehr, daß die Dorfschule nichts wert war.

Ulrich weiß nicht, warum Pater Jonathan bis spät in der Nacht im Schlafsaal hin- und hergeht. Ab und zu reißt er die Decke von einem der Betten und knurrt böse.

„Tust du es nicht, Ulrich?" fragt Sebastian.

Pater Jonathan betet: *Gloria Patri*, dann klappt er das Brevier zu. Er versprengt Weihwasser über die Zöglinge: *Benedictio Dei.*

Ulrich rauft nicht mehr. Die Buben daheim würden ihn auslachen, den gebändigten Dorfschreck.

Stillschweigen beim Anziehen. Stillschweigen beim Ausziehen. Stillschweigen beim Waschen.

Pünktlich zum Gebet. Pünktlich zum Studium. Pünktlich zum Unterricht. Ordnung im Kasten. Zwei und zwei beim Spazierengehen. Geordnete Reihen.

Die Tür hört man nicht. Weder beim Aufmachen noch beim Zumachen.

Auf Gängen oder Stiegen zu laufen, verboten. Den Schlaf- und Speisesaal tagsüber und außer der Zeit zu betreten, verboten. Den zugewiesenen Platz in der Klasse zu wechseln, verboten. Im Bett zu reden, verboten. Völlerei bei Tisch, verboten.

„Ich habe derweillang", schreibt Ulrich der Mutter. Der Präfekt verbessert auf „Heimweh" und sagt, daß dies eine Schwäche sei, die man überwinden müsse.

Alle vierzehn Tage schreiben die Zöglinge einen Brief nach Hause. Es ist nicht öfter vorgesehen, seltener auch nicht. Den Umschlag übergeben sie vor dem Zukleben dem Präfekten. Auch die Antwortbriefe sind manchmal aufgeschnitten. Da kocht Ulrich, wenn der Präfekt aus den Briefen der Eltern seiner Mitschüler laut vorliest und spöttisch dazu lacht.

Die Mutter erzählt in ihrer wackligen Schrift vom Dreschen und Krautschneiden, und daß sie vom Strohstaub auch in diesem Jahr krank geworden ist.

Ulrich wünscht sich eine weiße Rübe, in der Glut gegart, mit hauchdünner, verkohlter Schale zum Abziehen.

Wer gestorben, wer zur Welt gekommen ist und wer geheiratet hat, schreibt die Mutter. Fast in jedem Herbst fällt ein Bauer von der Harpfe oder ein Knecht. Der Troger Karl trägt seit zwei Wochen ein Brett im Rücken, das ihm bis zum Haaransatz am Hinterkopf reicht.

„Nach Kalabrien haben sie die Männer verbannt. Sag, Ulrich, wie weit unten ist das?"

Der Vater schreibt nur Vater unter Mutters Brief. Ulrich stellt sich vor, wie oft sie ihn darum bitten muß.

Ulrich ist sich keiner gröberen Untat bewußt und hat doch ein schlechtes Gewissen. Der Präfekt hat ihn nach dem Essen in sein Zimmer bestellt.

„Wir haben schon genug Schwierigkeiten", sagt er, „die Politik hat in den Briefen nichts zu suchen." Er hält Ulrich das aufgeschlitzte Kuvert hin. „Sag das deiner Mutter. Beim nächsten Mal müssen wir dich heimschicken."

„Sie haben den Bürgermeister abgesetzt", steht in dem Brief, „wir haben jetzt einen walschen Podestá."

Das Salerner Seminar ist eine katholische Privatschule. Die Kapuziner sind vorsichtig. Sie wollen die faschistischen Ordnungskräfte nicht herausfordern.

Zu Weihnachten stellt Ulrich seinen Koffer auf eine Rodel und zieht ihn durch die Eiswand. Der Kartonquader rutscht einmal nach rechts und einmal nach links hinunter und streift im Schnee. Die Mutter läuft ihrem Buben entgegen. Sie hat sich nicht Zeit genommen, die Schuhe zu wechseln. Die Stallknospen füllen sich mit Schnee. Am liebsten würde sie dem Buben die Hände küssen. So lange ist er jetzt weg. Wäre schon ein Pater aus ihm geworden, sie würde sich nicht wundern.

Im Zeugnis hat er einen einzigen Fünfer. Rechnen wird er nie gern. Noch aber ist es zweimal so lang bis zum Schulende. Im Koffer hat Ulrich seine Bücher. Die Bücher gehören den Kapuzinern. Der Pappendeckel des Koffers ist naß, die Stempel in den Büchern sind ausgelaufen. Ulrich legt jedes einzelne Buch aufgeschlagen auf den Lehmofen, bis es trocken ist, dann preßt er die Deckel zwischen zwei Steine. Die Brüder sagen es nicht, daß das Getue mit den Büchern zum Lachen ist. Der Ulrich ist nicht mehr der Ulrich von früher. Er schaut anders aus, feiner fast, obwohl er erst drei Monate im Internat ist. Ander zerrt das Killpole aus dem Stall. Es gehört ihm ganz allein. Ein Geschenk seines Paten. Der Ulrich tut viel zu wenig begeistert. Der Hirschfänger, den der Franz im Wald gefunden hat, ist wie neu. Nur am Griffende ist das Horn ein bißchen abgesplittert.

„Du kannst den Hirschfänger besser brauchen als ich in Brixen", sagt Ulrich.

Ist der Ulrich traurig oder nur ernst? Wenn er nicht mehr lernt, hilft er dem Vater beim Patschenmachen. Am späteren Nachmittag lernt Ulrich nicht mehr. Eine zusätzliche Lampe im Haus ist genug, und die scheint über den hölzernen Fußleisten in der Stubenecke.

„Vielleicht darf ich deine Primiz noch erleben", sagt der Pfarrer in der Sakristei.

Ulrich spricht die Gebete beim Amt besonders laut und deutlich nach.

Auf dem Heimweg von der Christmette fallen ihm die

Geschenke ein, die sich seine Mitschüler vom Christkind wünschen. Beim Schuster, aber nicht nur dort, gibt es nach der Mette Nüsse, Zelten, Keks und Glühwein.

Die Bulgaren werden auch das nicht bekommen. Die vierzehn Bulgaren dürfen zu Weihnachten nicht einmal heim, auch zu Ostern nicht und nicht in den großen Ferien. Sie werden in Salern wie immer um fünf Uhr aufstehen, zum gemeinsamen Morgengebet gehen, am Vormittag zum Hochamt mit Predigt, am Nachmittag zur Andacht mit Rosenkranz, Litanei und Gesang. Einmal am Tag werden sie das allerheiligste Altarsakrament besuchen, zur Unbefleckten Jungfrau beten, zum heiligen Franziskus, zum heiligen Antonius, zum heiligen Josef und zum Schutzengel und mit dem gemeinsamen Abendgebet aufhören.

Vielleicht dürfen sie im Speisesaal nach dem Studium Mühle spielen.

Die Bulgaren halten zusammen.

Die Mutter wünscht sich, daß ihr Bub die Neujahrsschreier anführt, die mit Glückwünschen von Hof zu Hof ziehen. Die Kinder sagen die Verse auf, die die alte Grattlerin reimt. Je lauter sie in die Stuben rufen, umso voller werden die rupfenen Säcke, die sie mittragen.

Ulrich geht in diesem Jahr allein zu Nachbarn und Verwandten. Sie fragen alle dasselbe: wie es so geht und wie es so ist in der Fremde. Sie finden, der Student ist recht einsilbig. Einen Studenten oder ein Lottermandl zu beschenken kommt aufs Gleiche hinaus.

Könnte er die guten Sachen nur mit nach Salern nehmen! Er bekommt bei Tisch nicht immer genug, weil er an der langen Tafel zuunterst sitzt. Da bleibt ihm oft nur die Schüssel zum Auskratzen. Rennt er mit dem Topf zum Nachfassen in die Küche, rennen viele andere schneller und drängen ihn auf dem Gang an die Mauer.

Seit dem Spätherbst ist Ander beim Dorfschmied in der Lehre. Der Zimmerer hat versprochen, im nächsten Jahr wird er den Franz in den Dienst nehmen. Der Ander ist der kräftigste Bub im Dorf. Auch der Zimmermeister hätte lieber den Ander genommen.

„Was dem Franz an Kraft fehlt, macht er durch Geschick wett", verspricht der Vater.

Für die Schusterleute ist es ein Segen, wenn die Buben anderswo verköstigt werden. Ob ihn der Weber genommen hätte oder sonst ein Bauer? fragt Ulrich seinen Bruder.

Der Ander wird einmal Schusterbauer werden.

„Aber nur dann, wenn es dir bei den Kapuzinern taugt, Ulrich", sagt der Vater.

Mit Leib und Seele ist der Ander Bauer. Auch das Heu der Nachbarn kann er nicht verkommen sehen und rennt zum Hackl hinüber und zum Friedler hinauf, wenn ein Gewitter droht. Bei der Speckmarende lacht er, als hätte er die eigene Haut gerettet.

„Er ist wie die Zenzl", sagt der Vater über den Ander. „Die Zenzl hat, seit sie in diesem Haus ist, Almosen über die Stiege getragen. Sie hat immer alles getragen, die Zenzl, auch die Not."

Und jetzt wird ihr Bub bei den Kapuzinern bleiben.

Zu Ostern wird Ulrich wiederkommen und dann in den großen Ferien.

Wieder nimmt er eingekochtes Butterschmalz in einem hölzernen Kübel mit und in Stücke gegrammeltes Bauernbrot. Damit bessert er die Brennsuppe auf, an die er sich noch immer nicht gewöhnt hat.

Die Brotbrocken versteckt er im Hosensack. An die Vorräte in der Schatzkammer dürfen die Buben nur zur Marendezeit. Dem Ulrich bettelt niemand etwas von seiner Hungerration ab. Wer eine Wurst in der Schatzkammer hat, ist vor den Lotterern und Tauschern fast nicht sicher.

Im Salerner Wald sammeln die Buben Holz. Jede Klasse schlichtet in der Schupfe einen eigenen Scheiterhaufen, damit es beim Lernen nicht eiskalt ist. Wenn die Zöglinge Brennholz vom Schalderer Bach nach Salern hinaufziehen, weiß Ulrich, wie anpacken.

Als erster bekommt er in diesem Schulwinter eine Grippe mit hohem Fieber. Er liegt drei Tage allein im Schlafsaal. Die Terziarschwester bringt ihm in der Früh einen Tee, zu Mittag einen und am Abend einen; dazu gebähtes Brot. Sie sperrt jedesmal die Saaltür hinter sich zu und den kranken Ulrich ein. Nach vierzehn Tagen bleibt der Schlafsaal offen, weil dreiundvierzig Grippen drin liegen und die Hausregel aufheben.

Im Mai schickt Ulrich einen Brief ins Ahrntal. Er bittet seinen Vater um einen Besuch in Salern. Die Mutter wäre ihm zwar lieber, aber das schlägt er nicht vor; sie würde sich in der großen Welt nicht zu helfen wissen.

Hat der Ulrich doch wieder etwas angestellt. Hält er es vor Heimweh etwa nicht mehr aus. Wird er wohl sitzenbleiben. Will man ihn gar wegen mangelnder Eignung aus dem Internat entlassen.

„Vielleicht ist nur das Augenglas kaputt“, hofft das Rosele.

Der Vater betet auf dem Fuhrwerk einen Rosenkranz, später einen auf dem Lastauto, den dritten auf dem Fußweg. Der Bub wird das Gebet brauchen. Die Mutter brennt geweihte Wachsstöcke ab, die Geschwister freuen sich heimlich, daß der Ulrich vielleicht wieder heimkommt.

„Sag nur was ist, Bub, mußt dich nicht fürchten.“

Ulrich würde dem Vater am liebsten um den Hals fallen.

„Es ist nur, weil die anderen Buben auch alle Besuch bekommen.“

Soll der Vater zornig sein oder erleichtert. „Weißt du

eigentlich, was mich so eine Reise kostet, Bub?“ Dann legt er Ulrich die Hand auf den Scheitel.

Ostern ist schöner als Weihnachten; nicht nur, weil es näher am Schulende ist. Ulrich freut sich auf das Geweihte, auf Selchfleisch, Krenwurzen, mürbe Blattln und Eier. In verzierten Flechtkörben stellen die Bäuerinnen die Osterspeisen um den Altar herum. Geweiht bringen sie diese auf den Mittagstisch.

Wie zu Weihnachten muß Ulrich in diesem Vorfrühling seinen Kartonkoffer auf der Rodel durch den Schnee ziehen. Mit der Fahrt hat er Glück gehabt. Das erste Mal in seinem Leben ist er in einem Auto neben dem Fahrer gesessen. Der Dorfwirt ist schon motorisiert.

Seit er unter die Studenten gegangen ist, stecken ihm die Dörfler Kleingeld in derselben Absicht zu, in der sie es in den Opferstock werfen.

Weil er nicht dem Pfarrer beichten will, hat er sein Sündenbekenntnis dem Präfekten gemacht. Der Pfarrer würde ihn auch im finsteren Beichtstuhl wiedererkennen. Der Präfekt weiß um seine Verfehlungen eh schon.

Der Vater hat dem Moar-Senner seinen Buben auch für den kommenden Sommer versprochen. Ulrich hätte lieber einen anderen Dienst angetreten, aber es gibt keinen anderen.

Diesmal betet der Senner nicht nur am Abend einen Rosenkranz, sondern auch in der Früh. Das ist er dem angehenden Kapuziner schuldig.

Nach den Wintermonaten unter den Buben ist die Stille auf der Alm eine Erholung. Dann aber ist die Einsamkeit schlimmer als in den Sommern vorher.

„Gib ihm lieber ein paar Kreuzer“, schlägt der Vater im Herbst dem Moar vor, als wüßte er, wie widerwillig sich Ulrich in dem groben Lodenzeug zeigt, der üblichen Entlohnung für Hirten. Von den paar Kreuzern des Bauern kann sich Urich kein feines Gewand kaufen.

*

MIT NEUNZEHN tritt Ulrich ins Brunecker Kapuzinerkloster ein. Am Ende des Noviziats bittet er den Guardian vor der versammelten Brüdergemeinde um die Aufnahme in den Orden. Er hat den Seinen von der Einkleidung schreiben dürfen. Gesehen hat er sie seit einem Jahr nicht mehr.

Ulrich legt seine weltliche Kleidung ab, nimmt den geweihten Habit, die Sandalen, das Zingulum, die Regel, Rosenkranz und Agnus Dei und den neuen Namen. Er läßt sich eine Tonsur schneiden, den Bart wachsen. Er gelobt Armut, Keuschheit und Gehorsam. Aus dem Novizen wird ein Kleriker.

In der Zelle steht sein Lager mit dem Strohsack, dem Strohpolster und der groben Decke. Vor den winzigen Fenstern hölzerne Läden. Die Zellentür ohne Schloß und ohne Schlüssel. Ein Klöppel am Seil, der in eine Halterung einschnappt. Tisch und Hocker, Kreuz, Muttergottesbild und das des heiligen Franz.

Ansgar streift die Sandalen von den Füßen, legt sich auf das Lager, zieht die Kutte glatt, drückt eine Stoffalte zwischen die Schenkel, auf daß das Fleisch sich nicht berühre, schiebt die Kapuze über den Kopf, die Hände in die Ärmel, rückt den Knoten des Zingulum zurecht.

Das Lager eine Bahre, die Zelle ein Grab.

Er betet sieben Vaterunser, sieben Avemaria und findet keinen Schlaf. Der Novizenmeister schaut herein.

„Du schläfst nicht, Ansgar?“

Sie knien sich zusammen in den Chor, dann legt sich der Novizenmeister zum Beten auf den Boden. Ansgar bleibt bis zur Matutin, betet mit ausgespannten Armen.

„Passion Christi", flüstert der Novizenmeister und Ansgar vertieft sich in die Betrachtung.

Durchwachte Nacht. Er wird noch viele Nächte durchwachen.

Auf dem Weg ins Refektorium das störende Geräusch der knirschenden Sandalen. Er tritt auf der Außenkante auf, auf den Fersen. Nach ein paar Tagen hat der grobe Stoff der Kutte Ansgars Schenkel glattrasiert.

An jedem Montag, jedem Mittwoch, jedem Freitag bekennt Ansgar mit den übrigen Klerikern vor dem Frühstück seine Sünden. An jedem Montag, jedem Mittwoch, jedem Freitag kasteien sich die Kapuziner nach der Matutin.

Bruder Hilarius verbindet einen Tag lang seine sündigen Augen. Bruder Rupert trägt einen Tag lang einen Stein um den Hals. Ansgar fastet einen Tag lang bei Wasser und Brot. Er hat der heruntergefallenen Birne im Garten nicht widerstanden. Bei der Vorstellung, auf den Boden des Refektoriums mit der Zunge das Kreuz zeichnen zu müssen, schaudert ihm.

Ansgar lernt Kutten nähen, Sandalen machen, den Garten bearbeiten. Er kann die zwölf Kapitel und zweiundsiebzig Verse der Regel auswendig, Psalmen und Litaneien dazu.

Schlägt der Holzklöppel um Mitternacht an den tönernen Gong, ist der Weg vom Traum in die Wirklichkeit ein kurzes Erschrecken. Ansgar nimmt seine Sandalen in die Hand, geht barfuß in die Kirche. Betet er laut mit den Brüdern, muß er das Einschlafen nicht fürchten. Alleinsein mit Gott. Wie lange wird er das noch üben müssen. Er ist nie besonders beredt gewesen. Daß jedes Wort zweimal über die Klinge gehen muß, bevor es einmal über die Lippen geht, meint nicht nur die Gesprächigen.

Die sieben Kleriker übersiedeln ins Brixner Kloster. Es gleicht dem Brunecker aufs Haar. Holz, Stein, Erde die äußere, Gebet, Gesang, Stille die innere Welt. Nur der Totenschädel am Kopfende des Lagers unterscheidet die neue Zelle von der alten.

Dumpfe Schläge auf Holz rufen zum Uffizium. Die Stimmen der betenden Brüder weichen voneinander in Tonfall und Stärke ab. Sie vereinigen sich im Lobe des Herrn. Das hört bis in die Morgenstunden nicht auf.

„Suche nicht Wissen in den Büchern, Ansgar, suche Gottes Liebe“, sagt Pater Albuin. „Gott sollst du nicht kennen wollen, Ansgar.“

Pater Albuins Güte. Mein Sohn, sagt er und hält ihm eine Handvoll Kirschen hin. Dann entfernt er sich mit langsamen Schritten, niedergeschlagenen Augen, die Hände im Ärmel.

Salbei und Rosmarin, Lavendel und Thymian wachsen an den Rändern der Gartenwege. Schnurgerade ziehen sie sich durch Gemüsebeete und Obstbäume. Ansgar und Rupert gehen hinter Pater Albuin, der Psalmen betet, her.

„Was nützt ein erleuchteter Geist, wenn die Liebe in euch kalt bleibt.“

Zu keiner Tages- und zu keiner Nachtzeit sind Kirche oder Chor leer. Kniet kein zweiter oder dritter Bruder im Gestühl, ist Pater Isidor da. Ihm ist die Zelle nicht mehr als eine Ablage für seinen Mantel. Selten sucht er sie zum Schlafen auf. Zur Erholung nie. Er geht als einziger von Februar bis November barfuß.

Wie es der Mutter daheim geht. Den Geschwistern. Ansgar gehört nicht mehr zur Welt. Aber er sehnt sich danach. Zweifel. Unruhe.

„Es überkommt einen jeden von uns“, sagt Pater Albuin.

Ab und zu dringt an Sonntagen das Lachen der Kirchenbesucher durch das Portal. Diese laute Unterhaltung. Ein Bruder zieht das Tor ins Schloß.

Das heilige Schweigen. Schweigen in Kirche und Kreuzgang. Schweigen in Chor und Refektorium. Welches Wort ist nicht überflüssig. Rede in deinem Herzen mit Gott.

So jung ist Ansgar. Er würde gern lachen. Er wäre gern lustig.

Die Abtötung der Sinne. Die Abtötung des Fleisches. Einen Tag lang kein Wasser trinken. Ein Kapuziner langt bei Tisch nach keiner Speise. Ein Kapuziner ißt keinen Bissen in seiner Zelle, keinen im Garten, keinen bei der Arbeit.

Das sind die Einflüsterungen des Teufels. Aber er hat den Roman ja von Pater Kassian bekommen. *Anna Karenina.* Keine jungfräuliche Gottesmutter. Keine heilige Klara. Und dann *Effi Briest.* Und die *Wahlverwandtschaften.* Und *Francesca da Rimini.* Und *Maria Magdalene.*

Verwirrung im Kopf. Sehnsucht in der Seele.

Pater Kassian dürfte diese Bücher gar nicht haben. Pater Kassian dürfte sie nicht an Ansgar weitergeben. Sie stehen in der Bibliothek, die er betreut, in zweiter Reihe, hinter Bibeln, Psalmen- und Betrachtungsbüchern, Heiligenlegenden.

Eine Stunde am Tag ziehen sich die Mönche zurück. Einsame Zwiesprache mit Gott. Ansgar liest. Er liest auch nachts in seiner Zelle. Schwaches Licht. Grablicht. Er reißt Pater Kassian die Bücher fast aus der Hand. Dann versteckt er sie im Schlitz des Strohsacks. Er vertraut sich Pater Albuin an. Diese Phantasien. Diese Not.

„Gott ist gütig. Er ist barmherzig. Er ist langmütig und gerecht."

Kein Vorwurf. Keine Mahnung. Kein Rat.

„Mein Sohn, der Friede des Herrn sei mit dir."

Unruhe, nächtelang. Die guten Werke. Die Tugend.

Ansgar pflegt seinen kranken Bruder Isidor. In der Früh wäscht er den mageren Körper, legt ihn trocken, macht das Bett sauber, schöpft Brei in den zahnlosen Mund. Der

Kranke redet kein Wort mehr. Er ist lahm. Ab und zu nickt er. Er verzieht die Lippen. Das Lächeln eine Ahnung am zitternden Bart.

Nach dem Waschen wickelt Ansgar einen Rosenkranz um die gefalteten Hände des Kranken. Sie liegen am Abend, wenn er ihn zum Schlafen vorbereitet, noch genauso da. Er reibt den Rücken mit Franzbranntwein ein. Das Loch über dem Steißbein wird nie mehr zuheilen. Bis auf den Knochen wundgelegenes Fleisch.

Ein kranker Kapuziner ist in seiner Zelle nie allein. Zweimal am Tag wird er von jedem Bruder im Haus besucht. Der eine bringt Kräuter mit, die ihren Geruch in der Zelle lassen, der andere Blumen, ein dritter eine Birne oder einen Pfirsich. Die Brüder putzen den Boden, schütteln die Pölster auf, füllen das Trinkglas nach, halten Nachtwache. Nichts ist gut genug für einen Kranken.

„Die Barmherzigkeit steht höher als die heilige Armut," sagt Pater Albuin.

Die Glocke schlägt kurz sieben Mal hintereinander an. Sie ruft zum sterbenden Bruder Isidor. Von jeder Arbeit, von jedem Gebet, von der Betrachtung. Dem toten Bruder legen die Mönche die Stola um die Schultern. Sie kreuzen seine Arme über der Brust, legen ein Kreuz darauf. Sie schieben einen hölzernen Polster unter seinen Kopf. Sie entzünden vor dem Leichnam zwei Kerzen, die bis zur Beerdigung nicht auslöschen. Die Regel kommt mit dem toten Bruder in die Erde.

Pater Augustin nimmt Ansgar zu den Krankenbesuchen in die Stadt mit. Als einziger von den Klerikern verläßt er zweimal in der Woche die Mauern des Klosters. Kein Gottesdienst führt sie sonst hinaus, kein Begräbnis, kein Bittgang, keine Prozession.

Die Brixner fragen Pater Augustin, wie sie sich zu verhalten hätten in diesem 39er Sommer. Der Rat des Kapuziners, sich weder für noch gegen jemanden zu entscheiden, überzeugt nur wenige.

Ansgar schaut in den Straßen auf das Pflaster oder auf die Glocke in seiner Hand. Die trägt er bimmelnd vor dem Allerheiligsten her. Er wartet, wenn sich jemand niederkniet, schaut keinem ins Gesicht. Er schlägt auch in den Häusern die Augen nieder. Friede diesem Haus und allen, die darin wohnen. Und trotzdem. Wilde Träume in jeder Nacht nach dem Ausgang. Träume von Frauen. Immer von Frauen. Ansgar schwitzt. Er steht auf und betet.

Das Kapuzinerkloster liegt am Eisackdamm. Vom Zellenfenster aus sieht er Liebespaare. Er kniet sich in der Nacht ins Chorgestühl. Dunkle Gestalten rechts und links. Kapuzen über den Köpfen. Hände in den Ärmeln vergraben. Unbeweglich und nicht zu erkennen.

Im Juli darf Ansgar zur Heuernte ins Ahrntal. Zum ersten Mal nach zwei Jahren. Weil man daheim seine Hilfe braucht. Bis Bruneck fahren er und Pater Theobald auf einem Lastwagen mit, dann gehen sie zu Fuß, aus Nostalgie und zur Buße.

Wie die Mutter zum ersten Mal ihrem Buben in der Kutte gegenübersteht, weint sie vor Freude. Die anderen im Haus vermeiden so lange es geht die Anrede, dann sagen sie zögernd Ulrich. Daß ihr Bruder nicht mehr wie früher heißen soll, ist der Fremdheit zuviel.

Die Taglöhnerinnen ... vier ist Ulrich oder fünf. Er muß in ihren Ausschnitt greifen. Sie wollen seine Hände unter ihrem Kittel haben. Sie lachen geil. Agnes ist schön. Ulilili ruft sie, und er kriecht am Sonntag nachmittag zur nackten Agnes unter die Tuchent. Warm ist es da.

Wie peinlich Ansgar der Bettelgang ist. Aber das sagt er Pater Theobald nicht. Was ist das für ein Gehorsam, der nach dem Sinn des Gebotes fragt.

Sie gehen von Haus zu Haus, von Hof zu Hof. Seine fromme Predigt wird Pater Theobald in diesem Sommer nicht abgenommen. Optanten und Dableiber haben jeweils die besseren Gründe für ihre Entscheidung. Der Pater verabschiedet sich. Er verteilt Ringelen an die Kinder, Paternpulver für das Vieh. Auf Haus und Hof betet er den Segen herunter. Mit dem Sack auf dem Buckel sagt er so lange Vergeltsgott, bis man ihn nicht mehr sehen und nicht mehr hören kann, und die Bauern wissen Bescheid.

Vorsichtig ist Pater Theobalds Aufklärung. Er fragt mehr, als daß er belehrt. „Sterben eure Buben für den Hitler leichter? Wie lange hält es ein Sizilianer auf einem Ahrntaler Bergbauernhof aus? Woher nehmen sie draußen die leeren Höfe, die sie euch versprechen?“

Der Pater krümmt sich unter der Buckelkraxe. Es ist nicht viel, was die Bauern den bettelnden Mönchen mitgeben. Weniger Naturalien als früher, Geld gar keines mehr. Ansgar ist ans Tragen gewöhnt. Er bindet sich Butterknollen und Speckseiten auf, überläßt dem Mitbruder Schafwolle und Eier.

Carabinieri halten die beiden auf, durchsuchen ihre Körbe. Was fangen die Frati mit so viel Butter an. Von eingekochtem Schmalz haben sie noch nie gehört.

Das Ahrntal ist ergiebig wie wenig andere Orte im Land. Wieviel heilige Demut muß Ansgar aufbringen, hier, wo ihn jeder kennt.

„Sie gehen ins Unglück“, sagt Pater Theobald und schaut den Karren nach, die mit Hausrat beladen die Schotterwege hinunterrumpeln.

„Wir gehen hinaus“, sagen die Optanten.

Draußen ist Krieg.

„Schon wieder Krieg“, sagt der Vater. Daß die Großkopfeten den Frieden nur zwanzig Jahre aushalten, will ihm nicht in sein Bauernhirn.

„Auch 1914 sind die Soldaten die Betrogenen gewesen“, sagt er, „immer sind die Soldaten die Betrogenen.“

„Mit einem Mal sind keine Männer mehr dagewesen und keine Rösser“, erzählt die Mutter.

Mitten hinein in die Bergwoche kommt der Krieg und mitten hinein in die Hochzeitsvorbereitungen.

Richtig schlecht ergeht es dem Vater im Weltkrieg nicht. Posten muß er stehen und Stellungen bauen. Schießen darf er nicht, der miserable Schütze, der die Scheibe bei den Übungen absichtlich verfehlt. Während die Soldaten einen Graben ausheben, geht vor ihnen ein Rest Schießpulver in die Luft. Es trifft Vaters Augen. Während des Heimaturlaubes heiratet er. Goldene Ringe darf es keine mehr geben. Keine Glocken im Turm. Wie der Vater dann wieder einrücken muß, ist die Mutter mit Ulrich schwanger. Als Kompaniekoch hat der Schusterbauer, der nicht kochen kann, noch einmal Glück.

Die Schusterin bekommt als Ersatz für den ausgefallenen Arbeiter in der Bauernschaft einen gefangenen Russen zugeteilt. Der haut mit dem Aveläuten die Gabel in den Mist, setzt sich auf das Geländer des Söllers und schaut den anderen beim Arbeiten zu.

Der Ulrichbub fürchtet sich vor den Russenlöchern und will doch Schneid zeigen und in die Höhlen kriechen, wo noch Kochgeschirr herumsteht, und wo er ein paar Gamaschen mit Pelzbesatz findet.

„Che brutto paese, frate!“ sagen die italienischen Lehrerinnen zu den Kapuzinern. Sie spüren den Haß der Kinder in den Schulbänken und die Feindschaft der Leute auf der Gasse.

Der Hitler wird nach dem Einmarsch in Österreich auch die Brennergrenze niedertreten. Das hoffen die Tiroler. Das fürchten die Faschisten.

Die Schusterleute sind Dableiber. Ansgar zuliebe.

„Draußen wachsen die neuen Heiden", sagt der, und daß es in Brixen Geistliche gibt, die sich weigern, Buben auf den Namen Adolf zu taufen.

Das Soffele vom Nachbarn schluchzt und versteckt sich rotzend in der braunen Paternkutte. Der Michl schaut zum Stubenfenster herein.

„Sie haben das Soffele aus der Kirchenbank gejagt, weil es eine Walsche ist", ruft er.

Dann duckt er sich unters Fenster. In der Stube hört man seine Nagelschuhe über die Söllerbretter trampeln.

Die Ahrner Geistlichen, die in Brixen die Herren Professer sind, wissen es von Anfang an: unter Hitler gibt es Krieg. Beim Weber und beim Binder haben sie für Deutschland optiert. Umgesiedelt ist keiner. Die Buben rücken zur deutschen Wehrmacht ein.

Die vom Völkischen Kampfring treiben die Versammlungen der Dableiber mit Gewalt auseinander. Ihre Spekulanten haben sie überall. In der Nacht kann man vom Küchenfenster aus Zigaretten aufglimmen sehen.

Daß die Nazi von den Lebensmittelrationen die besseren Brocken einstecken, wissen alle, von den Vergünstigungen für die Optanten auch.

1939 wird Ander zum italienischen Militär einberufen. Zur Abstimmung kommt er heim und bleibt über ein Jahr.

Dann rückt er nach Albanien ein.

Die Kapuziner lesen täglich eine Messe für die verwundeten und die gefallenen Soldaten. Weil den Bedürftigen gedient werden muß, den Schwachen geholfen, und weil es in Zeiten wie diesen auch die Kapuziner mit der Ordensregel weniger genau nehmen, darf Ansgar schon wieder ins Ahrntal und länger.

Beim Abendrosenkranz herrscht in der Stube eine ernste Andacht; nicht nur, weil Ansgar vorbetet.

„Wenn der Krieg aus ist, lassen wir uns von Ansgar trauen", darüber fällt das Rosele aus der Litanei. Ihr Sepp ist mit seiner Verletzung auf Genesungsurlaub. Er humpelt ans Fenster, schaut nach dem Wetter und den Heuhaufen, die gewendet werden müssen.

Zweimal kommt Ansgar mit den ersten Blitzen dahergelaufen und packt mit flatterndem Habit zu. Solange der Schuster-Pater auf dem Feld ist, regnet es nicht aufs trockene Gras.

Die Mutter geht als letzte zu Bett, hängt an Rosenkranz und Litanei ihre persönlichen Gebete und zupft dabei Heublumen aus Ansgars Kutte.

Wieder führen Frauen das Kuhgespann, schupfen Frauen Heuhaufen auf den Futterstock, ziehen Frauen die Egge durch den Acker und stellen die Kornmandln auf.

Für Ander ist der Einsatz in Albanien bald zu Ende. „Das verdanke ich dir", sagt er zu Ansgar.

Die Italiener schicken die Hoferben nach achtzehn Monaten heim. Der Vater hat dem Zweitältesten das Hoamatl überschrieben. Auf Ansgars Rat hin.

Die Nachbarn sagen, sie bleiben lieber deutsch als walsch und daheim. Verweigert der Pfarrer die Unterlagen aus dem Taufregister, lassen sich die Optanten ihr Ariertum auf anderen Wegen nachweisen. Und die Faschisten sind nachsichtig. Den Dableibern kürzen sie die Steuern, die kriegspflichtigen Männer bekommen Aufschub. Manch einer schluckt es nicht ohne weiteres, daß sich die bisherigen Unterdrücker in Unterstützer verwandelt haben sollen.

„Mich siehst du dort nicht", sagt Ansgar, „die Kapuziner halten keine Heldenehrungen ab."

Der Dorfnazi droht, sobald erst der Hitler das Sagen hat, wird er den Patres die Kapuzen schon stutzen.

3

Wenn der Gari nur der Meinige würde, steht auf dem Schnittbogen vom 6. Jänner 1941.

Wenn die Großmutter nur noch lange lebt. Wenn nur schon wieder Sonntag wäre. Wenn sie Gari nur nicht in ein anderes Kloster versetzen.

Ich lebe von einem Sonntag auf den anderen. Auf diese halbe Stunde am Sonntagmorgen hin. Sobald ich in der Domgasse die Glocke höre, rufe ich Richard! oder Toni! und weg bin ich von der Pudel. Nicht einmal der Brigadiere bekommt mehr seine Ombretta.

Die Kapuziner sind da.

Großmutter legt ihre Arme um meinen Hals. Ich stopfe ihr den zusammengebogenen Polster in den Rücken.

„Agnus Dei, qui tollis peccata mundi. Miserere nobis."

Ansgar hält die Patene unter Großmutters Kinn. Pater Augustin stellt den Kelch mit den Hostien auf die Kommode. Ansgar kniet sich davor auf den Boden. Seit die beiden Kapuziner in der Kammer sind, knie ich auch. Den Platz habe ich so gewählt, daß ich mir Garis Profil anschauen kann. Ohne Tonsur wäre der Mann ein halber Gott.

„Wenn du dich nur nicht versündigst, Kind."

Und ich habe Großmutter gar nichts erzählt.

Pater Augustin trinkt der Sternwirtin ihren starken Bohnenkaffee. Weil sich das mit mönchischer Askese nicht gut verträgt, und weil sich ein gemeinsam begangenes Vergehen vielleicht aufteilen läßt, wechselt er sich mit dem Frater vor dem Allerheiligsten ab.

Es gibt schmale Scheiben vom Germzopf zum Kaffee. Ansgar

ißt vorsichtig, streicht ein bißchen zu oft mit diesen schönen Händen über Oberlippe und Kinn, auf daß kein Kuchenbrösel im Bart verbleibe.

Wir reden fast nichts, weil wir eh schon spüren, wie wir ein Liebespaar werden, und daß sich unsre Sehnsucht gleicht.

*

WENN SIE VOR MIR die Stiege hinuntergeht, schaue ich auf Elsas Rock, der wie ein Schirm auseinanderweht. Der Wunsch, sie möge im Gehen einmal zurückschauen.

Sie soll nie in die Küche hinausgehen. Elsa sollte eigentlich immer so daknien wie in der Kammer. Selbst die Jungfrau Maria könnte nicht schöner knien.

Bei der Laudes um fünf Uhr schiebt sich Elsas Bild in die Lobpreisungen, bei der Allerheiligenlitanei, beim Offizium, am ärgsten ist es während der Betrachtung.

Es hilft kein Beten mehr und kein Büßen, kein Fasten und kein Flehen.

„Bruder Albuin, ich muß mit dir reden."

„Es steht geschrieben: *Und hättet ihr die Liebe nicht* ... Es steht geschrieben: *Ihr wird viel vergeben, weil sie viel geliebt hat* ..."

Kein Mittel gegen die Versuchung, keine Rezeptur gegen das Verlangen, keine Heilung von dieser Krankheit in der Seele.

„Wir sollten zu den Ursprüngen zurück, Ansgar. Minderbrüder sind wir. Minderbrüder sollten wir bleiben. Und arm. In allem arm. Wir verraten unseren Gründer. Wir erleichtern uns das Fasten, wir verzichten auf die Kasteiung, wir vergessen auf das Büßen, wir kürzen das Gebet. Wie verwässert doch alles ist."

So wie es ist, ist es schwer genug, findet Ansgar.

In den Briefen der Mutter an ihren Buben liegt eine Marke für das Rückporto. Ansgar klebt diese auf den Umschlag für Elsa und hat ein schlechtes Gewissen. Zum ersten Mal schreibt er einer Frau, die nicht seine Mutter ist.

*

DIE SCHNEIDERGEHILFINNEN beobachten mich argwöhnisch. In diesen Zeiten bekommt man Feldpost oder keine.

„Hier tut sie, als gingen sie Männer nichts an, und nebenher hat sie eine Liebschaft. Jaja diese stillen Wasser ..."

In Garis Brief liegt ein Gedicht. Es geht genauso wie *Maria zu lieben.*

„Wenn sich da nicht etwas tut", sagt die Sternwirtin zu Pater Augustin.

„Ansgar ist berufen, Soffi."

Der kennt ihre Tochter schlecht. Die ist schon mit siebzehn eine kleine Hexe. Eigentlich ist sie immer eine kleine Hexe gewesen.

Schon wieder diese Migräneanfälle. Die Sternwirtin sitzt am Abend mit aufgestützten Armen da und drückt Zeige- und Mittelfinger an ihre Schläfen.

„Leg dich nieder, Mamma, ich sperre zu."

Ich hoffe, irgendwann kommt Gari spät in der Nacht.

Ich wünsche mir, einmal mit dir spazieren zu gehen, hat er geschrieben, einmal neben dir herzugehen.

Vor dem Weggehen aus dem Schusterhof packt Ansgar heimlich eine Hose, eine Strickjacke und eine Wollkappe ein. Am Brixner Bahnhof fährt er vorbei. Für die Strecke bis nach Klausen hat er keine Fahrkarte. Er geht als Kapuziner aufs Klo und kommt in Zivilkleidung heraus. Die Kutte trägt er im Rucksack über der Schulter.

Ein kalter Februartag. Ansgar schwitzt unter der leichten Jacke.

Ich warte im Wald, der an den Bahndamm grenzt, ziehe eine Rodel hinter mir her, damit wir etwas zum Draufsitzen haben.

Ansgar hat weder Schal noch Fäustlinge. Ich stecke seine roten Hände in meine Manteltaschen, klemme meine Hände unter seine Achseln.

Wir sitzen einander zu lange gegenüber. Ansgar rennt. Er muß den letzten Zug erwischen. Er reißt sich die Kappe vom Kopf und springt auf den anrollenden Waggon. Die Mitreisenden schauen seltsam. Man trägt keine Tonsur über Strickjacke und Hose.

Ansgar hilft Bruder Dominikus bei der Gartenarbeit. Umstechen, Harken, Säen. Erinnerung an daheim. Die Hinterseite des Gartenhauses bildet einen Teil der Klostermauer. Vom Fenster aus erreicht man den Eisackdamm. An Samstagen verschwindet Ansgar über das Gartenhausfenster.

Warum die Mamma nichts sagt? Die weiß es schon lange, daß das keine fromme Freundschaft ist.

„Wenn er nur nicht dein Unglück wird ..."

Sie geht früh in ihre Schlafkammer hinauf. An Samstagen sogar früher als sonst. Dürfte sie es sich nur eingestehen, daß ihr diese Liebschaft so unrecht gar nicht ist, daß es sie tröstet, ihr Kind bei einem aufgehoben zu wissen, der außer dem schönen Menschen auch noch etwas anderes in ihr sucht. Elsa, das Sorgenkind.

Sobald die Sternwirtin weg ist, drehen wir den Docht der Petroleumlampe hinunter und rücken auf der Eckbank zusammen. Es ist eine behutsame Liebe voller Schwere. Gehweg-von-dort, sage ich nie. Gari weiß es auch so. Wenn erst der Krieg aus ist... Es wird auch im Frieden schwer genug werden. Wie findet einer nach sechs Jahren hinter Klostermauern wieder in die Welt.

*

„ICH HABE DARAUF GEWARTET", sagt Pater Albuin. „Mußt du dir gerade die schlechteste Zeit aussuchen? Geh für ein Jahr. Es wird außer uns beiden niemand wissen."

Ein ungebührlicher Vorschlag. Der Guardian setzt damit die eigene Stellung aufs Spiel. Das weiß er. Den Brüdern sagt er, ein Ortswechsel sei in Zeiten der Prüfung manchmal hilfreich. Die Brüder in Umbrien würden Ansgar in ihre Mitte nehmen.

„Du kannst jederzeit zu uns zurückkommen, mein Sohn."

*

BEIM STERNWIRT ist man sich einig, Ansgar muß untertauchen. Er zieht in die Dachkammer und bereitet sich auf die Matura vor. Die Klostermatura gilt nicht. Daneben hackt er Brennholz, hält den Weinkeller in Ordnung, reibt nach der Sperrstunde die Fußböden in Küche und Stube sauber. Er ist auch beim Sternwirt in Klausur; er hat Übung darin.

Richard führt mit einer ähnlichen Lustlosigkeit seine *Generi alimentari,* wie er die Gastwirtschaft geführt hatte. Er möchte studieren, irgendetwas, und wartet auf normale Zeiten. Mit Ansgar schließt er Freundschaft. Von der Kriegslage verstehen sie beide nichts.

Die SOD-Männer, die bei der Schneidermeisterin ein- und ausgehen, erzählen von Denunziationen, Vergeltungsmaßnahmen, Kriegshetze und von der Siegesgewißheit der Nazi.

Irgendwann wird jemand Ansgar wiedererkennen und anzeigen. Die Frühmesse im Habit kann ich ihm nicht ausreden. Ins Stübele hinter der Küche darf er nicht mehr. Die Mamma trägt eine stoffene Ringtasche durch die Stube, in die sie die Aluminiumkannen mit Ansgars Essen gestellt hat. Eine einjährige Haft, unterbrochen von meinen Besuchen. Ich zeige mehr Zuversicht als ich spüre.

Verschwinde ich in Ansgars Kammer, hüstelt die Mamma verlegen, sagt aber nichts. Ich mache die Tür hinter mir zu und schiebe den Riegel vor.

„Die Elsa hat sich noch nie etwas sagen lassen."

„Sie sieht mitgenommen aus, unsre Schöne", spotten die Gehilfinnen am Montag in der Früh.

Sie stellen verfängliche Fragen. Ich weiche aus. Was ich am Abend in der Kammer nähe, zeige ich ab und zu her, was ich schreibe, verschwindet in meiner Truhe.

Und dann wächst mir alles über den Kopf. In der Schneiderstube fällt es zuerst auf. Ich gehe allen aus dem Weg. Marthas Lehrzeit ist um. Ich darf allein in der Kammer bleiben. Nach dem Nachtmahl setze ich mich ins Bett, ziehe die Tuchent auf den Rücken, die Decke über die Beine und nähe oder schreibe in der ungeheizten Kammer. Ich esse fast nichts mehr.

„Im Krieg fastet man doch nicht freiwillig", sagt die Meisterin.

Die Magerkeit verstecke ich unter gerafften Röcken, weiten Ärmeln und hohen Krägen. Ich weiß nicht, was mir geschieht. Ich habe keine Schmerzen nur eine große Schwäche und eine große Müdigkeit.

Zu jedem Aufstehen in der Früh braucht es einen Entschluß, steht auf dem Zuschneidepapier und dann: Warum hört man nicht vor Erschöpfung zu leben auf?

Was ist das für eine heimtückische Krankheit, die Elsas Lunge plagt? Was für eine durchscheinende Haut sie hat.

Wenn der Herrgott sie mir nimmt, gehe ich zu den Kapuzinern zurück.

Ansgar geht nicht mehr nur zärtlich mit mir um, sondern vorsichtig wie mit einer Verletzten.

„Es geht schon", sage ich zu allen, und daß ich nichts habe, was man kurieren kann.

„Das auch noch..." Die Sternwirtin meint, als Witwe habe sie es schon schwer genug.

Die Meisterin schüttelt den Kopf. Wie man in diesem Zustand arbeiten kann. Die Gäste, nicht nur die angetrunkenen, fragen dreist, ob Elsa die Auszehrung hat. In der Stadt dreht man sich nach mir um.

Schwindsüchtig, sagen einige von Frau Freners Freundinnen, eine Frauenkrankheit.

Ich schenke wie immer Wein und Schnaps auf und sage dabei kein Wort. Nur für den jungen, italienischen Maestro mache ich eine Ausnahme. Zu ihm bin ich freundlich. Er kommt jeden Tag. Am Samstag und am Sonntag geht er nicht vor der Sperrstunde nach Hause.

„Non sei felice", sagt er.

Ob ich nicht glücklich bin?

„Non so, Marino."

Marino ist Neapolitaner und einsam. Was es heißt, hier Lehrer zu sein, muß er mir nicht erst schildern. Mit seinem steifen Bein ist er bei der Musterung nicht tauglich. Seit die Optantenkinder in den deutschen Sprachunterricht gehen dürfen, findet er mit der Klasse gar kein Auskommen mehr. Die Schüler humpeln mit durchgedrücktem Knie an die Tafel und schreiben die italienischen Vokabeln absichtlich in deutscher Schrift.

Es ist schon fast finster. Ich muß noch die versprochene Bluse in der Trattengasse abgeben.

„Ti posso accompagnare?"

Marino wohnt in derselben Gasse wie Frau Campidell. Vor seiner Haustür legt er beide Arme um meine Hüfte.

„Stella mia!"

Das Einwickelpapier des Blusenpakets raschelt. Über uns klappert ein Fensterflügel. Da zieht mich Marino erschrocken in den Hauseingang.

Danach weine ich die Weiße-Turm-Gasse hinauf.

Was tue ich denn da?

Ich suche Ansgars Umarmung.

„Ist dir etwas, Elsa?"

Marino kehrt nie mehr beim Sternwirt ein.

Ich bin zäh. Ich beiße die Zähne zusammen. Ich fahre zu den Markttagen nach Hause. Wie immer. Das ist mit der Schneidermeisterin in Klausen so vereinbart. Die Brixner Markttage sind besondere Tage; nicht ganz so berühmt wie die Stegener, aber doch ein Ereignis. Schon am Vorabend werden beim Sternwirt Riesenkessel saurer Suppe und Vitztum gekocht. Es stinkt in der Küche, bevor es in den Töpfen brodelt und siedet. Die Kutteln werden so lange unter Fließwasser geputzt, bis die Küchendirn klamme, rote Finger hat.

Die Bauern bestellen eine dicke Suppe, zu der sie ausgiebig Brot essen oder hineinbrocken. Einige Viehändler und Krämer leisten sich ein Würstel in der Fleischsuppe. Alle trinken sie leichten Rotwein, die Kinder ein Kracherle. Ich laufe zwischen Bauern und Händlern hin und her, trage drei volle Suppenteller auf einmal und schleppe Berge schmutzigen Geschirrs in die Küche zurück. Ich lasse die Erschöpfung einfach nicht zu.

Am Morgen nach dem ersten Markttag kann ich nicht aufstehen. Auf dem Kopfkissen ist Blut.

„Mitten in die Markttage hinein!" jammert die Mamma.

„Sie muß ins Sanatorium", sagt der Arzt, „Schwindsucht. Und die Wirtschaft muß ich zusperren lassen."

Die Sternwirtin erschrickt. Elsa habe mit dem Betrieb nichts zu tun, sagt sie dann, weder mit den Gästen noch mit der Küche. Der Gemeidearzt läßt sich überreden.

Richard bringt mich in die Lungenheilanstalt. Ein schönes Ghetto am nördlichen Rand der Stadt. Gari verspricht, er wird schon einen Weg finden, um mich nicht allein zu lassen.

„Paß auf dich auf, Gari! Ich stehe das durch."

Daß wir einander gehören, versichern wir uns noch, dann schließen mich Gitter und Tor von der Welt ab.

Erschütternde Gestalten im Sanatorium. Ausgezehrte Gesichter, dürre Glieder in schlotternden Kleidern. Ich beschließe, mit niemandem ein Wort zu reden. Im Koffer ist eine Schachtel mit Nähzeug, Stoffresten und Papier. Gari hat Bücher dazugesteckt. Die Stationsschwester sagt, die dürfe ich nicht wieder mit nach Hause nehmen. Da weiß ich, daß ich meine Schneidersachen verstecken muß. Die Stationsschwester ist ein Feldwebel. „Hier läßt man keinen Rest im Teller zurück."

Auf den breiten, südseitigen Balkonen liegen die Patienten in Decken und Federbetten gewickelt und warten, daß die Zeit vergeht. Fast täglich stirbt jemand. Entlassen werden wenige. Eine Stunde am Tag darf ich lesen. Der junge italienische Arzt läßt sich meine Zeichnungen zeigen und das, was ich heimlich nähe.

„Manch einem kommt diese Krankheit aus der Seele", sagt der Dottore.

Dann ist Gari meine Krankheit, schreibe ich auf das Zuschneidepapier.

Der Garten des Sanatoriums ist eine Anlage mit uralten Bäumen, seltenen Sträuchern, einer fast schon grünen Wiese. Gepflasterte Wege führen zu den vielen Bänken, die zum Ausruhen da sind. Eine Kegelbahn zerstreut die kranken

Männer. Der Park ist von einem hohen Zaun umgeben, an dessen Netz sich manchmal Besucher festhalten, um mit den Patienten dahinter zu reden. Der Sanatoriumsbau ist herrschaftlich mit breiten Steintreppen, großzügigen Korridoren und geräumigen Zimmern.

Der Dottore schaut oft zu mir hinein, öfter als zu den anderen. Er fordert seine Patientin jedesmal auf, mit ihm auf den Balkon hinauszugehen.

Der Dottore setzt sich auf meine Liege, erzählt aus seinem Leben und hört zu, wenn ich über Land und Leute rede.

„Warum sprechen Sie mit niemandem, außer dem Personal?"

„Ich kann es nicht erklären, es ist einfach nur ein Beschluß."

„É un atteggiamento da bambini ... Kindisch ... o ... kindlich? ... Verrebbe con me in Italia?"

„Sind wir denn nicht in Italien?"

Der Dottore erlaubt mir zu nähen, soviel ich will. Die Meisterin schickt einen Berg Stoffreste, dazu Fäden, Bänder, Kordeln und Spitzen. Die kranken Frauen klopfen an meine Tür und wünschen die Puppenkleider zu sehen. Der Dottore tut sein möglichstes, neu ankommende Patienten nicht in meinem Zimmer unterzubringen.

Im Gesellschaftsraum des Sanatoriums vertreiben sich die Patienten die Zeit mit Schach, Mühle und Karten. Ich bin nie unter den Spielern.

„Sie werden von Tag zu Tag schöner." Der Dottore legt seinen Arm auf meine Schulter.

„Alle Italiener sind Schmeichler."

Ansgar schickt fast täglich einen Brief. Einmal bittet er Hedwig, ihn beim Pförtner abzugeben, ein anderes Mal geht er nach der Frühmesse selbst im Habit ins Sanatorium. Richard schneidet ihm regelmäßig die Tonsur nach. In der Stadt zieht

Ansgar die Kapuze vors Gesicht. Manchmal legt er ein Gedicht in den Umschlag. Anbetungsgedichte sind das.

Ansgar geht vor dem Gartenzaun auf und ab. Ich winke vom Balkon. Er winkt nicht zurück. Ans Gitter gehe ich nie. Auf die Briefe antworte ich nicht. Ich habe einfach kein Bedürfnis danach.

Nach zwei Monaten darf ich mit einer guten Prognose nach Hause.

Der Dottore und ich gehen am selben Tag aus der Lungenheilanstalt.

„Ich hätte dich nach Palermo mitgenommen, Elsa."

Warum lasse ich mich darauf ein? Eine kranke Frau. Und dann hier. Ich liebe Gari doch.

4

Soran, 11. August 1941 ... Gern sage ich es Dir nicht, daß ich Soldat bin. Ich will Dich nicht erschrecken, Liebste. Seit März hatte mich der Professor reklamiert. Jetzt war nichts mehr zu machen. Daß ich als erster von uns fünf Buben deutscher Soldat werde, hätte ich nicht gedacht. Das Ärgste habe ich hinter mir. Die Infanterieausbildung ist bitter gewesen. Zur Zeit habe ich es fein. Ich besuche eine Fahrschule. Am Vormittag habe ich theoretischen Unterricht, am Nachmittag fahre ich mit einem Lastkraftwagen. Eigentlich habe ich mich schon recht gut eingewöhnt. Von Berlin bin ich nur 202 km weit weg, in Niederlausitz, Richtung Frankfurt an der Oder. Wenn ich nur bei jemandem aus unserer Gegend wäre! ... Danke für die geselchten Würste, die Sardinen und den Käse. Das Essen ist hier besser als im „Hegelhaus". Und dazu sorgst Du noch so für mich. Nur der Sehnsucht kannst Du nicht abhelfen. Ob Du ebenso oft an mich denkst, wie ich an Dich? ... Daß mein Bruder die Angelina verlassen will, glaube ich nicht. Er sagt aber, es wäre ihm lieber, er hätte in diesen Zeiten nichts mit ihr angefangen. Heiraten will er im Krieg auf keinen Fall, sagt er. In Salzburg ist ihm recht wohl gewesen. Beim Abschiednehmen soll er sogar geweint haben, was bei Jan so leicht nicht geht ... Während Du auf den Berg gehst, stell Dir vor, ich gehe neben Dir und trage Deinen Rucksack und halte Deine Hand. Verzeih, daß ich mit Kopierstift schreibe ...

Ist ja zu erwarten gewesen, daß sie ihn holen. Sie haben sie alle geholt. Erschrocken bin ich schon. Und zugleich mit dieser Nachricht ist wieder einmal die Lebensmittelpolizei ins Haus gekommen. Wir haben Brot mit einem zu hohen

Feuchtigkeitsgehalt verkauft – für deren Geschmack – und keine Preistafelen aufgestellt gehabt. Aber sie haben auch Kaufleute bestraft, die gegen die Bestimmungen „zur Abwehr der Fliegenplage“ verstoßen hatten. Mein Gott, wir sind hier ja nicht in Sizilien. Fliegenplage ... wann sind denn Fliegen bei uns eine Plage gewesen? Alles Mögliche hat die Polizei beschlagnahmt. Fünf Kilo Weichseln zum Beispiel oder drei Kilo Zucchini, die irgendein Kleinhäusler hat verkaufen wollen. Es hat viel arme Leute gegeben. Daß die ganz Armen stehlen würden, das hat der Vater immer bestritten, aber der arme Teufel, der auf dem Michelimarkt ein Paar Kinderschuhe hat mitgehen lassen, der hat barfüßige Kinder gehabt, ganz bestimmt. Solche hat man verhaftet und angezeigt und eingesperrt. Der Hennendiebstahl am Domplatz dagegen, der ist fast zum Lachen gewesen. Am Brixner Bahnhof sind die Hennen dann in einem Koffer wieder aufgetaucht. Sechs lebende und drei tote Hühner im Koffer und kein Dieb weit und breit. Lustig ist es wohl selten genug gewesen in diesen Jahren. Am Abend habe ich die Gefallenenmeldungen in den *Dolomiten* gezählt, um zu wissen, wieviele Vaterunser ich beten muß. Wohl ist mir damit nicht gewesen, aber der Mati hat halt gern dies und das auf ladinisch geschrieben in seinen Briefen. Ist nie zensuriert worden. Trotzdem die leise Angst ...

Soran, am 20. August 41 ... Wenn ich Dir schreibe, Geliebte, kommt mir vor, ich sitze neben Dir und erzähle, und Du hörst mir zu. Da bin ich in dieser Stunde dann viel weniger allein. Diesmal kann ich nicht warten, bis Du mir antwortest. Ich weiß ja nicht, wie es mit mir weitergeht ... Deine Briefe sind mir das Liebste auf der Welt, aber Du mußt nicht so viel und so lang schreiben. Am Abend bist auch Du müde und solltest lieber schlafen ... Am 27. August habe ich Fahrprüfung. Hoffentlich falle ich nicht durch. Die Fahrschule dauert nur 1/4 Stunde am Tag. Bisher bin ich erst ganze 5 Stunden gefahren und erst 32 km weit. Zum Glück haben sie mich nicht unter die Motorradfahrer genommen. L.K.W. ist viel besser und sicherer. Nach der Prüfung wird man hier gewöhnlich abgestellt. D. h. also, daß ich im September hier wegkomme. Wohin weiß ich noch nicht ... Gerade jetzt mußten wir alle zur Abstellung austreten. Alle, die einen Führerschein haben, kommen weg. Also wird es auch bei mir schnell gehen.

Küsse für Dich, gute Wünsche und bleib mir treu ...

Berlin, 29. 9. 1941 ... Ich war zuerst acht Tage weg (wo, darf ich nicht verraten), dann wieder vier Tage. Ein Glück, daß ich noch einmal zurück durfte. Aber morgen geht es wieder los. Ich habe ganz deutlich gespürt, daß Du für mich betest. Warum – kann ich jetzt nicht sagen, aber ich werde es Dir einmal erzählen ... Bei Jan hier in Berlin haben 12 Briefe und 4 Karten auf mich gewartet ... Gott schickt keinem mehr, als er ertragen kann. Ich bin nur manchmal unzufrieden, und wenn ich in diesem Zustand schreibe, werden meine Briefe trostlos. Der Kaplan hier hat gesagt, frommen Menschen kann es nie schlecht gehen. Ich will mir das zu Herzen nehmen. Und dann habe ich ja Dich, mein Lieb ... Um mich herum sind 45 Jahre alte Männer und ältere. Kannst Du Dir vorstellen, wie denen zumute ist? Hoffentlich bleiben meine Brüder vom Kriege verschont ... Zum Glück bist Du an einem sicheren Ort und ich muß mich um Dich nicht grämen. Ich werde schreiben, so oft es geht, so alle vierzehn Tage, mehr darf ich nicht. Und jetzt ist die Tinte aus und ich habe keinen Ersatz.

Entschuldige diesen häßlichen Stift. Grüß mir alle recht schön. Schreib mir vorläufig nach Berlin. Jan sendet die Post nach ...

Es wird wohl so gewesen sein, daß sich der Mati mit jedem Brief in eine größere Liebe hineingeschrieben hat. Es ist ja nicht viel gewesen zwischen uns; vorher. Oder es ist halt die Verlorenheit gewesen allein da draußen. Wir hier haben uns um die Erdäpfeln gekümmert, das Korn und das Heu. Da haben uns einmal sogar die Gymnasiasten vom Vinzentinum beim Erdäpfelausgraben in Sarns geholfen. Auf einem Leiterwagen sind sie dahergefahren, lustig und ein bißchen übermütig. Aber geschuftet haben sie wie die Knechte. Werden auch genug Bauernbuben darunter gewesen sein. Nur den Händen hat man es angesehen, daß sie sonst Bücher angreifen, anstatt Erdäpfel. Trauben haben wir auch gehabt. Der Vater ist gar nicht mehr vom Keller heraufgegangen, wenn der Most gearbeitet hat. Die Bauern haben ihre Milchzentrifugen und Butterfässer anmelden müssen und eine Sondergenehmigung für deren Benutzung haben sie zusätzlich gebraucht. Eine Schikane nach der anderen eben. Und immer wieder sind Leute ins Reich abgewandert. Besitzer und Kaufleute haben Anzeigen aufgegeben, wo sie sich bei ihren Kunden für das bisherige Vertrauen bedankt und die Schließung ihrer Geschäfte und Betriebe angekündigt haben. Da hat der Vater dann einen Tag lang geraunzt und wieder gezweifelt, ob er sich mit dem Dableiben nicht doch verfehlt hat. „Ich werd mein Hab und Gut doch nicht den Faschi überlassen", hat er sich vorgeredet und einen sturen Kopf gemacht. Der Vater hat richtiggehend darauf bestanden, daß die alten Bräuche eingehalten werden, die Tiroler Bräuche, die unsrigen halt. Um Micheli ist daheim das „Lichtbratl" genauso üppig aufgetischt worden wie bisher. Nur mit dem Lichtarbeiten – „Micheli zündet's Licht an" –, das ja mit diesem Datum hätte eingeleitet werden sollen, hat es gehapert. Die Verdunkelungsvorschriften sind von Monat zu Monat ärger geworden. Für einen Bäcker ist das eher ungut. Ich habe mir ab und zu etwas von dir schneidern lassen, Elsa, gell? Wenn ich den Mati auf Urlaub erwartet habe, vermute ich. Die Wirts-Elsa, haben sie in der Stadt gesagt, die Wirts-Elsa ist nicht nur eine Schneiderin, sondern fast schon eine Künstlerin. Und die Seidenstrümpfe ... ach, zum Verkauf freigegeben, aber keine zu bekommen. Du hast geraucht, gell? Heimlich. Bei dir habe ich zuerst diese neue Marke gesehen, die *Colombo.* Der Tabak hat den amerikanischen Sorten geglichen, und ich habe dem Mati Koststengel geschickt.

10. Oktober 1941 ... Gestern nun bin ich hier angekommen. Ich will gleich meine Korrespondenz in Ordnung bringen. Unterwegs hatte ich dazu nie Zeit. Ein paar Karten habe ich geschrieben, mehr nicht. Der Weg war furchtbar weit – und wie weit ist es erst zurück! – die Straßen ganz miserabel. Wenn ich zu Weihnachten Urlaub bekäme ... Unheimlich ausgedehnte Flächen vor mir. Alles Ebene so weit man sieht ... Chiló éle dër tröc Iudes y i atri è piá, d'atra jent ne vëigun nia. Es ist schon ganz schön frisch. Heute haben wir den ersten Schnee. Er wird aber schon noch zergehen. Und ein Wind bläst wie in Toblach. Noch ist alles erträglich. Es fehlt mir an nichts, habe ein feines Schlafen und eine gute Kameradschaft y püch da fá ... Heute haben sie chiló sön plaza taché sö cater ëi, ci spavënt da i odëi! Ai á stlopeté sön nostes guardies, trëi é restades mortes. Spo ataché un, spo dijôi ciamó, che vëi la davágna. Domisdé sunse jüs a fá bagn, por ne gní nia da piedli. I ne pó nia T'le dí, olache i sun, mefo ciamó dalunc dal ciorvel. Mi gratun é indô rot, porchël ne röi nia inant, (ci fortüna). I ne n'un nia da mët laíte, gnanca öre. I ess bëgn tröp da Te dí, mo i ne pó nia. Cun zifres Te sëgni pa olache i sun, l' inom dla cité, el n'é 12. Drei Wochen werde ich schon auf Deine Antwort warten müssen. Das ist schrecklich lang. Meine Feldpostnummer ist: 39606 ... Al é bele les 7 da sëra, nos ne n'un ciafé döt le dé nia de cialt da mangé, ai ne pordüj nia da rové dô, o ai ne n'á nia de chël patüc por i auti ... Ich fürchte mich nicht mehr, seit ich hier bin. Ich hoffe nicht, dër dî chiló zu sein, da canche al wëgn plü frëit ne podunse plü fá nia. I ne n'á nia da me baudié. I un na stüa buna cialda.

Das mußt du dir vorstellen, Elsa, da kommt die Madre Sartori – die ist doch auch deine Italienischlehrerin gewesen – im Friedhof auf mich zu und sagt, ich soll für den Duce beten, damit der Hl. Geist ihn erleuchte. Ich glaube nicht, daß der Mati für den Hitler um Erleuchtung gebetet hat. Die *Dolomiten* hat ganze Seiten voller Anzeigen gehabt: *Soldatentod, Auf dem Felde der Ehre gefallen, Den Heldentod gestorben, Kriegergottesdienst.* Daneben haben die Faschi gefeiert. Große Aushebungen. All diese *Figli della Lupa,* die da zu *Ballillas* haben werden dürfen mit Pomp und Trara oder zu *Avanguardisti* und *Muschettieri.* Gefeiert haben die Faschi auch sonst noch alles Mögliche: Jahrestage der Sanktionen, der Gründung der Miliz, des Marsches auf Rom; das Ende der Ferienkolonien, den Tag der Mutter und des Kindes und dazu die ganzen Dopolavoro-Feiern oder Sportfeste mit Querfeldeinlauf oder Meisterschaften in Fußball und Leichtathletik. Immer ist dies mit irgendwelchen Sammlereien verbunden gewesen: Woll- und Metallsammlung, Trauringspende, Geldspende, Sammlung für die Afrika-Kämpfer und so fort. Die Herta ist in Meran bei den Frauenfaschi aufgenommen worden. Ich habe mich davor drücken können. In die Arbeit verdrücken, sozusagen. Klauben und wimmen und was-weiß-ich – und alles neben dem Brotverkaufen. *Champagner*-Äpfel haben wir noch gehabt zu jener Zeit und *Kalterer.* Findet sich alles nicht mehr. Und Schwarzplenten. Wie schön diese Hockerlen auf den Äckern gestanden sind. Und immer mit einem Auge nach dem Wetter geschaut.

Da ist jetzt eine Eintrittskarte vom Luce-Kino aus den Briefen herausgefallen. *Maria Ilona* – ach, mit der Paula Wessely, und *Süß, L'Ebreo,* ja der *Jud Süß.* Schlimme Zeiten.

Rußland, 16. November 1941 ... Heute ist hier ein herrlicher Sonntag. Der Himmel ist klar. Die Sonne scheint etwas kalt. Wir haben 18 Minus-Grade ... Wir liegen in einer kleinen Stadt in tiefer Ruhe. Wir lauern auf Urlaub. Es gibt jeden Tag eine andere Botschaft. Einmal heißt es, wir müssen zu Weihnachten alle wieder vom Urlaub zurück sein, dann wieder, die eine Hälfte darf zu Weihnachten heim, die andere zu Neujahr ... Lüca schreibt, zur Zeit kommt man nur sehr schwer über den Brenner ... Wir werden im Winter nicht hierbleiben. Es heißt, wir kommen in die Ukraine. Dort soll es wärmer sein. Ich umarme Dich. Ich küsse Dich. Ich warte auf Deinen Brief...

Der „Stalin, dieser Teufel", und „diese schrecklichen Bolschewisten", „der grausame Osten", und „dieses verfluchte Rußland",... sie haben die Soldaten gut abgerichtet bei der deutschen Wehrmacht. Nicht, daß der Mati dem Hitler oder dem deutschen Volk grad einen Sieg gewünscht hätte, aber wer das entschieden hat, daß er da draußen verkommen muß, das hat er nie gefragt. Schon wieder Kinokarten. Marconi-Kino: *L'uomo del Niger,* Central-Kino: *Cortocircuito*, Dante-Kino: *Leggenda azzurra, Solitudine.* In den *Dolomiten* ist unter den Filmankündigungen immer ein Kommentar gestanden, unterschrieben mit D. Sch. – weiß gar nicht, ob das ein Name war, wir haben „der Schreiber" dazu gesagt. *Nur für Erwachsene*, oder *Staatspolitisch und künstlerisch wertvoll*, manchmal auch *Volksbildend*, hat die Aufklärung gelautet. Das hat sich der Vater angeschaut. Dann hat er mich gehen lassen. Oder nicht.

Rußland, 8. Dezember 1941 ... In dieser Woche haben wir Schweine geschlachtet. Blutknödel hat es leider keine gegeben, dafür Wurst und Fett. Es gibt Butter und Eier zu kaufen und man kann es schon aushalten ... Zur Feier des Tages habe ich mir eine schöne Portion Erdäpfel gebraten und zwei Eier. Aus der Küche gibt es die ganze Woche lang Suppe. Ich kann den Kohl schon nicht mehr riechen, diesen verfrorenen capusta ... Für uns hier ist Maria Empfängnis kein Feiertag. Gestern wollte ich in die Kirche gehen. Aber es waren beide gesperrt ai i á proibi al curat da dí mëssa bis auf weiteres, la jënt é dër mal contënta ... Nun ist bald die ganze Welt im Kriege ... Ara ne gnará mine sciöche tl dejedot! Denant metuns pa bëgn man cun chël patüc, mët man cun g, se röia cun s, al vëgn baié de vigni sort ... Lüca schickt seine Post immer ohne Briefmarken. Er schreibt nur „Posta militare Germania" drauf. Kannst Du es nicht auch versuchen? ... Wir haben uns einen Adventkranz gemacht. Die beiden ersten Kerzen sind schon abgebrannt ... Die Kälte hat ein wenig nachgelassen ... Gestern haben wir wieder eine Spritze gegen Cholera bekommen. Tut nicht weh. Fiebern tu ich auch nicht ... Ich küsse Dich die ganzen Feiertage lang. Dein Mati.

Sie haben alle vom Essen geschrieben, die Soldaten, immer wieder vom Essen. Auch uns an der Heimatfront – Heimatfront, Herrgott, was für ein Wort – ist wenig anderes wichtiger gewesen. Daß der Bacher-Bäck in Bozen Zelten gebacken hat in diesen Zeiten, das hat den Vater wieder einmal aufgeregt. Mehr noch, daß er sogar annoncieren hat lassen, daß er Zelten *wirklich gute und preiswerte Zelten in allen Größen und jeder Qualität* verkauft. Es gibt halt immer solche, die es sich richten, hat der Vater geschimpft. Trotz blockierter Mandeln und Haselnüse und all der übrigen Ingredienzien Zelten anzubieten, ist zu Weihnachten '41 fast schon eine Zauberei gewesen oder eine Chuzpe. Ins Christkindl-Paket habe ich halt alles hineingebunden, was an Süßem aufzutreiben gewesen ist, dazu den Wandkalender, den *Alto Adige*, weißt du noch? Auch Matis Geburtstag ist in die Weihnachtszeit gefallen. Christmette hat es im Dom keine geben dürfen. Die wirkliche, die in der Nacht. Gebetet haben wir doch genug. Erinnerst du dich an die Entschuldigungskarten zu Neujahr? Ihr habt sie im Wirtshaus sicher auch gehabt. Für uns Kaufleute ist es schon ein lästiges Geschäft gewesen mit diesen Glückwunschschreiben und zeitaufwendig dazu. Da hat unsereiner den alten Brauch recht willkommen geheißen: einfach für einen kulturellen Zweck Geld spenden, mit dem Betrag in der Zeitung stehen, eine Neujahrsentschuldigungskarte vorweisen und damit aus dem Schneider sein, das heißt, beweisen können, daß man seiner Höflichkeitspflicht nachgekommen ist.

Rußland, 13. Jänner 1942 ... habe zwei Pakete und viel Post erhalten. Die zwei Pakete sind von der Südtiroler Arbeitsgemeinschaft. Es sind drin: ein paar Socken und Handschuhe, zwei Tafeln Schokolade, Mandorlato, Zigaretten, Keks, Zuckerlen, eine Tube Hautcreme, eine kleine Krippe mit sechs Kerzen und Schreibpapier. Ich habe jetzt so viel Schreibpapier, daß ich damit handeln könnte. Ich weiß gar nicht, wohin ich mein Dankesschreiben richten soll. Es ist kein Absender dabei, nur der Stempel von der AdO ... Liebste Olga, schick mir nichts mehr. Ich habe mehr als genug zum Essen, zum Anziehen auch, warme Socken und warme Wäsche, alles ... Eine Russin hier, bei der ich meine Wäsche waschen ließ und die Feiertage verbracht habe, hat mir einen warmen Pullover geschenkt, zwei Handtücher, drei Taschentücher und eine Medaille als Talisman. Sie haben mich alle sehr mögen im Haus. Als ich Abschied nahm und wieder 55 km weiter mußte, hat mir die Russin noch Essen für ein paar Tage eingepackt. Sie weinte, als ich fortging. Und das im Feindesland. Gute Menschen im Feindesland! ... Im Februar hoffe ich doch, Urlaub zu bekommen. Daheim haben sie zu Weihnachten gewartet und waren recht traurig. Anstatt nach Hause sind wir weiter nach vorne gekommen ... Die Meinen schreiben alle fleißig ... Der Vater soll krank sein, sagt die Umma, im Magen hat er's. Aber stur wie er ist, will er nicht zum Arzt gehen ... Mein Mädchen, leb wohl, bleib gesund, denk an mich ...

Wie er zu dieser Russin gekommen ist, kann ich mir nicht ausdenken. Man geht ja im Krieg nicht einfach so von seinem Haufen weg und quartiert sich beim Feind ein, auch nicht, wenn der Feind eine Frau ist. Aber erfunden hat er das nicht. Da schaut die Erzählung vom Reimmichl heraus: *Wie der Bernhofer eine Magd gedungen hat.* Die Fortsetzungsromane aus den *Dolomiten* habe ich gesammelt wie die Kinokarten. Ich weiß nicht mehr, ist es '41 oder '42 zu Weihnachten gewesen, daß der Vater bei der Pelzversteigerung in Bozen einen schönen Fuchskragen für mich erstanden hat. Fast habe ich mich damit nicht in den Dom getraut. Man hat ja nur mehr Kaninchenfelle getragen, wenn überhaupt. Für die besondere Pflege der Kaninchenzucht haben die Faschi damals sogar Geldpreise verteilt. Vom „Leutemarkt" ist der Vater dann mit einem neuen Gesellen gekommen. Das hat mich fast mehr gefreut als der Fuchskragen. Der Zenz aber hat es versäumt, seine Lebensmittelkarte vom alten in den neuen Dienstort mitzunehmen, und es hat endlose Scherereien gegeben. Am ersten Sonntag nach Dreikönig sind die Dienstboten wie das Vieh gehandelt worden. „Hast deinen Schimmel schon hergeben?" hat der Bauer den Knecht oder die Dirn gefragt, wenn er wissen wollte, ob sie sich schon verdingt hatten oder nicht. Am Schlenggltag zu Lichtmessen sind die Dienstboten im neuen Posten eingestanden.

Osten, 20. März 42 ... Auch wenn es so kurz – viel zu kurz – gewesen ist, mein Lieb, zumindest gesehen habe ich Dich, geküßt und im Arm gehalten. Jetzt kommt mir so vor, als hätte ich Dich zu wenig geküßt und zu wenig gehalten und zu wenig angeschaut. Ach! ... Wir sind am 6. März von Berlin abgefahren. Am 9. hatten wir die erste Rast von neun Stunden. Noch in der Nacht sind wir aufgebrochen und waren am 11. März an Ort und Stelle (bis auf weitere Befehle). Es geht uns ganz gut. Wir tun nicht viel. Zu zweit Wache stehen ist nicht gar so langweilig und dann gibt es ja immer viel zu beobachten ringsum ... In der Nacht haben wir selten Ruhe. Am Tage gehen wir ins Holz. Es schaut so aus, als kämen wir, solange es kalt ist, nicht mehr zum Einsatz ... Wenn ich bei diesem Kommando bleibe und nicht zur kämpfenden Truppe gerate, weil ich zu jung bin, dann fehlt mir gar nichts mehr. Vielleicht kommen wir sogar noch weiter zurück. Bis jetzt habe ich jedenfalls Glück gehabt. Es wird mir auch weiterhin gut gehen, weil ich Dich habe ... 16 Briefe und 7 Karten haben mich hier erwartet. Jetzt habe ich genug zu tun mit Antwortgeben ... Hier sagen sie „Fröhlichkeit ist Tapferkeit", aber ich bin nicht fröhlich, seit ich von Dir wieder weg bin. Und tapfer bin ich auch nicht, eher vorsichtig ... Wenn das mit Deinen Eltern nicht so ein Kreuz wäre, könnten wir ja heiraten. Ich habe es diesmal wieder ganz fest gespürt, daß Du zu mir gehörst und meine Frau bist. Wir werden den Vater schon überzeugen. Mit der Mutter ist es eh weniger arg, schon weil sie auch eine Badiotin ist. Müde bist Du mir vorgekommen. Ich glaube, Du arbeitest zu viel. Schon Dich! Schon Dich für mich. Ich bin in Gedanken immer in Deiner Nähe. Dein Mati.

Das hat er gern aufgezählt, der Mati, wieviele Karten und Briefe er bekommt; wieviel er zurückschreibt auch. Recht ungewöhnlich diese Schreibsucht für einen Bäckergesellen. Und wie er sich um alle gekümmert hat. „Bekommt der Sandro keinen Ernteurlaub?" oder: „Ist Davide von der Naia befreit worden?" ... „Der Bostian ist in Montenegro in Gefangenschaft" ... „Mein armer Bruder Jan hat Läuse" ... „Die Stina soll nun doch den Italiener heiraten können, weil sein Vater gestorben ist" ... „Den Serafin haben sie in Bozen erwischt und sofort wieder hinausgeschickt; es wird ihn nichts

Gutes erwarten" … „Mir tut der Vijo leid, der im Feld nicht satt wird". Ganze Litaneien von Freunden hat er aufgezählt, die ich alle hätte grüßen sollen. Es hat mich beinah ein bißchen erschreckt, was der Mati für eine Sehnsucht gehabt hat. Nie hätte ich dem Vater zu sagen gewagt, daß mich der Mati heiraten will, obwohl er für den Vater ein großes Stück an Achtung zugenommen hatte, seit er Soldat geworden war und gegen die Bolschewiken gekämpft hat. Mich hat es nicht groß gefreut, die Braut von einem Soldaten zu sein. Viel lieber hätte ich einem Bäck gehört oder einem Bauern. Die Herta hat gewußt, daß der Duce verkündet, die Sichel des Bauern und das Schwert des Soldaten seien in Kriegszeiten ebenbürtige Waffen. Der Duce hat genug ähnlichen Unsinn verkündet. Ich habe von dem Vergleich rein gar nichts gehalten. Die Herta hat in Meran die Soldaten in den Spitälern betreut. Fast ein bißl fanatisch, muß ich sagen. Nach Rußland habe ich sehr fleißig geschrieben und bin froh gewesen, daß der Mati nicht an der Italienisch-Ostafrika-Front hat sein müssen. Die Herta hat dem Ihrigen nicht mehr als fünfundzwanzig Wörter in einem Brief schreiben dürfen. 10.000 Lire Strafgeld – das ist ein Vermögen gewesen in jener Zeit – hat der Vater gezahlt, weil er in der Backstube ausländische Sender abgehört hat. Wäre nicht nötig gewesen, ausgerechnet in der Backstube. Andere haben sie für derartige Vergehen monatelang eingesperrt. Ein Bäcker, auch ein einbeiniger wie mein Vater, ist kriegswichtig gewesen. 1942 hat man nicht gerade gehungert bei uns hier, aber gespürt hat man die Brotrationierungen schon. Brot und Not sind nicht nur im Kopf einer Bäckin nahe beisammen. Fast ein bißchen etwas Heiliges hat das Brot bekommen. Das Gottvertrauen ist überhaupt groß gewesen wie nie vorher und nie mehr nachher. Ein heiliger Ernst hat geherrscht. Überall.

Osten, 3. Mai 1942 ... Ich bin in einem ganz armseligen Nest. Post wird es hier keine geben. Wir sollen auch eine andere Feldpostnummer bekommen ... Könntest Du nur sehen, wie elend es hier überall aussieht! ... Wir sind nun vier Tage lang gefahren, aber anscheinend noch immer nicht am rechten Ort. Das Land ist so ausgedehnt. Etwas Erschreckendes ... Je weiter wir kommen, umso öder und zerstörter ist alles. Wir haben eine Unterkunft ohne Fenster und Türen, sind aber noch gut dran, weil unsere Kameraden in 60-70 km Entfernung nicht einmal ein Dach über dem Kopf haben bei diesem Regenwetter. Alles ist Sumpf, Wasser, Dreck. Heilfroh bin ich, daß ich nicht fahren muß. Die armen Lastwagenlenker tun mir leid. Ein Verkehr ist hier ... ärger als in Berlin. Alles kommt und geht ... Wir haben unsere Arbeit wieder aufgenommen. Aber wie wir das Holz aufstapeln! Ci tof! Wir fahren 30 bis 40 km aus der Stadt hinaus und am Abend wieder zurück ... Heute kommen dauernd gefangene Bolschewisten an. Ein Trupp nach dem anderen. Russische Frauen tragen Heiligenbilder mit sich herum. Dabei singen sie, küssen die Bilder, bekreuzigen sich nach der falschen Seite und machen allerhand seltsame Spergamente ... Wir bauen an unsrer Unterkunft herum und warten auf den Einsatz ... Liebe, liebe Olga, zu Deinem Geburtstag, Du schönes Maikind, will ich Dich ganz besonders umarmen und Dir gratulieren. Ich will für jedes Wort in jedem Brief danken. Ich verspreche Dir, daß ich für Dich sorgen will. Ich werde zur heiligen Muttergottes beten, auf daß Dir kein Leid geschehe, daß Du ganz lange leben mögest und viel Freude haben ... Einmal wird ja Frieden sein. Dann werde ich heim zu Dir gehen. Dann werden wir nie mehr auseinander gehen. Dann wird das Leben erst anfangen ... Arbeitest Du schon auf dem Feld? Ich weiß ja, daß Du dort lieber bist als in der Backstube.
Laß Dich umarmen und herzen, mein Geburtstagskindl. Dein Dich liebender Mati.

Wir haben auch Brot ausgeführt damals. Zum *Elefanten*, zu euch auch, Elsa, in die kleinen Milch- und Brotgeschäfte, zu den besseren Brixnern, die sich nicht gern angestellt haben im Laden. Im Buckelkorb hat der Lehrbub den Geruch vom ofenwarmen Brot durch die Gassen gezogen. Es hat auch solche gegeben, die altbackene Struzn gekauft haben. Altbacken werden sie schon von allein, hätte man meinen können, aber bei der Maderin zum Beispiel wäre es zum Altbackenwerden gar nie gekommen. Einen ganzen Struzn auf einmal würde jeder ihrer Buben essen, wenn er nicht mindestens zäh oder gar schon hart wäre, hat die Maderin geseufzt. Einen Struzn pro Bub hat sie sich aber auch in Friedenszeiten nicht leisten können, und nicht nur sie nicht. Wieviel Holz habe ich in meinem Leben von der Schupfe herübergetragen. Die großen Backöfen sind nur mit Holz beheizt worden. Und wie viele Teigwannen habe ich gebürstet und wieviele Paletten. Diese zwei Meter langen Paletten, auf denen der Teig in den Ofen geschupft und das fertige Brot herausgezogen worden ist. In aller Herrgottsfrüh bin ich vor den langen Brottischen gestanden, um mit einem nassen Kehrwisch über die Laiber drüberzufahren und die Kruste abzuschrecken, die dann laut knisternd gesplittert ist. Wir haben auch samstags gebacken, an Feiertagen, sogar am Christtag. An den Markttagen, zu Micheli und zu Josefi, ist ein Stoß auf den anderen gefolgt, die ganze Nacht über. Der Vater hat sich immer so um zehn schlafen gelegt bis zwei, halb drei am Nachmittag. Ein Bäcker hat einen anderen Tagesablauf. Schauen alle blaß aus, die Bäcker. Der Mensch hat halt eine Uhr drinnen, die läßt sich nur mit Gewalt umstellen. Dafür haben wir nie gefroren. Schon 1941 ist die Heizperiode vorgeschrieben worden. Für uns da heroben hat sie nicht vor dem ersten Dezember anfangen dürfen. Aber in den Privathäusern ist ohnehin nach und nach das Heizmaterial ausgegangen. Kalt und Hunger dazu, das hält keiner gern aus.

5

Die Schneidermeisterin in Klausen begrüßt mich wie eine Tochter. Sie schlägt mir einen Zuschneidekurs vor. „Das Meraner Klima ist ein Kurklima, Kind!"

„Aus Meran haben sie es schon verscheucht, das Gesindel."

Herr Pichler meint die Juden.

Es sei wichtig für mich, stimmt Gari zu und schluckt den Klumpen im Hals. Er läßt sich von der guten Meraner Luft überzeugen und davon, daß der Kurs weniger anstrengend sein wird als die Arbeit in der Klausner Schneiderei.

Die Elsa, sagen die Gehilfinnen, vermacht dem Teufel die Seele für ihre Schneiderei.

Es geht mir gut in Meran. Vor allem geht es mir gut, weil ich allein bin. In der freien Zeit gehe ich viel spazieren. Ich freue mich über das überschwengliche Lob des Couturiers. Er führt meine Stücke wie ein Puppenspieler vor, und alle sind begeistert.

Mein Zimmer liegt außerhalb der Stadt. Die Vermieterin ist Tschechin und spricht gebrochen deutsch. Sie fragt jeden Abend durch den Türspalt: „Wollen Fräulein Elsa vielleicht ein Glas warmes Milch?"

Die Hauswirtin sucht Gesellschaft. Ich bin höflich aber reserviert. Ich habe das immer können, mir Abstand verschaffen.

„Fräulein Elsa haben groß Problem mit Mann", sagt die Tschechin einmal.

Da lache ich nur und schüttle den Kopf.

Warum fehlt mir Gari nicht? Der Schnittbogen, auf dem dieser Satz steht, hängt über meinem Bett. Mit einer großen

Neun daneben. Damit ich nicht noch einmal auf die Stunde vergesse, in der Gari und ich aneinander denken wollen.

Weil ich schon bald Mäntel, Kostüme und Kleider frei aufs Papier zeichnen kann, meint der Lehrer, ich solle so etwas wie Haute-Couture-Modelle entwerfen. Die würde in Kriegszeiten zwar niemand brauchen, aber meine Begabung dürfe nicht verkümmern. Die Schneiderkollegen trennen alte Sachen auf und verfolgen andächtig, was aus meinen Skizzen wird.

„Nach dem Krieg mußt du nach Paris", sagt der Couturier.

Es wird oft spät in der Zuschneideschule. Das enge Zimmer der Tschechin ist nicht geheizt. Ich friere auch im Mai. Zwei Tage vor meinem Auszug verläßt die Tschechin Hals über Kopf das Haus. Nicht nur Juden haben in Meran keine Bleibe mehr.

„Italien besser", sagt die Vermieterin.

„Auch in Italien gibt es einen Duce."

„Ja, Duce auch Führer."

Wieder beantworte ich Garis Briefe nicht. Das haben wir so vereinbart.

Auf dem Heimweg fährt mir der Wind ins Gesicht. In der Früh haben ein paar Schneeflocken die Blüten auf der Gilfpromenade zugedeckt.

Hochgeschlagener Kragen, Kappe in der Stirn, Schal vor dem Mund.

Auf den hölzernen Stufen der Außenstiege zu meinem Zimmer hockt Gari, in ein Dreieckstuch der Kapuziner gewickelt, und wartet.

„Weißt du, was du riskierst?"

„Du kommst spät ... du fehlst mir."

Das Bett ist schmal. Wir drücken uns aneinander. Mehr um uns gegenseitig zu wärmen als aus Leidenschaft. Wir reden bis zum Einschlafen. „Das Jahr ist bald um, mein

Schonjahr", sagt Gari, dann muß er heraus aus dem Versteck. Die Matura wird er bestehen. Die Gewißheit, daß der Krieg bald aus ist, läßt er sich auch von meinem Zweifel nicht nehmen.

„Wirst du meine Bäuerin auf dem Schusterhof?"

Er fährt meine schmalen Hände auf und ab, die er sich nicht dabei vorstellen kann, wie sie Lärchenböden bürsten oder den heißen Hennenkoch aus Erdäpfeln und Heublumen kneten. Lieber heute als morgen will er heimgehen. Was er dort mit seinem Maturadiplom anfängt, weiß er nicht.

Daheim weiß man nichts von seinem neuen Leben. Pater Albuin würde es ihm gern abnehmen und Ansgars Eltern die Entscheidung ihres Sohnes beibringen. Ansgar meint, er müsse da selbst durch. Er hat nicht vor, sich als Bauer auf den Hof zu setzen. Franz ist im Krieg, Ander arbeitet in der Schmiede. Vorerst kann man seine Hilfe in Stall und Feld vielleicht brauchen. Mich wird er als seine Frau mitnehmen.

Der Zuschneidekurs ist zu Ende. Die Schneidermeisterin lobt Entwürfe und Modelle. Die Lehrmädchen staunen. Obwohl das dritte Gehilfinnenjahr noch nicht um ist, bin ich im Juli schon Meisterin.

„Wie ein Hampelmann hat er sich die Fäden durchschneiden lassen, dein Mussolini."

„Es ist nicht mein Mussolini, Herr Pichler!"

Und doch fürchte ich mich vor der deutschen Wehrmacht mehr als vor allen Faschisten zusammen, Mussolini, Podestá und compagnia bella.

Beim Sternwirt feiert man Ansgars Matura und meinen Meisterbrief.

Die Prüfer machen es Ansgar schwer. Er steht zum ersten Mal als abgesprungener Kapuziner in der Öffentlichkeit. Er trägt zum ersten Mal einen Anzug. An Richards dunkelblauem habe ich die Schultern und den Rücken schmaler gemacht und Falten in den Hosenbund genäht.

*

„WILLST DU NICHT doch lieber bis zum vereinbarten September warten?" Der Guardian versteht die politischen Zeichen richtig. Ansgar aber hat genug vom Sich-Verstecken.

An diesem letzten Juliabend, an dem die Sternwirtin endlich richtig aufkochen darf, sitzt er nach zehn Monaten wieder in der Gaststube.

Sobald ich mit ihm allein bin, werde ich von meinem Verdacht reden, der schon eine Gewißheit ist.

Ich bin blaß, das steht mir gut, und ich friere wieder. Die Mamma muß sich den Zustand ihrer Tochter nicht erfragen. Keine Vorwürfe, kein Händeringen. Sie freut sich einfach.

„Wir heiraten sofort, Elsa."

Ich nähe mein Hochzeitskleid.

„Man darf sich das Hochzeitskleid nicht selbst nähen, Kind! Das bringt Unglück."

„Es wird nicht viel Unglück bringen, Großmutter, wo mich doch keiner sieht."

Ansgar schreibt tagelang an dem Brief, der seinen Eltern den Abschied vom Kloster beizubringen versucht. Als Antwort kommt Ander. Er wird neben Richard der zweite Trauzeuge sein.

Um den Hochzeitstisch sitzen Pater Guardian, die Mamma und Großmutter, meine Geschwister und Ander. Die Mutter hat ihm Strauben und Geselchtes mitgegeben. Daß ihr Ulrich bald wiederkommen und Elsa mitbringen möge, wünscht sie sich. Viel später erst wird sie gestehen, daß sie von der Entscheidung ihres Buben schon lange gewußt hat. Vom Herrn Pfarrer im Beichtstuhl. Der Weg von der Kirche zum Schusterhof zurück ist ihr längster Bußweg gewesen.

Seit einiger Zeit kränkelt der Vater. Vor dem Einschlafen beten die Eltern im Bett einen Rosenkranz für Ulrich. Der Vater nickt beim dritten Gesätzchen ein. Die Mutter wirft die Perlen des Rosenkranzes auf die Brust des Vaters hinüber und reißt ihn aus dem Schlaf. *Du bist gebenedeit unter den Weibern ...*

„Ich hätt' mich gern von unserem Buben einsegnen lassen", sagt der Vater.

„Wir brauchen dich noch, Hans. Der Franz will dich noch erleben, wenn er aus Jugoslawien kommt. Warum schreibt der Bub nicht?"

*

DIE WOHNUNG über der Wirtschaft ist unsere Bleibe. In den Balken der Dachschräge hängt die geflochtene Wiege.

„Das tut man nicht", sagt die Großmutter, „damit wartet man bis zur Kindsgeburt."

„Was Eurem Aberglauben nach nicht alles Unglück bringt ..."

Könnte man nur endlich einen Bauch sehen. Ich schneidere Umstandskleider und habe noch gar nichts darunter, dem ich durch besondere Weite Platz schaffen müßte. Am Abend sitzen Gari und ich, Ellbogen an Ellbogen unter der Lampe. Gari liest aus Romanen vor. Ich mache Handarbeiten. Und wir warten auf das Kind.

„Frau Elsa, das Dirndl muß ich unbedingt bis morgen haben!" Die Weinverschleißerin drängt.

„Ich tue, was ich kann. Sagen Sie, ist eine neue Mode ausgebrochen? Es warten noch drei Frauen auf ihr Dirndl."

„Gäbe es unter den Optantinnen nur eine halbwegs ordentliche Schneiderin, ich schwöre Ihnen, ich hätte mein Dirndl nicht von einer Walschen nähen lassen."

Vielleicht findet sich doch noch eine, die in einer Nacht genauso schnell näht, wie eure Soldaten einmarschiert sind. Ach was, die Zeiten für Dableiber sind schlecht geworden.

Der Einmarsch der Deutschen in die Stadt ist ein Triumphzug. Die Brixner jubeln. Aus den Fenstern wehen Hakenkreuzfahnen. Die Schützen paradieren. Frauen werfen Blumen und laufen mit Nüssen, Trauben und Obst hinter den Militärfahrzeugen her.

„Wir gehen von hier weg", sagt Ansgar, „ich halte das nicht aus."

Der Podestà ist schon verjagt. Der kommissarische Bürgermeister sorgt für deutsches Recht und deutsche Ordnung.

Der Pater Guardian sitzt verstört in unserer Wohnung. „Sie haben das Priesterseminar zugesperrt. Im Salerner Internat ist aus der Kapelle eine Werkstatt geworden. Den steinernen Altar haben sie zugemauert. Im Mauerbogen dahinter hängt ein Hitlerbild."

Das Bekenntnis zum italienischen Staat wird die Dableiber nicht vor einem Kampfeinsatz bei den Deutschen schützen, fürchtet der Guardian. Da will Ansgar noch am selben Abend ins Ahrntal aufbrechen.

„Lieber als Uniformen nähe ich Heuplanen und Strohsäcke."

Unser Kind würde ich gern daheim entbinden, unter dem Beistand der alten Hebamme. Werden mich die Seinen mögen? Werden mir die Dörfler aus dem Weg gehen? Oder wird es unter den Ahrner Bauern wie früher in der Sommerfrische sein?

„Habt ihr im Ahrntal vielleicht keine Nazi?" fragt die Mamma.

Das Institut der Englischen Fräulein ist beschlagnahmt. Aber es gibt wieder deutsche Schulen. In der Dantestraße haben sie das walsche Regiment hinausgeworfen und halten in der alten k. und k.-Kaserne deutschen Unterricht.

Wir gehen heim, ist der letzte Vermerk auf dem Schnittbogen, der mit dem grünen Samtstreifen vom Dirndl der Weinverschleißerin zusammengebunden ist. September 1943, steht quer darüber.

Richard steuert den Lieferwagen. Er redet nicht viel. In der Früh war ein Hakenkreuz auf seiner Ladentür gewesen, und den Schriftzug *Generi alimentari* hatte jemand mit schwarzer Farbe zugepinselt.

Beim Sternwirt ist seit drei Tagen kein Carabiniere mehr aufgetaucht.

„Die walschen Scheißer haben sich alles abnehmen lassen, ohne zu mucken", erzählt der Tapezierer, „die Deutschen zeigen ihnen schon, wer hier das Kommando hat."

Der Gemeindesekretär redet vom Herrenvolk, dem er bald wieder dienen darf. „Den Podestà hätte ich in den Eisack geworfen", schreit er, „viel zu nachgiebig sind sie mit diesen Schindern umgegangen."

Die Treue zum Reich, heißt es im Land, hat sich bezahlt gemacht.

Am liebsten würde Richard beim *Adlerwirt* gar nicht zukehren. Vor der Option ist er das letzte Mal bei Tante Lisl in der Stube gesessen. Vergebens. Nur zum Auswandern ist es noch immer nicht gekommen. Es sperrt sich mit der Ablöse von Hab und Gut. Das altehrwürdige Brunecker Gasthaus wirtschaftet auch in den Kriegsjahren nicht schlecht. Der Onkel hat Verbindungen nach allen Seiten, sonst aber als Angeheirateter nicht viel zu melden. Einmal wird der *Adlerwirt* und alles, was dazugehört, den Brixner Sternwirtkindern zufallen.

Auf dem Pferdefuhrwerk habe ich Anders bloßen Rücken vor mir, seine braunen, kräftigen Arme. Ein schönes Brüderpaar!

An diesem warmen Septembertag fällt Ander beim Roggenschneiden aus. Sein Bruder ist ihm eine Arbeitsschicht wert; seine Schwägerin auch.

Ander dreht sich mit einer Hand im Hosensack eine Zigarette. Der Rauch schlägt im Fahrtwind zu mir zurück. Mit zugekniffenem Lid dreht sich Ander um. „Tut es dir etwas?"

Der Tschigg hüpft im Mundwinkel. Später wird er mir immer dann eine Zigarette anbieten, wenn keiner zuschaut.

Am liebsten möchte ich gar nie ankommen. Gari hält meine Hand, drückt sie ab und zu und macht sich selbst Mut. „Wir sind nicht Maria und Josef auf Herbergsuche. Daheim werden sie nicht anders können, als dich mögen."

„Ich bin ausgetreten, Elsa." Wie auf den Bildern der Verkündigung kniet Gari vor mir.

Fürchte-dich-nicht, sagt der Engel. Wir fürchten uns beide.

Vom Dorfende führt nur mehr ein steiler Steig zum Schusterhof. Ich gehe mit Gari hinter dem Fuhrwerk her. Ander führt das Roß am Halfter. Er deutet auf die kleine Figur vor dem Stadel.

„Der Vater schneidet Saugras."

Der Wagen bleibt in dem Augenblick vor dem Vater stehen, als der in die Gurten des Buckelkorbes schlüpfen will.

„Laßt mich tragen, Vater!"

„Du, Ulrich?"

Sollte sich der alte Mann freuen, woran hätte ich es erkennen können? Ich sage verlegen Grüßgott! und strecke die Hand aus.

„Griaßde!" antwortet der Vater, nimmt meine Hand aber nicht, weil er dieses weiße Handl nicht mit seinen grasigen Pratzen berühren will. Aber das sagt er mir erst viel später.

Ander geht über die hölzerne Außenstiege voraus, schaut vom Söller ins Stubenfenster, klopft an die Scheibe und hält mir das Tor auf. Aus der Stube kommt Kathl, Ansgars jüngste Schwester.

„Mutter, der Ulrich ist da!"

Zu mir sagt sie nichts.

Die Mutter steht mitten im Raum, klopft sich auf die Brust und sagt: „Unser liabe Frau in Himml!" Dann weint sie in die ungeschickte Umarmung ihres Buben.

Das Rosele zieht mich hinter sich her die Stiege hinauf und erlöst mich aus der Küche. „Ich zeig' dir mein Brautgewand. Es hängt noch in eurer Kammer."

Die Kammer ist vom Boden bis zum Plafond mit schmalen Lärchenbrettern ausgekleidet. An den quadratischen Fenstern, die aufs Tal hinunterschauen, muß jeder vorbeigehen, der von den Schlafkammern ins Häusl will. Als erstes werde ich Vorhänge nähen.

Der lange, schwarze Balkon hängt voller Geranien. „Brennende Liabn" sagen die Bauern dazu. Andere sagen Optantenbuschn... „So reißet vom sonnigen Erker / Die letzte Brennende Lieb..." haben sie gedichtet.

Ich schaue mir den kniehohen Holzsitz mit Deckel an, der am Erwachsenenklo angenagelt ist. Ein kinderfreundliches Haus.

Ich rolle den mitgebrachten Flickenteppich vor das Ehebett und beziehe Strohsäcke und Tuchenten mit meiner feinen Wäsche. Hennenfedern. So schwer können nur Hennenfedern sein. Der Tisch in der Ecke der Kammer war Franks Schreibtisch. Daran werde ich nähen. Im Kasten ist keine Stange für Kleiderbügel, nur Haken. Die Weiber hängen ihre Kittel an einem Latz daran auf.

Ander trägt die Nähmaschine herauf. Das Rosele bestaunt das schöne Gerät mit der goldenen Aufschrift *Singer* und den goldenen Verzierungen auf dem schwarzen Gestell.

„Morgen kommt Stina auf Besuch. Sie will sich die Elsa anschauen", sagt sie beim Nachtmahl.

Stina ist die älteste der Schwestern und hat einen Gsieser Bauern geheiratet.

Es gibt Milchmus in der Pfanne wie jeden Abend. Vor dem Schlafengehen tunke ich Brotbrocken in eine Schale warmer Milch. Beim Abendrosenkranz knien alle an ihrem angestammten Platz vor der Bank, die von der Tür um den Lehmofen herum, die beidseitigen Fensterreihen entlang und wieder zur Tür zurück führt. Mit dem Gutenachtsagen taucht jeder zwei Finger in das Weihwasserkrügel an der Wand, sagt Gelobt-sei-Jesus-Christus, bekreuzigt sich und begräbt sich unter der Tuchent.

In der Nacht geht ein Gewitter nieder. Schon Stunden vorher das Wetterleuchten über den Bergen. Nach dem Himmlatzn kracht und blitzt es gleichzeitig. Das ganze Haus ist auf den Beinen.

„Warum läutet der Mesner die Glocken nicht?" jammert die Mutter.

„Immer wartet er mit dem Wetterläuten so lange, bis das Ärgste vorüber ist. Und dann hat das Läuten prompt geholfen", weiß der Vater.

Die Mutter verbrennt geweihte Kräuter im Küchenherd und schüttet Paterpulver in die Futtertröge der Kühe. Auch das Paterpulver ist geweiht. Es besteht aus zerstoßenen Heublumen und Gewürzen. Eines davon meine ich aus dem Brotlaib der Nachbarin zu schmecken.

„Die Türen zu!" schreit die Mutter. „In die Zugluft fährt der Blitz."

Ander schlägt einen Treschetter vor, jetzt, wo eh alle auf sind. In der Wirtsstube in Brixen spielen Handwerker und

Trientner Scherenschleifer ein Kartenspiel, das sie Tresette heißen. Daraus machen die Ahrtaler das Treschetten.

„Warum hat die Kathl kein Wort mit mir geredet, Gari?" Wir haben im Bett die Köpfe zueinandergedreht.

Kathl arbeitet im Dorfwirtshaus und überall dort, wo man sie braucht. Sie nimmt es mit jedem Knecht auf.

In dieser ersten Nacht auf dem Schusterhof schlafen wir Hand in Hand ein. Die Bettlaken sind gekennzeichnet. Mit einem roten, gestickten, winzigen A und einem winzigen E in der untersten Ecke.

Die Tracht, die das Rosele an ihrem Hochzeitstag tragen soll, ist viel zu weit. Sie ist ein Leihstück der Basl, einem Mannweib, fast doppelt so schwer wie die zarte Schwägerin.

Als das Rosele drei Tage vor dem Fest das Oberteil ihres Kleides in vier Teilen in der Stube liegen sieht, glaubt sie nicht mehr, daß etwas daraus wird. In jeder Falte des üppigen Rockes steckt eine Nadel mit buntem Glasknopf; nur die Seidenschürze ist ganz geblieben. Bei der Halbprobe hat das Kleid ein hautenges Mieder mit hoher Brust, genau geschnittene Schultern und viel Stoff um die Hüften anstatt um die Mitte. Die Braut umarmt ihre Schwägerin und dreht sich stolz im Fensterglas.

Um zehn Uhr kommen die Geladenen des Bräutigams ins Elternhaus der Braut und werden mit Fettgebackenem bewirtet. Die Nachbarsweiber sind besonders gern zum Helfen gekommen. Sie haben sich die Neue anschauen können.

Den Gästen der Braut wird beim Bräutigam aufgetischt.

Drei Männer fordern die Braut mit einem Reim auf, den Segen der Eltern zu erbeten. Das Rosele kniet auf dem Stubenboden.

Zur gleichen Zeit werden auch dem Bräutigam Kreuzzeichen auf Stirn, Mund und Brust geschlagen. Bevor sich die Mutter dem Hochzeitszug anschließt, winkt sie mir und segnet auch mich.

Auf dem Kirchplatz drehen sich gleich viel Augenpaare nach mir um wie nach der Braut. Die Männer stehen in Gruppen zu viert oder fünft beisammen, machen gleichzeitig dieselbe Drehung mit dem Kopf und verfolgen die Neue vom Auftauchen in der Wegbiegung bis zum Verschwinden im Kirchentor. Kathl geht ein paar Schritte vor mir, als wolle sie sich nicht ganz als zu mir gehörig bekennen. Gari kniet in der letzten Bank auf der Männerseite. Es ist eine schöne, einfache Zeremonie. Die Brautleute verlassen bedächtig die Kirche. Das Hinken von Roseles Mann fällt fast nicht auf. Die Musikkapelle spielt einen schwerfälligen Marsch. Da kann sogar das durchschossene Bein des Bräutigams Schritt halten. Obwohl er immer noch auf seiner Klarinette übt, fürchtet er, die Dorfkapelle wird den Krüppel nicht mehr brauchen können.

Selten richtet einer aus dem Dorf das Wort an mich; wenn, dann sind es ein paar belanglose Sätze, Fragen, die keine Antworten erwarten. „Du bist dem Ulrich Seine ...“ oder: „Bist jetzt ein bißl da ...“ und: „Schneidern tust, gell?“

Das Hochzeitsmahl ist üppig. Gari fischt für mich die mageren Schweinsbratenstückln vom Anrichteteller. Für die Bauernwirtschaft ist der Krieg keine schlechte Zeit. Es steigen die Festmetertarife, es gibt ein höheres Hennengeld, bessere Viehpreise. Auch für die Butter zahlen die Käufer gut.

Nur der Hias, Mutters Bruder, hat sich übernommen. Er ist Tischgespräch hinter vorgehaltener Hand. Der Hias ist vor kurzem von seinem Hof gerutscht. Ein harmloser Ausdruck für das Elend des abgehausten Bauern.

„Lawett ist er gegangen, der Großtuer“, spotten die Hochzeitsgäste. „Wozu braucht ein Bauer ein Auto, wenn es doch die Littorina gibt?“

Die Mutter trägt zu allem übrigen Leid das selbstverschuldete des Bruders mit.

Zaghaft beginnen zwei, drei Paare zu tanzen. Die Brautleute haben dazu aufgefordert. Gari kann nicht tanzen.

„Hilfst mir beim Landler?" Ander faßt mich fest um die Mitte, als wollte er der Gesellschaft zeigen, die Fremde gehört jetzt hierher.

Der Ander ist ein guter Tänzer. „Mit einem Vögele, wie du eins bist…" Marsch, Polka, Landler und Walzer. Die Musiker sind ausdauernd. Von Anders großer Hand behalte ich eine feuchte Stelle über der rechten Hüfte.

„Tanzen mußt du noch lernen, Bruder!"

Schade, daß das Rosele nicht mehr daheim ist. Mit der Kathl werde ich nicht warm.

„Sie braucht ein bißchen Zeit", vertröstet Gari.

Stina läuft türein, türaus und übersieht mich. Sie wechselt vom Füttern und Windeltauschen zum Trösten und Schelten ihrer Kinder, von denen sie einen ganzen Schüppel zu versorgen hat, befiehlt ihren Mann einmal hier- und einmal dorthin, wärmt das mitgebrachte Essen in den Aluminiumtöpfen auf, stellt Honiggläser in die Speiskammer und packt an deren Stelle Butterknollen ein.

Ihr Jakob ist ein Optant. Er bewirtschaftet im Gsiesertal ein kaum größeres Gut als es der Schusterhof ist. Keiner weiß so recht, wie er sich durchwurstelt. Er schmuggelt. Nicht nur Honig aus seiner Imkerei.

Stina hat Wochen damit zugebracht, Strohsäcke auszubessern und mit frischem Inhalt zu füllen, Tischdecken und Leintücher zu flicken und zinnerne Schüsseln und Teller zu polieren.

„Wir wandern nur mit gutem Zeug aus", hat Jakob beschlossen. „Ich laß mich nicht als Abschaum beschimpfen. Es geht schon zuviel minderes Volk über die Grenze."

Zum Weggehen ist es nicht gekommen. Ein Deutscher ist

Jakob geblieben. An die Gäste bei Roseles Hochzeit hat er das Optantengedicht von der *Brennenden Lieb* verteilt, vervielfältigt von der fleißigen Katakombenlehrerin aus St. Martin mit der schönen, deutschen Handschrift.

6

Im Felde, am 12. Mai 1942 ... Jetzt hat auch Vijo einrücken müssen. Also sind wir unser drei im Krieg. Ich glaube aber nicht, daß Vijo nach vorne kommt, weil er ja keine Ausbildung hat ... Aber ich habe eh immer das Gefühl, wir Brüder kommen alle wieder heil zurück ... Nur der arme Daniele, der hat in diesem miserablen Rußland bleiben müssen. Es macht mich sehr traurig, daran zu denken, daß ich ihn nie mehr sehen werde ... In den letzten Tagen haben wir wieder einmal Unterkunft gebaut. Ein paar Zivilisten sind auch da. Es gab ein Mords-Theater mit einem alten Mann. Der wollte uns keinen Abort errichten lassen. Er sagte, er sei schon 71 Jahre alt und habe bis jetzt keinen Abort gebraucht, seine Familie auch nicht. Sie wären immer in den Schuppen gegangen. Da wäre auch das Ausräumen einfacher und übrigens hätten sie alle Angst, sich auf das Brett zu setzen, wegen der Splitter im Arsch. Ach Gott, das Volk hier hat keine Kultur, es ist alles Mist ... Heute war es wieder furchtbar lettig. Wir haben den ganzen Tag im Dreck herumgewühlt ... Gestern und vorgestern haben wir prima gegessen: Kalbsbraten mit Soße, Salzkartoffeln, Pudding, Kompott, eine Tafel Schokolade, 3/4 Liter Wein, ein Viertel Eierlikör. So lebst Du beim Bäck nicht, oder? Sonst ist hier immer dasselbe. Wir hören auch nicht, ob sich in letzter Zeit „an der Lage" etwas verändert hat ... In einer Stunde fährt ein Kamerad nach Berlin. Dem gebe ich den Brief mit, damit er schneller weitergeht. Wenn ich Dir schreiben darf, ist mir leichter ... Laß mich die Hände in Dein Haar tun und Dich auf Deine Augen küssen. Dein Mati.

Was fragst du denn immer nach Gernhaben und Nachweinen. Es kühlt sich halt ab, das Gefühl, mit der Zeit. Ich habe dem Mati viel Zeug nachgeschickt, soviel als möglich, immer dann, wenn ich Zulassungsmarken gehabt habe. Das wird auch ihm lieber gewesen sein als große Schwüre und Herz- und Schmerzbriefe. Damals ist der Spruch gegangen: „La politica stá nella pentola". Die Liebe hat da wohl auch hineingehört, in den Kochtopf. Wie stellst du dir das vor? Hätte ich vergehen sollen? So versessen bin ich nie gewesen. Auch nachher nicht.

Im Felde, am 20. Juni 1942 ... Ja, wir sind wieder an einem anderen Ort. Aber es ist überall dasselbe. Landschaft, Dörfer, Städte, alles zerschossen. Por ladin, dlungia Alexandr y ciamó ow .... In der letzten Zeit war es hier recht schlimm. Wir bekamen nichts mehr. Keine Post, keine Verpflegung, es ging kein Telephon. Nichts. Sparen mit der Menage ... Inzwischen hat sich alles gelöst. Der „Storch" fliegt wieder. Mit Zeug und Briefen ... Wie sehne ich mich danach, Dich wiederzusehen. Und gleichzeitig fürchte ich mich vor dem Abschied. Diese Angst vor dem Abschied; sie verdirbt alles. Wenn es bloß nie mehr ein Abschied nach Rußland sein müßte ... Gestern war ein fürchterliches Gewitter. Der Blitz hat in die Baracken eingeschlagen. Vier sind niedergebrannt ... Heute wieder große Beerdigung ... Es regnet und windet ... Du bist in meinen Freuden bei mir und in meiner Trauer. Ich muß mit Schreiben aufhören. Dein Mati.

Überall Heldengedenkfeiern ... und dazu mit diesem Peter Hofer und seinen großen Sprüchen. Und diese Lieder und Bläserchöre mit ihrem *Ich hatt einen Kameraden* und *Wir senken die Fahnen*, *Der Himmel grau* und wie das alles geheißen hat ... und um diese schrecklichen Blutbirkenkreuze herum. Das hat mich jedesmal ganz schwermütig gemacht. Auch wütend, wenn ich mich getraut habe. Und doch sind die *Nager* gereift und die *Muskateller*, sind Kinder auf die Welt gekommen und haben die Leute geheiratet, hat der Vater beim Pferderennen auf das falsche gesetzt und im Kino sind Filme gelaufen ... da, schau: *L'Orrizzonte dipinto* und im Marconi-Kino: *Piccolo alpino.* Davor hat es die Wochenschau gegeben, gell? Das ist noch gar nicht so lange her – nein, dreißig Jahre doch schon – da ist dem Zenz und mir beim Wandern mit einem Mal eingefallen, Marschlieder zu singen, faschistische Marschlieder. Kriegslieder. So einfach beim Abwärtsgehen haben wir *Facetta nera* geträllert! Die Kinder sind damals ganz erschrocken. Wir auch, hinterher.

Im Felde, am 7. Juli 1942 ... Hart ist das Warten auf Deine Briefe. Obwohl es diesmal „nur" einen Monat gedauert hat. Dafür schreibst Du so viel, erzählst Schönes und Neues und ich lese immer auch Dein großes Herz heraus. Ich kann nicht anders als Dir wieder sagen, wie sehr ich jeden Buchstaben liebe, den Du schreibst. Ich rieche auch immer am Briefbogen – tu jetzt nicht lachen – und manchmal kommt mir vor, ich rieche Deine Haut, Dich halt ... Die letzten Tage waren wieder traurig. Ich habe einen guten Kameraden verloren. Zwei aus meiner Gruppe sind schwer verwundet worden. Ich bin verschont geblieben. Es will noch nicht sein. Es gibt hier viel mehr Leid als Hoffnung. Das ganze Leben ein ewiger Kampf. Wenn man diese Worte aus dem Krieg schreibt, klingt es seltsam ... Mir wurden vier Russen zugeteilt, die mir beim Särgebauen helfen. Deshalb muß ich im Augenblick einmal nicht mit hinaus ... Gegen die vielen Mücken und Fliegen haben wir Netzte bekommen ... Recht fest danke ich Dir für die guten Keks. Weißt ja, wie gern ich nasche. Nur das eine, das spar ich, das mit dem weißen Zuckerguß=Herzl ... Ich habe meiner Schwester Eier nach Salzburg geschickt. Man bekommt in diesem Dorf Eier in Hülle und Fülle zu kaufen. Sefl hat schon geantwortet, daß sie alle heil angekommen sind, die Eier ... Mit dem Beten schaut es bei mir schlecht aus. Die freie Zeit nütze ich zum Schreiben und wenn ich mich dann niederlege, mache ich wohl einen guten Gedanken, fange mit einem Gebet an, komme aber nicht weit. Der Schlaf ist stärker als ich. Seit 20. April habe ich keine Kirche mehr gesehen, keiner Messe beigewohnt. Wo wir jetzt sind, gibt es wieder eine orthodoxe Kirche, aber darin kann ich keine Andacht aufbringen, weil ich mir rundum alles anschauen muß ... Wieder habe ich diese Sehnsucht, aufs Feld zu gehen, Heu zu machen und Korn zu schneiden. Ich hoffe auf den nächsten Sommer. Dann werde ich wieder auf die Kälte warten, auf Weihnachten hoffen, und so kommt man aus dem Hoffen gar nicht mehr heraus. Könnte ich Rußland verlassen, für immer verlassen, ich würde hoch springen vor Freude ... Ja, vor dem Einschlafen denke ich immer noch lange innig an Dich. Wahrscheinlich verschlafe ich das Beten auch deshalb ...

Dann ist der Termin für die Umsiedlung um ein Jahr verlängert worden, und ich bin recht zornig gewesen, daß man die Leute vorher derart gehetzt hat. Der Mati hätte ja auch warten können, manch einer hätte es sich vielleicht noch anders überlegt. Im Hochsommer '42 haben die Augustgewitter in unseren Gütern viel Schaden angerichtet. Von unseren Villanderer Äckern und Wiesen sind nur mehr Gräben geblieben. Da habe ich dann mit der Mamma tagelang Erde von unten nach oben gegrattelt. Die Männer – die wenigen, die noch da gewesen sind – haben die aufgerissenen Wege mit Holzschaben ausgelegt, Schindeldächer geflickt, von denen der Sturm die Brettln heruntergeweht hatte, grad so flink, wie wenn einer ein Spiel Karten über den Tisch wirft. Mit jedem Nagel haben sie gegeizt und jeden Stift haben sie gehütet, als wäre er gülden gewesen. Wie flickt man Holzdächer ohne Nägel? Auf den Almen ist auch nur mehr eine verhaltene Fröhlichkeit aufgekommen. Die Recherinnen haben am Abend wenig Buschen zum Verschenken gebraucht, weil die Fuderer fast nicht zusammenzubringen gewesen sind. In den Kriegsjahren – wann genau es gewesen ist, weiß ich nicht mehr – haben wir das Pizanl gemäht, unsre schönste Almwiese. Daneben haben die Zelger gearbeitet, Nähn, Vater und Sohn. Sie haben alle drei Josef Mair geheißen. Ich höre noch die Wehmut beim Vater, daß dies in Zukunft wohl nie mehr passieren würde, weil das Gesetz es verboten hatte, daß ein Sohn auf den Namen des Vaters getauft wird. Das Obst hat im Krieg auch nichts mehr geheißen. *Neodendrin* ist knapp gewesen und so hat man halt nicht mehr gespritzt. Die *Kaiser Alexander* hat der Birnblattsauger fast ganz vernichtet. Dagegen hat auch das Tabakextrakt nichts mehr ausgerichtet.

Im Felde, am 31. August 1942 ... Mein Gott, immer nur kämpfen, seelisch kämpfen, es macht mich moralisch kaputt ... Arbeite nicht zuviel, mein Lieb, und fürchte Dich nicht. Es wird wieder gut werden. Stell Dir vor, wir sind in Innsbruck auf dem Bahnhof und ich umarme Dich im Zug. Dein Mati.

Mit der Mamma bin ich ab und zu ins Gadertal hineingefahren. Da ist einmal der Bischof von Tripolis auf Besuch gewesen, der die lybischen Kinder besucht hat. So um die zweihundert sind es gewesen, die da untergebracht waren. Im Heimathaus der Mamma haben sie auch zwei aufgenommen gehabt. Der Großteil ist in Toblach gewesen. Der Bischof hat die Kinder gefirmt und danach hat er sich mit ihnen photographieren lassen.

Was du mir so vorliest ... ich weiß nicht, Elsa ... eigentlich ist es doch immer dasselbe: das Wetter, das Essen, wie er haust, was er tut, daß er heim möchte, daß er an mich denkt. Wahrscheinlich gleichen sich die Briefe der Frontsoldaten alle. Viel geben sie nicht her, außer, es ist einer selber dabeigewesen oder er sucht etwas Bestimmtes oder ... Und du liest da mit einer Ehrfurcht ...

Rußland, am 25. Oktober 1942 ... In der kurzen Zeit, die wir hier in J. sind, haben wir 622 Kameraden verloren und auf den Heldenfriedhof gebracht ... Vor zehn Tagen hat man mich zu schriftlichen Arbeiten eingeteilt. Das ist wie im Paradies ... Vorgestern mußte ich umbetten, weil ein Kamerad an einer ansteckenden Infektion erkrankt ist ... Bei einem gefallenen Kameraden habe ich einen Brief gefunden, der mich sehr gerührt hat. Er war von seiner Mutter. Sie schickt ihm einen Talisman, den er sich im Rock einnähen soll, damit er ihren Sohn von allem Ungemach bewahrt. Die Frau hat so wehmütig und innig geschrieben. Und ihr Walter kommt tatsächlich nie mehr ... In acht Tagen ist Allerheiligen. Die Umma wird die Gräber schön herrichten, Blumen und Kränze drauftun und lange für die Toten beten ... Es ist gerade Mittagszeit. Wir haben unsere Bohnensuppe ausgelöffelt. Eine neue Einheit der Luftwaffe ist in J. eingetroffen. Etwa 30 m von unserer Unterkunft entfernt spielt sie schöne Marschlieder. Aber die Männer können es nur 1/2 Stunde im Freien aushalten vor Kälte ... Eigentlich schreibe ich in meinen Briefen immer nur von mir ... Meine Geliebte, Du bist in meinem Herzen und mit jedem Schlag spür ich, wie lieb ich Dich habe.

Einmal habe ich sogar Äpfel an die Front geschickt. Mit den Einreise- und Aufenthaltsgenehmigungen für die Soldaten hat es sich immer mehr gesperrt. Man hat von Männern gehört, die zwangsweise über den Brenner abgeschoben worden sind. Ich habe es mir gar nicht mehr gewünscht, daß der Mati hereinfährt. Die Meldungen haben alle von Siegen und gewonnenen Schlachten und versenkten U-Booten berichtet und die Bolschewiken sind immer gleich stark geblieben. Der Nähn hat gesagt, so schnell wird sich das System dort nicht ändern. „Der russische Bär hat drei Jahrhunderte auf der einen Seite geschlafen. Jetzt hat er sich umgedreht und wird recht lang auf der anderen liegen bleiben." Vielleicht erinnert man sich an viel lächerliches Zeug. Aber ein Allerseelentag ohne Lichter auf dem Friedhof ist grad, als müßten die Toten noch einmal sterben. Jetzt fallen mir diese Sterbebilder ein, diese gelblichen, vierfach gefalteten kleinen Zettel. Vorne ein frommer Spruch, die Pietá oder die Muttergottes von einem Wallfahrtsort. Innen links das Bild des Verstorbenen. Herr-gib-ihm-die-ewige-Ruhe. Rechts der Lebensweg und wieder ein Vers und die Namen der trauernden Hinterbliebenen. Und alle Toten sind „Selig-im-Herrn-verschieden", und alle „Mit-den-Tröstungen-des-Sterbesakramentes-versehen", und allen leuchtet die „Hoffnung-seliger-Auferstehung". Die Sterbebilder sind im Rahmen eines Heiligenbildes gesteckt oder waren ans hölzerne Getäfel genagelt. Manch eine Stubenwand ist fast mit Sterbebildern zutapeziert gewesen. Angehörige, Freunde, Bekannte, Nachbarn, die Gefallenen zweier Kriege, die dann „fern-der-Heimat" oder „nicht-in-Heimaterde" begraben waren. Ich habe noch immer eine Sammlung bei mir. In einer Schuhschachtel von *Varese.* Hunderte von Sterbebildern. Mich hat es getröstet, daß in diesen finsteren Zeiten nicht grad das ganze Leben anders geworden ist. Viele aber hat es gestört, daß die Sarner in diesen Kriegsjahren weitergeklöckelt haben. Ist schon unsinnig, nicht, aber wie sie in den Sechzigerjahren wieder die Sommerzeit eingeführt haben, da habe ich ein ungutes Gefühl gehabt.

Osten, den 21. Jänner 1943 ... Die große Kälte ist bisher ausgeblieben. -18 oder -20 Grad haben wir im Durchschnitt und es gibt meistens Schneewetter ... Plötzlich aber etwas kälter. Heute auf einmal -36 Grad. Und doch kann man diesen Winter mit dem letztjährigen nicht vergleichen ... Von der Front bin ich ziemlich weit weg. Man hört zwar Schüsse fallen und es kommen immer wieder Banden, die Überfälle machen, auch werden oft Züge durch Minen zerstört und es gibt Tote und Verletzte, aber eindeutig schrecklicher war es vor einem Jahr ... Kame-

raden ins Lazarett zu liefern haben wir genug und die, die in den Lazaretten sterben, haben wir zu begraben. Die Gräber müssen wir in den Boden sprengen, weil die Erde tief gefroren ist. Wir haben keine Gefangenen, die uns dabei helfen könnten ... Also, zu Weihnachten war der Krieg noch nicht aus, wie die Tota behauptet hat. Nun soll der 2. Februar 43 wieder so ein Stichtag sein. Wo sie diese Daten wohl herhaben, die Leute? Warten, warten, auf den 2. Februar vorerst, aber dieses Wunder wird halt nicht geschehen, fürchte ich. Wenn es nur mit diesem Jahr aus wäre! ... Den Silvesterabend habe ich mit den Kameraden verbracht. Die Stimmung war wohl nicht besonders. Wir waren ja nur vier von den Alten. Wir hatten auch einen Weihnachtsbaum, daran haben wir die Lichter angezündet, und ich habe im Stillen ganz innig an Dich gedacht ... Gott sei Dank haben wir am Abend unsere warme Stube. Das Größte ist, daß wir sogar ein Grammophon mit 16 alten Platten haben. Was für ein Glück! ... Mein Bruder fragt, ob ich etwas von seiner Füllfeder weiß. Jetzt stell Dir das einmal vor. Er schreibt dies an die Front. Verrückt! Die Josefine Sorá in Berlin hat er um Schuhcreme angebettelt und die arme Josefine weiß nicht einmal, was das ist ... Ich habe immer nur traurige Gesichter um mich. Komme gerade von einer Fahrt mit einer Fuhre Kameraden zurück. Ich habe sie aus dem Fleckfieberlazarett holen müssen und auf dem Friedhof ausladen. Die Leichen halten sich jetzt lange durch den Frost. Sie sind ganz frisch, wie aus Wachs sehen sie aus. Wenn ich ihnen ins Gesicht schaue, denke ich jedesmal: wenn dich deine Mutter sehen würde, deine Frau, deine Geliebte ... Ich habe mit dem toten Kameraden viel weniger Mitleid, er spürt ja nichts mehr, er hat ausgelitten. Aber daheim wissen sie nicht einmal wo ihr Liebster ist. Er kommt einfach nie mehr wieder ... Warum schreibe ich Dir heute einen so traurigen Brief? Du denkst Dir das alles ja sicher selber und da mache ich Dir noch das Herz schwer. Verzeih mir ... In einem Monat ist mein Namenstag. Den Kameraden hier bedeutet das nichts. Ist egal. Zu diesem Anlaß werde ich etwas opfern ... Bis März ist jetzt Urlaubssperre ... Meine Olga, meine liebe, kleine Olga, ich halte Dich fest, ich drücke Dich an mein Herz, ich lasse Dich überhaupt nicht mehr aus ...

Unter Brixen sind Bomben gefallen. Tote hat es gegeben. Nicht so viele wie in Bozen, aber wir haben die Bomber surren gehört und glitzern gesehen und die Angst ist zum Greifen gewesen. Die Behörde hat dann schon Bunker ausgewiesen und Luftschutzräume. Ich bin da kein einziges Mal hineingegangen. *Beatrice Cenci* im Rom-Kino. Luce-Kino *Il fanciullo del West.* Nein, daß ich so oft ins Kino gegangen bin ... Weißt du noch, Elsa, wie wir Leder zusammengesucht haben? Jedes Lederfetzchen ist wertvoll gewesen, alte Koffer, Handtaschen. Lederschuhe hat kein Schuster mehr verkaufen dürfen, aber der Schmuck-Schuster hat noch auf Leisten gearbeitet, wenn man ihm das Leder dafür gebracht hat. Richtig beneidet haben einen die Freundinnen, wenn man Lederschuhe getragen hat. Ich werde sie nur zum Kinogehen angezogen haben und in der Kirche. Die Dörfler von St. Andrä oder Tötschling haben vor dem Dom die Schuhe, die sie im Rucksack mitgetragen haben, gegen die schweren Knospen getauscht, mit denen sie vom Berg heruntergekommen sind.

Rußland, den 31. Jänner 1943 ... Ich halte das hier schon aus, bin fast an alles gewöhnt. Daß es kalt ist, ist selbstverständlich, der Wind genauso, die Flieger über uns, die Schüsse rundherum. Das gehört irgendwie alles dazu. Man wüßte sonst ja gar nicht, wozu man hier ist ... Den ersten Monat dieses Jahres habe ich also hinter mir, die größte Kälte wohl auch. Bald ist wieder Frühling ... Wann wird es keinen Osten mehr geben, kein Gebrüll, keinen Kanonendonner, kein Bombensurren? ... Die Seele wird hart und paßt sich den Zeiten an. Ich muß aufhören.

Im Felde, Februar 43 ... Vater liegt im Sterben. Was hat mich die Nachricht erschreckt! Kein Urlaub von hier möglich. Nicht einmal für Todesfälle – außer – es stirbt einem die Frau. Ich kann nicht mehr schlafen. Ich umarme Dich traurig ...

Sie haben sich nie vertragen, Vater und Sohn. Aber so ganz ohne Versöhnung auseinandergehen ... Meine Mutter hat Matis Familiengeschichte gut gekannt. In einem winzigen Dorf ist es nicht anders zu erwarten. Noch dazu in einem ladinischen Dorf, wo die Gesellschaft geschlossener gewesen ist als sonstwo. Matis Vater reißt das Jagdgewehr vom Getäfel und droht, seine Frau und seinen Bruder zu erschießen. Das ist damals Dorfgespräch gewesen. Ist auch seltsam genug, wenn dein Bruder am Wochenbett deiner Frau sitzt und ihre Hand streichelt. Gewußt hat er es von Anfang an, daß seine Frau nicht ihn liebt, sondern seinen jüngeren Bruder. Aber wie es halt so gewesen ist auf den Erbhöfen: der Älteste hat das ganze Hab und Gut bekommen, und die Brüder haben dazuschauen müssen, wie sie als Knechte oder kleine Handwerker eine Familie recht und schlecht ernähren. Einen Hoferben auszuschlagen, hat sich ein Mädchen nicht leisten können. Also ist Matis Mutter Cazü-Bäuerin geworden und hat den anderen lieb behalten. Sein Leben lang ist Matis Vater auf seinen jüngeren Bruder eifersüchtig geblieben. Der Laurënz ist früh gestorben. Wie eine Witwe hat Matis Mutter sein Grab gepflegt. Nicht nur einmal sollen die Dörfler hinter ihren Fenstern den Cazü-Bauern beobachtet haben, der hinter seiner Frau herschimpft und sie vom Friedhof verjagt. Erzählt hat mir der Mati nie davon, aber sicher ist er sich nicht gewesen, ob er seinem Vater gehört hat oder seinem Onkel. Nach dem Begräbnis des Vaters hat der Mati gestanden, daß er nicht weiß, ob er jetzt traurig sein soll oder erlöst. Er hat dem Buben das Leben schwer gemacht, dieser unglückselige Vater. Vielleicht hat sich der Mati auch deshalb zu den Ersten geschlagen, die nach der Option über den Brenner gegangen sind.

Im Felde, am 4. April 1943 … Voll Freude kann ich Dir berichten, daß ich wieder bei der alten Einheit bin … In dieser Nacht habe ich wieder einmal von Dir, liebste Olga, geträumt. Du hast mich im Traum besucht. Wir haben uns sehr lieb gehabt und dann hast Du allerhand gute Sachen zum Essen ausgepackt. Ich bin aber leider gar nicht zum Kosten gekommen, weil der U. v. D. „aufstehen" gebrüllt hat, und ich bin dagelegen mit meinem mächtigen Hunger. Der Grund ist, daß ich gestern sehr spät hier angekommen bin. Licht war keines mehr an, und so habe ich mich ohne zu essen einfach niedergelegt. … Ich erlebe jetzt so einiges. Dinge, die ich nie mehr vergessen werde. Wenn der Krieg noch länger dauert, geht es uns wie unseren Vätern, daß wir nur noch vom Krieg erzählen … Nun steht die Sonne wieder höher.

Was ich ihm so geantwortet habe in meinen Briefen? Ja, mei, wie das Wetter ist bei uns, wie die Feiertage verlaufen sind, daß die Spilucker endlich das elektrische Licht bekommen haben zum Beispiel, und daß das schön ausschaut von unten – fast wie Bergfeuer. Oder daß wir den „Kampf gegen die Maikäfer" aufnehmen müssen, wie es die Faschi vorschreiben, die für jedes Kilo lebender Maikäfer eine Spezialprämie zahlen; was ich für Schreibereien habe mit Vormerken von und Antragstellen um Seife, Naphta und was weiß ich, mit dem Anmelden von jedem einzelnen aufgeklaubten Erdapfel; von der Warterei auf Mahlbescheinigungen für das Getreide; von den Festen habe ich erzählt, die der Dopolavoro abgehalten hat mit Musik und Zauberer und Varietá; wer geheiratet hat auch, und wo ein Kind auf die Welt gekommen ist, und wenn einer gestorben ist, den der Mati gekannt hat. Was eine halt so erlebt in einem kleinen Stadtl.

Nichts Aufregendes. Was willst du denn wissen, Elsa. Ich werde Deine-Dich-liebende-Olga geschrieben haben. Sicher habe ich Deine-Dich-liebende-Olga geschrieben. Das hat sich so ergeben. Nein, warum soll das eine Fälschung gewesen sein.

O. W., den 19. April 1943 ... Heute schreibe ich Dir zum ersten Mal aus einem Bunker. Ich habe das Gefühl, daß meine Stunde geschlagen hat. Mein Ersatzmann ist gestern gekommen, und das hieß, ich mußte mich aufmachen und zur Front marschieren. Ab und zu konnte ich ein paar Kilometer mit einem Lastwagen fahren, die letzten 11 Kilometer nun aber zu Fuß. Ein unbeschreiblicher Weg! Nichts als Wasserlachen, Dreck und Lehm. Ich habe schon gefürchtet, nicht weiterzukommen. Keine Menschenseele war um die Wege, bloß hie und da ein Schuß. Es war sehr mühevoll bis hierher auf die Alm (ich darf den Ort nicht nennen). Mir wurde ein Bunker angewiesen, der zwar neu ist, aber noch nicht fertig. Sie haben mir sofort eine Arbeit zugeteilt. Ich mußte den Bunker schmücken, weil der Geburtstag des Führers ist und ein kleines Fest gegeben wird. Ich habe die Feldpostnummer gewechselt: 17938. Es wird wohl endgültig bei dieser Nummer bleiben ... Ach, leb recht wohl, Olgalein, und verbringe die Osterfeiertage gut. Ich kann nicht länger schreiben. Bis bald, Dein Mati.

Wieder eine Eintrittskarte. Vom 5. April '43. Konzertgesellschaft. Konzertsaal des GUF. Ich muß mit der Herta hingegangen sein. Da haben sie nämlich die Konzerte abgehalten, die für die Mitglieder der Partei reserviert waren. Dafür hat man den Ausweis herzeigen müssen. Die *Tessera Dell'Anno XXI*. Il pianista Arturo Benedetti Michelangeli. *Italienisches Konzert* von J. S. Bach, Beethoven-Sonaten, Chopin, Strawinsky... einen Russen haben sie also auch aufgeführt. „Verbringe die Osterfeiertage recht gut", schreibt der Mati. Am

Gründonnerstag hat der Bauer die Hennennester ausnehmen dürfen. War sonst das ganze Jahr über das Vorrecht der Bäuerin. Aber das Gründonnerstags-Ei soll ja nicht gefault sein; ein Jahr lang nicht. Die Bäuerin hat an diesem Morgen den Hennen das übriggebliebene Mus vom Frühstück verfüttern müssen, damit der Geier seine Macht über das Hennenvolk verliert. Ob wir '43 geheckt haben, mit den rationierten Eiern? Ein paar zum Bemalen wird es schon gegeben haben, grad so viele, wie die Mädchen für ihre Buben gebraucht haben. In Villanders, beim Vater daheim, sind Buben ab und zu gar hoch zu Roß zum Abholen der versprochenen Eier geritten. Die Mädchen sind nicht weniger stolz gewesen, wenn sie viele davon losgeworden sind. Die ganz Schlauen haben auch Madln aufgesucht, von denen sie gar nicht eingeladen worden sind. Beichtkrapfen gibt es schon lange keine mehr. Beichtzettel auch nicht. Beichtsonntag und Krapfen – Buße und Belohnung, eine schöne Einrichtung. Die Hellrigl haben damals dieses große Elend gehabt. Du weißt ja, die Frau vom Tartscher Tierarzt ist eine Brixnerin gewesen. Die Rosa, deren Tochter, ist in Cagliari mit einem Zeitungsverschleißer verheiratet gewesen. Weil Sardinien stark bombardiert worden ist, hat sie ihre drei kleinen Kinder zu den Großeltern nach Brixen bringen wollen. Am Bahnhof von Cagliari sind die Rosa und ihr Mann von einer Bombe zerrissen worden. Ich weiß nicht mehr, wer die drei Waisenkinder dann hierher gebracht hat. *La donna del peccato*, Verdi-Theater. Mein Gott, da hat der *Dolomiten*-Mensch einen Kommentar dazugeschrieben, *vom katholischen Standpunkte nicht zu empfehlen*, oder so ähnlich. Ich glaube, diese Zärtlichkeit in den Briefen von Mati ist mir peinlich gewesen. Im Roman, im Film, da ist das etwas anderes, aber so schwarz auf weiß und ganz für einen selber ... Ich bin nie in den Zenz verliebt gewesen. Es hat trotzdem vierzig Jahre gehalten ... oder gerade deswegen. Wie sich mein

Schwager zu heiraten entschlossen hat, hat er eine Strichliste gemacht. Links die fünf oder sechs Namen der Mädchen, die in Frage gekommen wären, rechts die Eigenschaften, die ihm wichtig vorgekommen sind. Um diejenige mit den meisten Kreuzen auf der Liste hat er dann geworben.

Osten, den 11. Juli 1943 ... Ach, liebste Olga, mußt mir schon verzeihen, aber ich komme einfach nicht mehr zum Schreiben. Sie nehmen uns hier in der Ausbildung ordentlich in Anspruch. Jetzt regnet es gerade. Ich bin sehr froh, bei Regen fällt öfters eine Übung aus ... Es wird alles Alte aufgefrischt, damit man wieder ein ordentlich aktiver Soldat wird, nach dem Vergessenen von vor zwei Jahren. Eine Woche habe ich hinter mir, noch eine vor mir, dann ist auch das vorbei. Was mir danach bevorsteht, ist ungewiß. Es ist sozusagen geheim ... Unser Chef ist versetzt worden. Es tut mir leid um ihn ... Du berichtest so schön von daheim. Ich weiß hier die halbe Zeit gar nicht, welchen Tag und welches Datum wir haben. Wenn es drei Mal Büchsenfleisch gegeben hat, drei Mal Käse und einmal Fisch, dann ist wieder Sonntag ... Gestern sind wir umgezogen in etwas bessere Bunker. Wann endlich wird dieses Wanderleben aufhören, dieses ewige von Hierhin nach Dorthin? ... Die Tota schreibt, es wird so viel um Frieden gebetet, ob man denn nicht vom lieben Gott erhört wird. Sie schreibt, sie hat eine Vorahnung, die ihr sagt, daß es nicht mehr lange dauern wird. Bisher sei immer alles so gekommen, wie sie es vorausgesagt hat. Wenn die gute Tota nur nicht zu früh ahnt ... Wie lange es sich mit meinem Urlaub noch hinziehen wird, weiß ich nicht. Ein drittes Mal nach Rußland aufbrechen? Mir schaudert ... Danke Dir, mein Lieb, für Speck, Käse und Zigaretten. Die Tota hat verraten, daß ich auch von der Brixner Kommission ein Paket bekommen soll ... Heute habe ich Nachtübung. Arbeit ist das hier wohl keine und freuen tut mich das alles gar nicht. Mein Lieb, schon Dich, bleib schön und gesund und warte auf mich.

Ach, diese Tota ist wahrscheinlich eine ordentliche Nazi gewesen. Jedenfalls ist sie auf den Brixner Bahnhof gelaufen mit Obst und Brot für die durchfahrenden Soldaten. Sie hat ein gutgehendes Geschäft in der Stadt gehabt und ein Zinshaus. Bei Kriegsausbruch hat sie das Versprechen gegeben, daß derjenige ihrer Neffen, der am schwersten verwundet vom Krieg zurückkommt, Haus und Laden erbt. Ausgewandert ist so eine natürlich nicht. Sie ist zu gut gesessen auf ihrem Besitz. Dann ist der Mussolini zurückgetreten. Heimlich habe ich gehofft, vielleicht geht es jetzt mit dem Badoglio anders zu. Ist aber alles dieselbe Bagage gewesen und geblieben. Immer noch sind Leute abgewandert. Bis in den Spätsommer '43. Sie haben ihre Geschäftsübergaben in der Zeitung angekündigt und den Dagebliebenen feierlich Lebewohl gesagt und „auf's Wiedersehen in der neuen Heimat". Ist ja nicht zu verstehen gewesen. Die Burggräfler und Unterlandler haben ganz verzweifelt Obstklauber gesucht. Irgendwann haben sie dann Soldaten zugeteilt bekommen, manchmal auch Kriegsgefangene. Anstatt daß sie die Männer heimgeschickt hätten. Die ganze Zeit hat man von Verhaftungen gehört; weil einer die Rinder nicht wie vorgeschrieben abgeliefert, Erdäpfel selber verkauft oder sich als Wirt nicht an die Richtpreise gehalten hat. Ganze dreizehn Kilo Butter haben sie einmal in Brixen beschlagnahmt. Die unmöglichsten Sachen hat man anmelden müssen. Die Zimmervermieter ihre Matratzen und Kissen aus Wolle, Roßhaar, Kapok oder Seegras, weiß ich noch, weil wir gelacht haben über die Walschen, die von den Federn nichts gesagt haben, obwohl bei uns die Kissen und Tuchenten ja alle mit Federn gefüllt waren und kein Mensch gewußt hat, was Kapok ist; Material und Größe und Gewicht und alles in vierfacher Ausführung. Oder die Streiterei wegen der Kupferkessel. Der Vater hat mit der AdO nichts zu tun haben wollen, aber um die Kupferkessel so lange zu behalten, bis man einen eisernen

Ersatz gekriegt hat, hätte man sich auf den Listen eintragen lassen müssen, die die AdO aufgelegt hat. Ich habe heimlich einen AdO-Mann gefragt, wie ich es machen soll, und der hat mir geantwortet, wenn wir uns nicht eintragen, heißt das eben, daß wir den Beistand der Umsiedlungsdienststelle nicht in Anspruch nehmen wollen. Und dann hat der Jüngste von der Thaler Luise die Lebensmittelkarte verloren. Das Bübl hat geplärrt, daß einem das Herz wehgetan hat. Ersetzt haben sie die Karten ja nur dann, wenn sie durch Brand oder Fliegerangriff zerstört worden sind, oder wenn man den Diebstahl nachweisen hat können. Verlieren ist nicht vorgesehen gewesen. Ich habe sie noch vor mir, diese Lebensmittelkarten, rosafarben und von eins bis zwölf durchnumeriert ... und die Brotkarten und diese unmäßige Arbeit damit, noch spät in der Nacht.

Osten, den 1. August 1943 ... Bei uns regnet es, und ihr habt es zu trocken. Wie froh wären wir hier, wenn die Laufgräben nicht derart naß wären. Wir schauen aus wie die Schweine. Von oben bis unten voller Dreck ... Bist Du wohlauf, mein Lieb? Wieder habe ich lange auf eine Nachricht warten lassen. Aber wir sind in eine ganz andere Gegend gekommen, ganz plötzlich. Es geht auch noch keine Post von hier ab, aber ich bereite schon einmal einen Brief vor, damit ich gleich soweit bin, wenn er angenommen wird ... Wie wir in unserer Stellung abgelöst worden sind, konnten wir mit der Bahn fahren. Das war sehr schön. Schönes Wetter, riesengroße Felder, Äcker mit Getreide, das meiste schon reif, vieles auch schon abgeerntet ... Jetzt liegen wir in einem großen Wald. Es schläft sich gut im Zelt. Wasser gibt es im Dorf auch, sonst halt recht viel Sumpf. Vielleicht kommt bald eine Entscheidung ... Heute habe ich mir zur Feier des Tages wieder einmal Pudding gekocht. Mit Honig, Zucker hatte ich keinen. Und Butter, damit man das eklige Sumpfwasser nicht so herausschmeckt ... Ich kann nicht mehr weiterschreiben. Draußen brüllt man nach mir. Verliere nicht den Mut, mein Mädchen. Ich lebe noch und lebe mit jedem Atemzug für Dich ... Da ist jetzt eine lange Pause gewesen, weil ich plötzlich aufhören mußte und erst nach zehn Tagen wieder weiterschreiben kann. Wir sind erst gestern zu unseren Sachen gekommen, nach acht sehr schweren Tagen. Manchmal denke ich, ich packe das nicht mehr. Aber ich bin ja heil davongekommen. Zur Zeit liegen wir in tiefster Ruhe, man hört gar nicht mehr schießen. Das kommt mir richtig seltsam vor, als ob etwas fehlen würde ... Bist Du schön braun im Gesicht und auf den Armen, die Beine bis zum Knie? Ach, besser, ich stell mir das alles nicht lebhaft vor, sonst verdrießt es mich ...

Ja, das wird schon dieser schrecklich trockene Sommer gewesen sein. Die Vinschgauer Waale haben kein Wasser mehr gehabt. Nur das vom Ortler herunter hat noch das Ärgste gerettet. Frucht und Gras sind verdorrt, wo eh alles schon recht kritisch gewesen ist, weil kein Kunstdünger mehr zu bekommen gewesen ist. Wie dann die Deutschen einmarschiert sind, haben die Leute vor lauter Begeisterung geglaubt, jetzt würde selbst die Ernte mit einem Mal eine üppige werden. Die Ortsnamen sind ja sofort wieder auf deutsch in der Zeitung gestanden, im *Bozner Tagblatt*, weil es die *Dolomiten* nicht mehr gegeben hat. Das mit den deutschen Namen und den deutschen Schulen hat den Südtirolern schon recht wohlgetan, und daß der Gauleiter Hofer das Sagen bekommen hat auch. Und deutsches Kino und Theater. *Das unsterbliche Herz* ist in Brixen als erster deutscher Film gelaufen. In Meran sind Gastspiele vom Innsbrucker Reichsgautheater gewesen. Das habe ich mir nicht anschauen wollen ... ist der deutschen Panzerwaffe gewidmet gewesen oder so. Ich habe aufmerksam den *Zeitspiegel* im Bozner Sender gehört, der hat ja damals das Reichsprogramm übernommen. Da ist man mit Front- und Kriegsberichten ausgiebig versorgt worden. *U-Boote westwärts* und *Geheimakte WB1* habe ich also aufbewahrt. Die beiden da hätte ich mir sparen können. Ich glaube, was in Brixen gezeigt worden ist, habe ich einfach alles angeschaut. Die Leaslbuabm haben nach der Musterung die Stadt unsicher gemacht, die Blumen- und Bänderläden gestürmt, haben auf ihren Ziehorgeln Märsche gespielt und in den Wirtshäusern Witze gerissen und großgetan. Mit der Bestätigung der Wehrtauglichkeit in der Hand hat der Übermut überhaupt keine Grenzen mehr gekannt.

Salzwedel, den 27. Oktober 1943 ... Endlich versuche ich es wieder, Dir zu schreiben. Hoffentlich geht der Brief auch weiter. Meine letzten sind alle drei mit dem Stempel: „Postverkehr eingestellt" zurückgekommen. Du wirst wohl um Gottes Willen verschont geblieben sein von all dem Schlimmen, von dem Lüca geschrieben hat. In Brixen und Bozen soll es arg gewesen sein. Aber ich weiß schon, Du tätest es mir ja nicht sagen, damit ich mich nicht sorge. Aber ich möchte es doch wissen, mein Lieb. Ich muß es wissen ... Vielleicht hast Du schon erfahren, was mir geschehen ist. Ich bin ins Lazarett eingeliefert worden, mit nichts außer Deinen Briefen. Ich möchte so gern nach Salzburg ins Lazarett überstellt werden, aber das soll gesperrt sein, heißt es. Jetzt habe ich vor, mich nach Wien verlegen zu lassen. Von dort aus könnte ich dann öfter Urlaub nach Salzburg nehmen, womöglich gar bis nach Brixen kommen, sollte es einmal wieder soweit sein, daß man ohne größere Umstände hineinkann ins Landl ... Der Kälte des russischen Winters werde ich sicher entgehen. Meine Verwundung ist nicht so schlimm. Es hat meinen linken Unterarm ein bißchen erwischt. Eine Kleinigkeit. Erträgliche Schmerzen. Die Behandlung ist gut. Vielleicht war die Verwundung mein Glück und der Umstand, daß ich mit dem Leben davonkomme. Glück im Unglück, heißt es, gell? Das Lazarett, wo ich mich befinde, liegt in Mitteldeutschland, Altmark, und so bin ich Dir, mein Herz, schon viel näher ... Weniger als einen Monat Genesungsurlaub können sie mir einfach nicht geben. Das ist eine schön lange Zeit ... In den nächsten Tagen werde ich operiert, weil sehr viele Splitter im Arm stecken. Dann geben sie mir einen Gipsverband drumherum und ich kann weg – so male ich es mir jedenfalls aus. Am Sonntag bin ich hier in die hl. Messe gegangen. Heute gehe ich ins Kino ... Am Montag ist schon wieder Allerheiligen. Meine Anschrift (einmal keine Feldpostnummer!): Mati F., Salzwedel-Altmark-Besatzungs-Lazarett Abteilung 6 ... Diesmal bin ich ganz besonders neugierig auf das, was Du mir erzählen wirst. Ich habe das Gefühl, es geht gut aus für uns beide. Einarmig umarme ich Dich. Was glaubst Du, wie gut ich Dich mit der Rechten allein halten kann! Aufwiedersehen bis ganz bald!

Die Schwester vom Mati, die Zilia, ist schwanger geworden. Für die Mutter daheim ist es ein richtiges Unglück gewesen. Der Mati hat beschwichtigt und getröstet. „Ein bißchen verpatzt ist das Leben der Zilia schon“, hat er geschrieben, aber daß ein Kind ein Unglück sein soll, das hat er nicht gutgehen lassen. „Dopo fatto non c'è piú consiglio“, den Satz hat er unten an den Brief gehängt. Die ganze Heimlichtuerei mit Kindsvater und Wegschicken der Schwangeren nach Salzburg hat ihm recht mißfallen. Er hat Kinder gern gehabt. Die zwei seiner Schwester Sefl sind seine Patenkinder gewesen. Von denen hat er geschwärmt, jedes Photo von ihnen hat er gesammelt, sich jedes Wort gemerkt, das sie reden gelernt haben. Die Tochter der Zilia, die er ja nur als Trinkkind erlebt hat, hat er beschrieben, als wäre er selber der Vater. Größe und Gewicht und Aussehen, und wie selten die Kleine weint und wie gut sie riecht. Mit der Familie hat er überhaupt ein Getue gehabt, wie die Ladiner ganz allgemein ein Getue mit der Sippschaft haben. Da stehen sie den Süditalienern nicht nach.

7

Ich stehe früh auf hier am Schusterhof. Nach der Kammer kehre ich Küche und Stube, die Laube oben und die unten, die Stiege dazwischen und die, die ins Freie führt, die zwei Balkone übereinander. Am Samstag bürste ich die Böden, und der Vater knurrt: „Weiß werden sie schon, die alten Bretter, aber mit der Seife kann die Junge nicht sparen."

Ich breite die Reste der *Alpenzeitung* auf die feuchten Lärchenböden. Die walsche Zeitung in deutscher Sprache hat der Schusterbauer dem Wirt wieder zurückgegeben. Die Mutter aber wehrt sich dagegen, auch die alten Ausgaben zu verfeuern, weil die neuen Blätter, die der Vater jetzt vom *Postwirt* bringt, keine so großen Bögen mehr haben.

Der Vater hat wunde Füße, Hühneraugen, die ihn schmerzen. Ich schabe mit seinem Rasiermesser die Hornhaut von den Zehen. Dann schmiere ich Murmeltierfett darauf.

Für die Mutter mache ich Erdäpfelpüree. Noch nie hat sich die Mutter etwas Gesondertes gegönnt. Daß sich jemand um sie kümmert, ist sie nicht gewöhnt. Nur umgekehrt.

Der Vater hüstelt verdächtig. Den Doktor, meint er, brauche er nicht, nur den Hustensaft der alten Weberin. Als auch der Hustensaft nicht mehr hilft, legt er in der Nacht einen heißen Bachstein auf die Brust. Der heiße Plenten, gegen den ich ihn tausche, ist dem kränkelnden Vater eine Labsal, weil der Stein wie ein Nachtmahr gewesen ist.

Auch ich brauche Ende Oktober etwas Warmes im Bett. Die aufgeheizten Kirschkerne knistern unter meinen Füßen.

„Der Franz kommt!" Die Mutter hält den Krampen hoch, mit dem sie Erdäpfel aus dem Boden hackt.

„Die Mutter hat von dir geschrieben. Aber einem Soldaten ist nichts wichtig außer Essen und Rauchen, verstehst? Wie kommt es dir so vor, hier beim Bergbauern?“

Franz sitzt stundenlang neben mir auf der Bank. Die Nähmaschine steht in einer Ecke der Stube. Auf dem großen Eßtisch ist Platz fürs Zuschneiden und Bügeln. Ich nähe mein erstes Herrenhemd. Es ist nicht für Gari. Franz ist immer eitel gewesen. Er mag feine Stoffe und gutsitzende Lodenanzüge.

Ein Herrl unter den Bauern, sagen sie im Dorf.

Zu meinen Zeichnungen sagt er, käme ich noch einmal auf die Welt, ich würde Schneider werden. Das Zimmermannshandwerk hat ihm nie gefallen. „Eigentlich mag ich keine groben Hände.“

Nach vierzehn Tagen geht er wieder zum alten Meister. Es gibt genug Dachstühle von abgebrannten Häusern, die zu erneuern sind. In der Zeit seines Heimaturlaubes erzählt er ein einziges Mal vom Krieg.

„Warum Heimaturlaub, Franz? Du bleibst doch.“

Ich bin froh, daß die Mutter zum Hochamt geht. Beim Umgang bin ich lieber nicht dabei. In der Prozession spüre ich, wie man mich mustert, und daß man über mich redet. „Die Neue geht herrisch. Sie wird kein Bäurisches haben. Und einen Bubikopf hat sie und die Stirn voller Haare.“

Kein Mensch trägt hier Stirnfransen. Ich werde mir wieder einen Zopf wachsen lassen, aber man wird auch dann über mich reden.

Gari reißt den Stößel im Rahm so flink auf und ab, daß sich die Fettkugeln im Nu zum Batzen sammeln. Butter muß gestellt werden, Erdäpfel auch, die vorgeschriebene Menge an Roggen. Die Schusterleute kennen das schon. Das Augezudrücken gilt nur für die Optanten.

Die Flickschusterei des Vaters wird immer mühseliger. Er muß mit jedem Lederfetzen knausern.

Die Bachler-Nohterin ist zu morod, um noch auf Stör zu gehen. Zur Neuen müssen die Bäuerinnen ins Haus, wenn sie ein Gewand brauchen. Die ersten Weiber kommen aus Neugier. Sie bestellen lodene Röcke und rupfene Hemden, Fürtücher und Trachtenblusen. Sie bezahlen in Naturalien.

Die Spinnräder in den Bauernstuben surren vorsichtig, der Weber arbeitet heimlich, die Flachsbrechellöcher decken die Bauern mit Holzbrettern ab. Und immer ein ängstliches Auge zum Stubenfenster hinaus. Es streichen unheimliche Gestalten herum. Es ist kein Kraut gegen die Muggn gewachsen. Man weiß, wo schwarz geschlachtet wird. Zu oft verkugelt eine Kuh auf ebenem Feld.

Die Weiber horchen mich aus, zögernd, aber listig. Ab und zu verstehe ich nicht, was sie in ihrem Ahrntaler Dialekt daherreden und schäme mich dafür. Viel öfter als neue Kleider zu schneidern, verbessere und ändere ich alte, säume Bett- und Tischwäsche oder nähe Unterhemden. Mein Vorrat an Zuschneidepapier wird kaum kleiner.

„Dem Schuster-Ulrich Seine ist eine ganz Kluage.“

Die Bäuerinnen ratschen gern und viel. Nachbarinnen treffen sich in den Hausgärten und reden über die Zäune und auf dem Kirchweg. Die Männer erledigen dasselbe hinter den Wirtshaustischen.

Die Kluage muß ich mir erst erklären lassen. Kluag hat mit Sanftheit zu tun, nicht zuletzt ist ein Hauch von berechnender Falschheit dabei. Vom Tonfall hängt es ab, ob die Gewichtung mehr auf dem feinen Wesen oder der Scheinheiligkeit liegt.

Es gibt nicht genug Holz für die Zimmermannsleute. Franz

ist viel daheim. Er grübelt hinter dem Ofen, schaut mir beim Nähen zu, holt Wasser für mich vom Ziggl.

Wie wird es erst werden mit einem gefrorenen Brunnen und einer Eisspur vom Haus bis dorthin?

„Laß doch endlich diesen Gari bleiben!" sagt der Vater. „Ulrich heißt der Bub."

Ich habe darauf gewartet. Einmal wird es ausbrechen.

„Den Aufwand hätten wir uns sparen können, wenn der Ulrich jetzt eh wieder nur ein Bergbauer ist." Und es erschreckt mich doch.

Die Mutter zieht eine Lade aus der Kommode und ruft nach mir. Sie deckt ein weißes Blatt Papier von einem Stapel Stoff, hebt mit dem Handrücken – die rauhen Finger in der Faust versteckt – ein blaugeblumtes Seidentuch heraus.

„Diese Schürze habe ich für Ulrichs Primiz gekauft."

Die Mutter drückt mich an die Brust. „Es ist schon richtig, so wie es ist, Madl."

Der alte Schmied ist tot. An den drei Abenden vor dem Begräbnis stehen die Beter bis in den Hof hinaus. Anders Platz ist neben der offenen Bahre. Er hat dem toten Meister den Sonntagsanzug übergezogen und ein Tuch unter seine offene Kinnlade gebunden. Die Witwe sitzt zusammengesunken auf einem Stuhl neben der Vorbeterin, die zu jedem einzelnen, der Weihwasser auf die Leiche sprengt „Vogelt's Gött!" sagt, „Vogelt's Gött in Himml auchn!" Das dauert länger als die Litanei. Die Stimme geht durch Mark und Bein.

Der Schmied hat keine Erben. Dem Ander hat er die Werkstatt vermacht. Dafür muß er zeitlebens für die Agnes sorgen. Das hat der Ander dem Sterbenden in die Hand hinein versprochen.

Vom Schusterhof sieht man schräg zum Schmied auf die

Schattenseite hinüber. Hängt am späten Abend ein weißes Leintuch vom Söller, braucht die Agnes etwas. Da läuft dann jemand den Berg hinunter, durchs Tal bis hinüber zur alten Schmiedin.

Drei Monate nach dem Tod ihres Mannes legt sich die Agnes zum Sterben hin.

„Holt mir die Elsa!“

Es ist ein besonders bissiger Jänner. Ich bin im sechsten Monat. Seit Ander den Einberufungsbefehl hat, steht die Werkstatt still. Die Schmiedin ist froh, daß ihr Bartl das nicht mehr erleben muß. Sie hat einen offenen Fuß, ein krankes Herz und zwei Stöcke beim Gehen.

Am Tag bevor Ander weg muß, nimmt er mich auf dem Schlitten mit. Ich fürchte mich auf dem steilen Weg. Ander zieht meine Hände auf seine Hüfte. „Halt dich fest!“

Ab und zu deckt er mit seinen Fäustlingen zaghaft die meinen zu. Wo er den Kaffee aufgetrieben hat, den er mir in der Kuchl wie ein seltenes Gewürz zuschiebt, verrät er nicht. Alle drei halten wir andächtig unsere Schalen. Dann rauche ich eine von Anders österreichischen Zigaretten, aber so, daß es die Schmiedin nicht sieht. Die weint schon wieder, weil ihr Bartl den Kaffee auch so gern gemocht hat.

„Ihr zwei paßt genauso gut zusammen, wie der Bartl und ich“, sagt sie.

Sie ist zwischendurch ein bißchen wirr im Kopf.

„Wär mir der Ulrich nicht zuvorgekommen …“

Ich gebe Anders Umarmung nach, schmiege mich ein bißchen an ihn und erschrecke über seinen Blick.

„Wartest auf mich, Elsa?“

Ich hefte die Seiten des *Edelweiß* mit Stecknadeln zusammen, zeichne Schnittmuster darauf. Die Ränder beschreibe ich.

Und wenn sie Gari an Anders Stelle genommen hätten?

„Sei still, solange sie dich nicht holen, Ulrich“, sagt Ander und hält seinen Bruder davon ab, dem Ortsvorsteher zu erklären, daß keiner einen Italiener zur deutschen Wehrmacht einzuberufen hat.

Einen Tag nach Ander trifft es auch Franz. In Innsbruck stehen die Brüder nebeneinander vor dem Beamten. Beide streichen sie das Wort *freiwillig* durch, bevor sie ihre Unterschrift auf den Schein setzen. Der Beamte tobt.

„Was wird der Ander für eine Gaudi haben, wenn er das Poppele sieht!“ sagt die Schmiedin.

Sie bringt alles durcheinander, glaubt einmal, ihr Bartl sei bei den Soldaten, dann wieder in der Werkstatt – „aber wenn ich ihn doch schlagen höre!“ – und verwechselt mich mit ihrer Schwester, die schon lange tot ist. Das Kind in meinem Bauch vergißt sie nie. Sie will es nicht verstehen, daß der Ander einrücken muß.

Der Moar-Felix frohlockt. In die Finanzkaserne, in die walsche Kaserne, ist wieder die deutsche Volksschule eingezogen. Er kann sich den Genuß beim Anblick der verhafteten Finanzer, die sich wie Verbrecher abführen lassen, nicht oft genug wiederholen.

Gestern ist Richard eingerückt, schreibt die Mamma.

„Hör auf zu weinen, Elsa, dem Kind zuliebe.“

„Du bist der nächste, Gari.“

„Mich kriegen sie nicht.“

Die alte Hebamme läßt ihr hölzernes Hörrohr da, damit Gari das Herz im Bauch schlagen hören kann.

„Erzähl mir vom Poppele!“ verlangt die Schmiedin jedesmal, „erzähl mir, wie das ist.“

Gari ist ein fleißiger Bauer. Daß er gar nicht mehr zum Vorlesen kommt, ist das einzige, worüber er sich beklagt. Jetzt wären die Geschichten ein Trost.

Der Vater, der nicht zum Hüsteln aufhört, hält sich am Stiegengeländer fest und schaut wehmütig aufs Feld. Hätten die Buben vor dem Dreschen gehen müssen, das Korn wäre auf den Harpfen geblieben.

Diesmal führt Ansgar den Schlitten. Er bremst mit Stecken und Schuhabsatz, damit die Fahrt nicht zu schnell wird. Ich drücke die Stirn in seinen Rücken und schaue auf den Bauch hinunter, der sich in den Kurven nach rechts und links mitbewegt. Die Schmiedin erkennt niemanden mehr.

„Wann kommt die Elsa mit dem Poppele?"

Ich streichle die gichtigen Hände der Schmiedin, die von Altersflecken ganz dunkel sind. Ich weiß, wo das Testament ist, und stecke es in den Ärmel.

„Das nächste Grab schaufelst du für mich", sagt der Vater zum Totengräber.

„Die Gefallenen kann ich halt nicht eingraben, sonst tät es vor dir ein paar andere erwischen", antwortet der.

„Warum gehen alle, die mir lieb sind?"

„Noch haben wir einander, Elsa."

„Ja, noch."

„Kommt das ganze Elend auf einmal, erträgt es sich leichter", meint die Mutter.

Der Großmutter geht es nicht gut, schreibt die Mamma, sie möchte Dich noch einmal sehen.

Es ist nicht das erste Mal.

Die Großmutter schickt einen Boten in die Klausner Schneiderei. Sie weiß, sie wird in dieser Nacht sterben. Auf dem

Fuhrwerk die Ungeduld; so schnell wäre ich auch zu Fuß weitergekommen. In der Kammer setzt sich die Großmutter vergnügt im Bett auf, hat aufs Sterben vergessen und lächelt schelmisch, weil die Drohung, ihre Schwiegertochter könne sie doch nicht einfach ohne Verabschiedung gehen lassen, gewirkt hat.

Auch die Littorina fährt zu langsam. Bei unserer Ankunft ist Großmutter tot.

„Sie ist so schön gestorben", sagt die Mamma.

Zwischen vier und fünf Uhr das Klingeln. Wie jeden Morgen. Wie jeden Morgen schlurft Soffi halb schlafend in Großmutters Kammer. Wie jeden Morgen entschuldigt sich die Großmutter, ihre Schwiegertochter wecken zu müssen.

„Es ist ungesund, den Schlaf zu unterbrechen, ich weiß", sagt sie.

Soffi hebt die zarte Frau aus dem Bett, setzt sie auf den Nachtstuhl, legt sich auf die warme Tuchent und schläft sofort ein.

„Leg dich ordentlich hinein. Ich sterbe inzwischen."

Soffi will die Männer wecken.

„Eigentlich geht es mir gar nicht besonders übel. Nur dieses Ohrensausen ... kein gutes Zeichen. Die Leute reden über einen, wenn man Ohrensausen hat. Rechts Schlecht's, links klingt's. Aber das meine ist ein anderes Sausen."

Sie braucht keine Männer. Niemanden.

Sie will ihre Ruhe haben beim Sterben, legt den Finger auf den Mund, sagt: „Pst! Sei still, Soffi". Dann streckt sie die Füße vor, legt den Kopf auf die Seite, schiebt mit der Zunge das Gebiß heraus. Soffi nimmt es ihr ab. Das erleichtert die Großmutter. Sie schnauft noch einmal tief, sackt in sich zusammen und ist tot.

Pater Augustin ritzt ein Streichholz an, hält es unter Großmutters Nase. Die Flamme bewegt sich nicht.

Der Ehering der Großmutter ist für mich bestimmt. Ferdinand, 29. September 1894. Ich hole den zweiten Ring aus der Nachttischlade. Theres, 29. September 1894. Den stecke ich an Garis Finger.

„Wirtinnen wie die alte Frenerin wachsen keine mehr", sagt der Apotheker.

*

WIR LIEGEN AM ABEND lange wach. Untertags läuft Gari zwar immer wieder zu mir ins Haus, legt seine Hand auf meinen Bauch, winkt mir mit einem gekastelten Schneuztuch entgegen, wenn ich vom Wald zurückkomme, die Stunden in der Kammer aber haben wir für uns allein. Die wollen wir nicht zur Gänze verschlafen.

Ich nähe und stricke. Das handgewobene Leinen ist grob, aber es haben bisher alle Ahrntaler Kinder in leinener Bettwäsche gelegen. Für das Poppele wäscht und bleicht die Mutter den Wollhaufen besonders oft, verspinnt die Fäden aus dem Flachs besonders dünn.

Bevor sie in meine Kammer tritt, klopft sie an. Das ist im Haus nicht üblich. Vielleicht hat Gari seiner Mutter das Anklopfen empfohlen.

„Wo die Buben wohl sind?" fragt sie.

Ich weiß, jetzt muß ich Garis Schulatlas holen und der Mutter zeigen, wo Rußland liegt. Es ist Richards Atlas, den er dem Schwager zur Vorbereitung auf die Matura geschenkt hat.

Ob auch Richard dort ist, wo ich den Finger draufhalte? Ob sich die Männer treffen? Immer dann, wenn die Mutter Anders Briefe nachliest, will sie von mir die russischen Orte, Witebsk zum Beispiel oder Rowno, gezeigt bekommen. Sie stehen nicht alle auf der bescheidenen Karte. Franz schreibt selten. Meistens nur Grüße.

„Jetzt lese ich Euch noch eine Geschichte aus dem Kassiankalender vor, Mutter."

Die Mutter schaut zuerst aus dem Fenster, dann zieht sie die Vorhänge zu. Seit der Gauleiter Hofer im Land das Sagen hat, darf es keinen Reimmichl im Haus mehr geben und keinen Kassiankalender.

„Es ist schön, daß unser Kind in den Frühling hineingeboren wird."

„Und in den Frieden", ergänzt Ansgar.

„Ist im Mai Frieden?"

„Spätestens im nächsten Herbst."

Vorher aber gehen oberhalb von Steinhaus Bomben nieder. Für die fünf toten Amerikaner, die mit ihrem Flugzeug abstürzen, verkündet der Pfarrer eine Totenmesse. Die „Totenmesse für den Feind" wird ihm wenige Wochen später mit der Verbannung auf die Insel Ponza heimgezahlt.

„Wenn sie sogar den Hochwürden verbannen, dann ist der Antichrist am Ruder", sagt die alte Schindlerin. „Von der Kirche weg haben sie den Pfarrer verhaftet, gleich nach dem Verkünden. Herr, vergib ihnen ihre Schuld!"

Die Schindlerin meint, die fünf Amerikaner haben sich das Requiem verdient, weil sie auch eine unsterbliche Seele haben.

Ansgar hackt hinter dem Haus Holz. Bis in Höhe der Stubenfenster schlichtet er die Scheiter, in gleicher Dicke und in gleicher Länge.

„Und die Buben frieren", sagt die Mutter, wenn sie Schabe in den Ofen legt, die sie in riesigen Buckelkörben im Wald zusammenklaubt und zu dicken Büscheln bindet. Sie kauert sich auf die Ofenbank und betet, bis sie einnickt.

Ich winke mit dem Brief über das Söllergeländer hinunter. „Feldpost ist da!"

Wir beide haben vereinbart, daß Gari die Briefe vor der Mutter bekommt. Die fragt Tag für Tag zwischen zehn und elf, ob denn der Postler noch immer nicht da gewesen sei.

Der Postler ist ein mürrischer Alter und einarmig. Seinen rechten hat er im Weltkrieg gelassen. Ich kenne überhaupt nur invalide Briefträger. Früher waren es walsche, jetzt sind es wieder hiesige. Invalid sind sie geblieben.

Der Ahrntaler Briefträger trägt die Post in einem Rucksack. Viel ist es nie. Zum Schusterhof hinauf muß er selten. Wenn er die Rucksackkordel aufmacht, faßt er ein Ende mit den Zähnen. Mich graust vor dem feuchten Seil.

„Wie geht es der Gnädigen?" fragt er jedesmal.

Ich überhöre den Spott in der Anrede.

Der Briefträger schmeißt die Feldpost auf den Tisch, zieht die Rucksackschnüre fest und verabschiedet sich vieldeutig. „Werd dem Ulrich seine Feldpost auch noch zustellen. Hättest ihn besser dort gelassen, wo er gewesen ist."

Ulrich soll nur Hundert-Gramm-Pakete schicken, steht in Anders Briefen. Er wiederholt es immer wieder, die größeren Pakete kommen nicht an. Und Speck wünscht er sich, den reifen, der auf der Reise nicht verdirbt. Am liebsten hätte er Bricke, harte Brocken aus hausgebackenem Roggenbrot, aber die kann man nicht schicken, das zahlt sich nicht aus, und Keks, mürbe Keks! Franz will, daß sie daheim nur Zigaretten in die Feldpakete wickeln, weil er vom Essen doch nie satt wird.

„Bitter war das schon, wie die Finanzer die Gomelgerin gefuchst haben. La licenza, haben sie geschnarrt, dov'è la licenza? Für das armselige Zeug, das die Gomelgerin verkauft hat, hätte sie eine Lizenz haben müssen!"

Die Mutter begrüßt das Weiblein wie eine alte Freundin. Die „Gomelger“ kommen von hinter der Grenze, aus dem Comelico. Die kleine Wanderhändlerin ist die einzige, die sich noch herübertraut. Sie zeigt auf mich. „Povera bambina“, sagt sie, „die ist keine grobe Arbeit gewohnt mit diese manine cosí bianche ...“

Früher hat die „Gomelgerin“ im Haus übernachtet und sich vor den Finanzern gefürchtet. Jetzt zieht sie beim Dunkelwerden weiter und fürchtet sich vor den Nazi. „Brutta gente i todeschi!“

Einmal in der Woche, spät am Abend, kommt Kathl. Der Weg vom Wirtshaus bis zum Schusterhof am Dorfende ist lang, im Dunkeln auch unsicher. Seit ich da bin, für die Alten und fürs Haus, muß sie sich die Mühe nicht mehr so oft antun.

Der Wirt ist der führende Nazi im Dorf. Die meisten seiner Gäste tragen Uniformen oder zumindest Abzeichen, grüßen mit Heil Hitler. Sobald es draußen finster ist, sitzt in der Stubenkammer eine Verschwörergruppe beisammen. Kathl bedient die Gesellschaft, die Aufrufe an die Bevölkerung verfaßt und spät in der Nacht zu ihren Aktionen aufbricht. Kathl vergißt nie, ihrer Schwägerin etwas mitzubringen, ein paar Äpfel oder Seifenreste, die sie einschmilzt und zu handtellergroßen Brocken zusammenknetet. Einmal sind es ein paar Bögen Packpapier.

Die zur Wirtschaft gehörige Bäckerei hat man vor drei Monaten geschlossen.

„Warum bäckt der Vater nicht mehr?“ will Kathl vom fünfjährigen Veit wissen.

„Kann er ja nicht, wenn er den Ofen voller Zeug hat.“

Kathl hat keine Ruhe, bevor sie herausfindet, was das für ein Zeug ist: Besteck und Zinnkrüge, Stoffballen und Wollsträhne, sogar Waschpulver, das im Dorf erst wenige kennen und ganze Haufen an Leder- und Pelzteilen. Neben den aufgestapelten Holzpaletten steht ein Koffer. Der Kofferboden ist mit Ehe- und Ohrringen bedeckt, dünnen Goldkettchen, an denen die üblichen Heiligenpfennige hängen. Eigenhändig wird der Wirt die Häuser der Auswanderer nicht geplündert haben. Vieles ist bei ihm als Ausgleich für eine zurückgestellte Einberufung gelandet, für eine zusätzliche Lebensmittelkarte oder das Herunterschrauben der Abgaben für den kriegsführenden Staat.

Sie setzen den Brucken-Toni auf dem Schmied sein Gütl, hat die Kathl erlauscht.

Der Brucken-Toni ist auch ein fanatischer Nazi und ein Tunichtgut. Das Testament des Schmiedes behalte ich in meiner Truhe.

Die Ahrntaler AdO-Männer haben das ganze Dorf unter ihrer Fuchtel. Wer zur Musikkapelle oder zur Schützenkompanie darf, unterliegt ihrer Auslese. Die hat Führertreue und Deutschtum zur Bedingung. In wöchentlichen Ansprachen beschwören sie „Opfermut und Einsatz bis zum Letzten“. Sie registrieren alle, die bei den offiziellen politischen Zusammenkünften fehlen. Ansgar fehlt immer.

„Willst nicht doch einmal hingehen, Ansgar?“

„Wollen nicht. Erst wenn ich muß.“

„Könnt’ ich nur noch die Buben erleben ... und das eure“, wünscht sich der Vater und hustet sich die Seele aus dem Leib.

Der Franz schreibt, sollte er fallen, möge der Ulrich seinen Namen von der Gedenktafel streichen, wenn darüber *Gefallen für Führer, Volk und Vaterland* steht.

Daß das nur alles durchgeht! In früheren Briefen waren manchmal schwarze Balken über einigen Sätzen.

Dem Ander an der Front verheimlichen sie den Tod des

Vaters. Dem Vater haben sie die Gefallenenmeldung des Buben verheimlicht.

Franz hebt eine viereckige Grube aus. Es sei ein Brechlloch, was er da grabe, sagt er, der Flachs müsse rösten, langsam und ausgiebig. Es raucht aus der Grube.

„Der Franz hat sich gemeldet", sagt die Mutter zu meinem Traum.

Ich träume auch von einem toten Kind. Und fürchte mich. Die Hebamme tröstet, alle Schwangeren würde dieselbe Sorge plagen. Ich lasse mich gern trösten.

Die Mutter drückt beim Melken den Kopf in die Flanke der Nelke und weint. Man hört es nicht. „Ist ja kein Alter zum Sterben ... vierundsechzig. Und der Franz ... ein halbes Kind noch."

Ich schiebe das Melkstockerle neben sie und streiche mit der Hand den runden Rücken des Weibleins auf und ab.

„Geht schlafen, Mutter. Ihr müßt ein bißl schlafen!"

Die halbe Nacht lang mißt die Mutter mit ihren kleinen Schritten die Stube aus. Auf und ab geht sie, immer auf und ab. Die Meldung kann sie auswendig und holt doch immer wieder den Briefbogen heraus und liest halblaut:

„Hauptfeldwebel Zwick. Feldpost Nr. 07469 E. O.V. den 17. 2. 1944. Sehr geehrter Herr Steinwald. Es ist meine Pflicht, Ihnen die schmerzliche Nachricht geben zu müssen, daß Ihr Sohn, Franz Steinwald, bei den schweren Abwehrkämpfen um Korsun den Heldentod fand. Ihr Sohn wurde beim erfolgreichen Ausbruch der deutschen Verbände südöstlich von ... da stockt die Mutter beim Lesen *... Tscherkassy, bei einem schweren feindlichen Feuerüberfall auf unsere Stellungen durch Volltreffer von mehreren Granatsplittern getroffen und war sofort tot ...* sofort tot. Leiden hat er Gott sei dank nicht müssen, der Franz. Was der Hauptfeldwebel für eine schöne Handschrift

hat. *Ihr lieber Sohn* schreibt er. Ja, lieb ist er mir wohl. Man spürt es richtig, wie leid es dem Hauptfeldwebel tut, daß er diese Botschaft schicken muß, gell Elsa."

Für die Gefallenen werden Heldengedenkfeiern unter Hakenkreuzfahnen und mit großen Sprüchen abgehalten. Bis auf den Stricker-Jogl, der zu den Alpini gekommen ist und nicht mehr zurück. Der walsche Jogl ist keine feierliche Verabschiedung wert.

„Laßt den Wastl nicht weg!" beschwört Ansgar den Müller. „Er kommt nicht mehr."

Der Müller hat einen debilen Sohn, den der Ortsbauernführer in ein deutsches Heim bringen will. Der Wastl freut sich aufs Wegfahren und schreit jedem, der an der Mühle vorbeikommt, Heil Hitler zu.

Die mongoloide Klara ist nach drei Wochen in der Heilanstalt an einer Lungenembolie gestorben.

„Sie hat nie etwas auf der Lunge gehabt", sagt die Moarin.

„Der Toni ist nicht tauglich!" jubelt die Sternwirtin. Ein Geschwür im Magen ist allemal besser als eine Kugel, soll der Toni gesagt haben. Das Magengeschwür hat er vom Blei, das ihm sein Freund, der Setzer aus der Bozner Druckerei, beschafft hat.

Das erfahre ich erst, als Toni nur mehr Milch trinken und Grieskoch essen kann.

Das Kalb ist erstickt. Die Nelke plärrt zwei Stunden lang, schleckt das röchelnde Kalb ab und hört nicht auf, den Kopf zurückzuwerfen und mit der Zunge nach hinten zu langen, wo nichts mehr auf dem Stroh liegt.

Dafür hat die alte Göre drei Lämmer.

*

„NICHTS GEGEN DAS BETEN, Frauele, aber jetzt sollten Sie pressen, fest pressen!" Frauele sagt die Hebamme. Wie sollte sie auch sagen.

Die Hebamme ist noch dieselbe wie zu Mutters Zeiten. Auch Ulrich hat sie auf die Welt geholfen. Im Dorf ist sie beliebter als der Doktor. Den Doktor rufen die Bauern zum Sterben, zusammen mit dem Pfarrer.

Die Hebamme kramt eine Aluminiumschachtel aus ihrem Zögger heraus. Von einer Metallklammer verschlossen, verwahrt sie darin Spritze und Nadeln. Die Blechschachtel tanzt auf dem Herd. Die Nadeln klirren im Kochwasser.

Unserer Hebamme vertraue ich auch dann noch, wenn sie betrunken ist, hat die Mutter gesagt.

Bevor die Hebamme eine Spritze setzt, verlangt sie ein Stamperle Schnaps zum Desinfizieren. Sie zupft einen Wattebausch aus der Schachtel und hält ihn an das vorsichtig geneigte Glas. Ob ein Tropfen herausrinnt und die Watte benetzt, läßt sich nicht jedesmal feststellen. Den restlichen Schnaps kippt sich die Hebamme in den Hals wie in ein Rohr, in einem Zug und ohne zu schlucken.

„Armes Frauele, so jung und so schmal", klagt die Hebamme.

Ich bin nicht gut in Futter... ein städtisches Zartele.

„Jammern Sie doch ein bißchen, das hilft!"

Ich höre nicht auf zu beten.

„Heilige Maria, Muttergottes, laß es gesund sein!"

Die Mutter in der Küche betet dasselbe.

„Lassen Sie den Ulrich aus, Frauele, er ist schon ganz blau!"

Ich kralle den Schmerz in Ansgars Arm. Der spürt vor Aufregung nichts.

„Und jammern Sie endlich!"

Die Hebamme gibt Ansgar einen Polster in die Hand und zeigt ihm, wie er diesen auf meinen Bauch drücken soll, um die Wehe zu unterstützen.

Die Hebamme ist eine ruhige, sichere Frau, ledig, und hat einen Sohn. Alle Hebammen haben ein Kind, hat die Großmutter gesagt, sie müssen wissen, wie das ist. Die meisten Hebammen aber haben nur eines, und die meisten Hebammen sind ledig.

Der Bub ist da. Ich schaue auf den kleinen Kopf, die dichten, krausen Haare, rötlich, naß und verklebt. Winzig ist das Kind.

„Arg klein", sagt die Hebamme und hält das Neugeborene kopfüber in die Luft. Es krächzt ein paar Mal, dann schreit es und zittert. Ich zittere auch. Schüttelfrost. Die Hebamme wäscht und wickelt den Buben. Sie schaut zu mir herüber, dann wieder auf das Kind.

„Ist etwas?"

Gari streichelt mein Gesicht. Sagen kann er nichts. Die Mutter schlägt die Arme über der Brust zusammen, so klein!

„Zu klein!" bestätigt die Hebamme. „Wie soll er denn heißen?" fragt sie dann.

Da weiß ich, daß dem Kind etwas fehlt.

„Franz", antwortet Ansgar.

Die Hebamme gibt mir Baldriantropfen und tätschelt meine Wange. „Schlafen Sie, Frauele, schlafen Sie!"

Ich horche auf den Atem des Kindes. Kein befreiendes Atmen. Es weint nicht. Ansgar nimmt es in den Arm und geht in der Kammer auf und ab. Er schaut in das rote Gesicht, auf die Wölbung unter der Windel, die sich bei jedem Atemzug herausschiebt. Bald ist sie eine faustgroße Kugel, die auf- und niedergeht. „Die Lunge", sagt die Hebamme, „die Lunge geht nicht auf."

Nach drei Stunden ist Franz tot.

„Ein Schaden, der sich auswächst", sagt der Nachbar, der den Herrn Pfarrer wieder in den Widum zurückbringt.

„Sie werden noch genug Kinder haben, jung wie sie sind", sagt die Hebamme.

Wie leer ich bin.

Ansgar trägt den weißen Sarg auf dem Arm und legt ihn zu seinem Vater. Auf dem schmalen Fichtenholzkreuz steht: *Franz Steinwald, geboren und gestorben am 7. Mai 1944.*

„Komm heim!“ schreibt die Mamma, „komm heim, um dich zu erholen.“

Richard ist auf Genesungsurlaub. Er hat zwei Durchschüsse im linken Unterarm.

„Sie ißt wie ein Vegele“, klagt die Mutter.

Von der Fochaze, die sie zu dieser Unzeit für die Wöchnerin bestellt hat, koste ich dreimal am Tag.

„Roß oder Henne?“ fragt der Bäcker.

Die Paten schenken den Buben zu Allerheiligen Fochazen in Roßform, den Mädchen in Hennenform.

Wohin mit der Milch in den Brüsten? Die engen Wickel, die die Hebamme um meinen Oberkörper schnürt, nehmen mir den Atem, die Milch nicht.

Sie werde schon ein Hascherle finden, das von seiner Mutter nicht genug bekommt, verspricht die Hebamme.

Ich will das Hascherle nicht sehen. Einmal am Tag nimmt die Hebamme die Milch mit, einmal holt sie Wastl ab, der gar nicht weiß, was er da ins nächste Dorf trägt. Er bekommt für jedes Milchkandele ein Ei geschenkt, das er auf dem Heimweg austrinkt.

Ich räume Wiege und Korb, Bettzeug und Kindswäsche in das Unterdach und binde eine Heuplane darüber fest.

Es hat ihm kein Glück gebracht, heißt es im Dorf, als nach dem toten Kind auch der Schuster-Ulrich vom Hof gehen muß.

„Mich kriegen sie nicht, Elsa“, wiederholt der, „ich desertiere.“

Es ist Mitte Juni.

„Den Sommer werde ich in den Bergen schon herumbringen. Spätestens bis zum Winter ist der Krieg aus."

„Das hast du schon für den vergangenen Frühling versprochen, Ansgar."

Und doch ist es mir lieber, daß er sich versteckt, als daß er einrückt.

Richards Braut, die Lehrerin aus gutem Brixner Bürgerhaus, würde das Gesicht verziehen, könnte sie mich bei der Feldarbeit sehen. Der Rechen bleibt mir immer wieder in einem Grasbüschel stecken, der Knoten im Strohband, das die Garben zusammenhalten soll, löst sich viel zu oft. Neidisch schaue ich den Bäuerinnen nach, die mit Eleganz ihr Werkzeug über den Boden ziehen.

Ich gönne der Seffa meinen Bruder nicht. Das habe ich auf dem Schnittbogen zweimal unterstrichen.

*

DIE VIER EINBERUFENEN AHRNTALER sind in Gossensaß stationiert. Ansgar muß noch vor der Eidabnahme verschwinden. Auch die drei anderen Männer reden vom Davongehen. Ansgar weiß, wenn er durchkommt, dann allein.

„Versprich mir, daß du gesund bleibst!" bittet Ansgar, bevor er geht.

Im Zug nach Sterzing betet er. Dem Pater Pförtner im Kapuzinerkloster sagt er, daß er sich von einem Mitbruder verabschieden will, bevor er einrückt. Auf der Holzbank im Besuchszimmer beschwört Ansgar den zögernden Bruder: „Du mußt mir helfen, Theobald!"

Drei Tage versteckt er sich in einer leeren Zelle. Dann macht er sich zu Fuß auf den Weg. Vielleicht hätte man ihn im Kloster auch länger behalten, aber länger hält er es nicht aus. Pater Theobald bringt ihm schließlich doch die Kutte, die Ansgar auf der Flucht tarnen soll.

„Ich schließe dich ein", sagt der Pater und meint ins Gebet. „Wünsch' Glück, Ulrich!"

Es regnet. Ansgar zieht die Kapuze über den Kopf. Von Pater Theobald hat er sich eine Tonsur schneiden lassen.

„Es ist eine Sünde", hat der abgewehrt und dann doch nachgegeben und sogar versprochen, die zwei Briefe weisungsgemäß zu versorgen.

In der Almhütte kennt er jeden Winkel. Brot und Butterschmalz aus dem Kloster reichen für zwei Tage.

„Bis sie das Vieh herauftreiben, bin ich hier sicher."

Es hat sich seit seiner Zeit als Hüterbub nichts verändert. Der Zuckerrest vom Vorjahr ist klein, Polenta und verklumptes Salz sind noch da. Die Gegend ist ihm vertraut wie sein Hosensack. Er versteckt die Kutte im Heustadel, dann geht er zum Kofl, schaut ins Tal und zum Schusterhof hinunter. Er macht vor dem Haus zwei Punkte aus, einen dunklen und einen hellen. Der helle ist Elsa.

In der Almhütte liegen vergilbte Zeitungen, in kleine, viereckige Stücke gerissen. Ansgar weiß noch von der Gewohnheit des Senners. Der hat das hartgekochte Ei in Zeitungspapierstücke gewickelt, wenn er den ganzen Tag ausgeblieben ist, um nach den Tieren zu schauen. Am Abend hat er das Papier zurückgebracht, glattgestrichen und ein zweites und drittes Mal verwendet.

Ansgar liest die Ergebnisse der Option von den Zeitungsfetzen: 3.385 Stimmen für Deutschland, 891 für Italien bei einer Einwohnerzahl von 4.276. Viereinhalb Jahre ist der Zettel alt.

In der Nacht kocht Ansgar Polenta. Da sieht man den Rauch nicht aus dem Kamin steigen. Schlafen kann er nicht.

In der Früh geht er den Berg hinunter, dem Dorf zu. An der vereinbarten Stelle, nicht weit vom Brechlloch, steht eine Aluminiumkanne mit Milch. Die Milch hat schon einen Stich. Elsa war mit ihrem Vorrat zu früh dran. Vom Brot auf der Milchkanne bläst er die Ameisen weg und ißt es im Gehen auf.

Am Peter- und Paulstag beobachtet er den Prozessionszug um das Dorf. Ob Elsa unter den Betern ist? Er ahnt die Fahnen- und die Himmelträger.

Einmal im Leben bei einer einzigen Prozession den Himmel tragen. Oder doch lieber die Fahne? Es gibt keinen Buben im Tal, der sich das nicht erträumt, einmal die bunten Tücher zu steuern wie Segel im Wind.

Die Fahnenstange in den Köcher gedrückt, der an dicken Ledergurten um seine Hüften hängt, geht der Fahnenträger mit leicht gebeugten Knien, stemmt sich gegen die Kraft, die an den bestickten Planen zerrt. Der Seilträger aber geht im Rückwärtsschritt. Er hält zwei Kordeln in der Hand, die von den Fahnen hängen, und unterstützt durch seinen gekonnten Zug den Stangenträger. Man darf dem Teufel nicht Holz tragen, ruft man den Kindern zu, wenn sie rückwärts gehen. Nur der Seilträger tut beim Rückwärtsgehen nichts Unrechtes.

Bliese der Wind in die richtige Richtung, er würde Wortfetzen der Gebete zu Ansgar heauftragen; das Absterbensamen oder das Gebenedeitunterdenweibern.

„Wir geben die Nelke und die Blässe zum Rosele", sagt die Mutter, „uns reichen zwei Kühe zum Füttern und Melken."

Sie wird jetzt mehr Eier verkaufen können, hofft sie, weil weder sie noch Elsa eines essen, und sonst ist ja niemand mehr da. Noch bevor die Mutter die Nester ausnimmt, habe ich schon hineingeschaut. Wenn sie ihren Bußgang zum

Wetterkreuz macht, packe ich den Vorrat in den Rucksack und laufe in den Wald. Wie die Milchkanne das erste Mal leer ist, jauchze ich laut vor Glück.

In zwei Tagen zieht der Senner mit Rindern, Geißen und Schafen auf die Alm.

Die Mamma schickt einen Brief vom Dottore aus dem Sanatorium.

„Carissima", schreibt er, „mi manchi tanto".

Fehlen tu ich ihm. Er arbeitet in einem Lazarett und ist erschöpft.

„Condanno il momento nel quale ho deciso di diventare medico."

Wann immer sich Elsa entschließen sollte, zu ihm zu kommen, „ti aspetto con le braccia aperte."

Es wird nie sein, Dottore, auch nicht, wenn du mit offenen Armen auf mich wartest.

„Domenico, con il piú grande affetto."

Domenico, ja. „Ich heiße Domenico", hat er gesagt, „Sie werden es zum Lachen finden, zu Hause nennen sie mich Mimmí."

Der Wastl kommt zweimal am Tag, obwohl es keine Milchkandelen mehr abzuholen gibt.

„Er hat an dir einen Narren gefressen", sagt die Mutter.

Die Mutter mäht, ich breite hinter ihr das Gras aus. Der Wastl steht eine Weile mit wiegendem Kopf hinter uns beiden. Dann nimmt er der Schusterbäuerin die Sense aus der Hand: „Wastl mähen!"

Vielleicht haben wir zwei dem Wastl erbarmt, die kleine Mutter mit weißem Kopftuch und darübergebundenem Strohhut, und die dünne Elsa in ihrem weißen rupfenen Kittel, den ein gewirktes Band zusammenhält.

Die Mutter hätte es dem ungelenken Wastl nicht zugetraut, daß er mit so viel Geschick und so großer Ausdauer die Wiese niedermähen würde. Bei der Marende lacht er stolz: „Wastl stark!"

Wir loben ihn. Ich schenke ihm von Mammas Bohnenkaffee eine Schale ein. Er will morgen wiederkommen und alle Tage. „Morgen Kaffeemarende", lallt er.

Manchmal wundert sich die Mutter über den zu rasch abnehmenden Butterbatzen, die legefaulen Hennen oder die Lücken im Brotrahmen. Sie stellt die harten Roggenbreatln hintereinander auf, zählt von Holzstab zu Holzstab und nimmt sich vor, sich diesmal die Zahl zu merken. Sobald sie nachrechnet, zweifelt sie daran, ob sie sich das erste Mal nicht doch geirrt hat, und schüttelt den Kopf.

„Daheim rührt er keinen Finger", schimpft die Müllerin.

Der Wastl ist in aller Früh beim Schuster und geht erst beim Betläuten nach Hause. Ich verlängere das Kaffeepulver mit Feigen- und Gerstenersatz.

So oft es geht, packt Kathl auf dem Hof mit an. Auch spät noch wäscht sie in der Laube den Boden auf und zeigt so die Zuneigung, die sie nicht aussprechen kann.

„Immer sind es die Weiber, die überbleiben", sagt sie, „aber untergehen tun wir nicht, gell nicht, Elsa?"

Das Weib hält im Haus drei Ecken am Tisch, der Mann eine einzige, heißt es hier.

8

Es ist mir unwohl gewesen damals. So lange hat der Mati bisher nie geschwiegen gehabt. Was ich aus Zeitung und Radio erfahren habe, ist nicht gerade eine Beruhigung gewesen. Und dann habe ich gefürchtet, er sagt mir nicht die Wahrheit und hat vielleicht gar keinen linken Arm mehr. Ist dann ja auch so gewesen, daß er die Verletzung heruntergespielt hat. An einer „Kleinigkeit", wie er gesagt hat, stirbt man nicht. Die Sefl hat erzählt, wie er vor Schmerz den ganzen Tag den kranken Arm auf den Ofen gelegt hat, als hätte der Ofen da noch etwas richten können. Nicht einmal Schmerzmittel haben sie ihm im Lazarett geben können. Das bißchen an Betäubungsmitteln, das sie gehabt haben, ist für die schweren Fälle gebraucht worden. Wär' wohl schwer genug gewesen, der seine... Der Mati wird es auch mit dem lahmen Arm zusammengebracht haben, vornehm zu essen. Ich habe bei Tisch immer gern zugeschaut, wie er mit dem Besteck umgegangen ist. Wo er das wohl hergehabt hat. Er ist überhaupt irgendwie nobel gewesen, dieser Bauernbub. Wie leise er geredet und wie sauber er sein Gewand gehalten hat. Die schneeweiße Bäckermontur ist wie für ihn erfunden gewesen. Er hat schon Eindruck gemacht, groß und schlank... und schön...

Salzburg, 15. November 1943 ... Das große Glück: ich bin nach Salzburg verlegt worden. Das muß ich Dir einfach schnell verkünden. Ich darf hier bei Sefl wohnen und muß nur zur Behandlung ins Lazarett gehen. Eine halbe Stunde am Tag und sonst habe ich gar nichts zu tun. Daß das gelungen ist, daß mir dieser große Wunsch erfüllt worden ist, dafür küsse ich Dich! ...

Die Wunden sind schon kleiner geworden. In drei Wochen werden sie voraussichtlich verheilt sein. Den Gips haben sie mir hier gestern wieder erneuert. Bald werden sie mir Urlaub geben. Die Finger kann ich schon einigermaßen bewegen. Vielleicht werde ich wieder ganz gesund. Bis ich aber einsatzfähig bin, ist der Winter um, das ist gewiß, und Frühling ist dann bestimmt schon, und in der Zwischenzeit kann sich viel verändern ... Du verzeihst mir die schlechte Schrift, aber ich kann mit der Linken das Blatt nicht halten und das macht viel aus ... Der Brenner soll wieder offen sein. Wenn Du bis hierher fahren könntest und mich dann mitnehmen? Aber das ist wohl ein Traum ... Wenn die Zilia mit der Popa heimgeht, wird das Kind dort niemanden stören, im Gegenteil, ein Sonnenschein im Haus wird es sein, das weiß ich bestimmt ... Wie lange bleibt denn das Oberetsch (oder heißt das inzwischen auch schon anders?) noch besetztes Gebiet? Warum heben sie denn die Postsperre nicht auf? So ein Zustand! ... Mein Olgalein, alle hier grüßen Dich und haben Dich lieb. Nicht so lieb wie ich, das geht gar nicht. Bleib gesund und guten Mutes, nach diesen bitteren Zeiten kommt das richtige Leben, unser Leben. Dein Mati.

Am 28. Dezember 1943, an seinem 28. Geburtstag, ist Mati an seiner Kriegsverletzung gestorben. Ich habe den Zenz geheiratet. Mit sechsundzwanzig. Zwei Kinder hintereinander gehabt, zwei Läden in der Stadt. Der Zenz ist tüchtig gewesen.

Ach, Olga!

9

„Warum schreibt der Ulrich nicht?"

„Ansgar ist desertiert, Mutter."

„Unser liaber Herr in Himml! Wo versteckt er sich denn im Winter?"

„Ewig kann der Krieg nicht dauern."

Für die Leute im Dorf ist Ulrich irgendwo in Rußland. Wie Ander auch. Und beide lassen selten von sich hören.

Zweimal ist Ansgar nach Mitternacht in die Kammer eingestiegen und vor dem Morgengrauen wieder zur Alm aufgebrochen. Er nimmt so viel an Eßbarem mit, wie er tragen kann.

„Laß mich dir die Sachen bringen. Wie soll ich dir sonst zeigen, was du mir bist?"

Vom Franzele zu reden, bringt Ansgar nicht übers Herz. Vielleicht – hofft er – kommt Elsa weniger oft zum Nachdenken als er, dem die Zeit auf der Alm lang ist.

„Einen Hüterbub wie dich habe ich nachher nie mehr gehabt", antwortet der Senner auf Ulrichs Bitte, ihn bleiben zu lassen.

Vor dem Schlafengehen knurrt er: „Ich weiß von nichts."

Wieder haben sie den Abendrosenkranz gebetet, wieder weckt der Alte Ulrich um vier Uhr. Die Tonsur, die kaum nachgewachsen ist, übergeht er. Vielleicht sieht er sie auch schon nicht mehr. Er ist über die Hilfe des Flüchtlings froh, zeigt es aber nicht. Wenn ihm niemand zuschaut, stützt er sich beim Gehen auf zwei knorrige Äste. Kommt jemand mit Brot, Salz, Petroleum und Mehl aus dem Tal, verkriecht sich Ulrich in der Heuschupfe. Er holt nach wie vor die Lebensmittel aus dem Versteck, manchmal auch vom Schusterhof, aber seltener.

„Es ist etwas in der Luft.“

An Regentagen und am späten Abend nähe ich.

„Wein nur“, sagt die Mutter, wenn ich über dem Arm der Nähmaschine rechts und links das Wasser aus den Augen wische, „manchmal hilft's.“

Dann bringt sie etwas Gutes aus der Speiskammer, weil sie keinen anderen Trost hat.

Kreuzen Flieger den Himmel über dem Ahrntal, blöken die Schafe verängstigt, die Kühe rennen in Haufen zusammen, die Kälber springen nach allen Richtungen auseinander. Nie sagt der Senner ein Wort, wenn sein Knecht bis in die Nacht hinein nach dem versprengten Vieh sucht. Selten nur läßt er ihn bei der Speckmarende mithalten, aber er macht kein Zeichen mehr auf der rußigen Selchseite wie in früheren Jahren.

Ulrich hat kein Vertrauen in den Alten. Sollte man hier nach dem Deserteur suchen, der Senner würde ihn nicht decken. Er würde ihn aber auch nicht verraten. Ulrich unterstellt ihm mehr Schläue, als er in seiner wortlosen Einfalt zeigt.

Diesmal ist die Einsamkeit trostloser als in den Kindersommern. Ein Leben wie ein Verbrecher. Die Sorge um Elsa. Die Trauer um den kleinen und den großen Franz. Das alles geht ihm auf den Almwegen im Kopf herum, beim Melken der Kühe und beim Salzverfüttern an die Schafe, während des Rosenkranzes und bei den stummen Mahlzeiten. Ab und zu läßt er alle Vorsicht bleiben und macht sich auf den Weg in Elsas Kammer.

Dann klopft er an Mutters Kammertür.

„Der Senner“, sagt die, „ist kein sauberer.“

Der Erdhügel von Franzeles Grab ist eingeebnet. Seit seiner Geburt bin ich fromm. Ich gehe oft an Werktagen in die Frühmesse und danach auf den Friedhof.

„Not lehrt beten“, sagen die Dörfler; und bösere Zungen: „Jetzt kriecht sie zum Kreuz, die Stadtlerin.“

Seit einiger Zeit geben auch Frauen aus Bruneck Kleider in Auftrag. Es ist schön, wieder etwas anderes als Rupfen und Loden in den Händen zu halten.

Die Mutter geht vor mir ins Bett, steht aber um Mitternacht noch einmal auf und macht mir eine Schale Milch warm. „Nach den ersten zwei Stunden Schlaf liege ich die folgenden zwei eh wach.“

Am achten August sitzt Ulrich wieder auf seinem Aussichtsplatz. Er hat das gemähte Gras zum Trocknen auseinandergebreitet, zieht den würzigen Geruch ein, packt sein Mittagessen aus. Bald werden auch die beiden Punkte auf der *broatn Trote*, wie das Feld neben dem Schusterhof heißt, für kurze Zeit verschwinden. Er sieht eine Kolonne von Lastwägen hintereinander die Dorfstraße hinauffahren und vor dem Schusterhof stehenbleiben. Männer springen heraus und kreisen das Haus ein. Sie gehen in Stellung, als hielten sie Gewehre in Anschlag. Ulrich zählt siebenundzwanzig Männer.

Jetzt muß er von hier weg.

Nur die Lastautos will er noch abfahren sehen. Es dauert fast vier Stunden. Zwei Frauen kommen aus der Tür, die große, helle voran, dahinter die Mutter, die wieder ins Haus zurückgeht. Elsa steigt mit einem Koffer in den Wagen.

Der Senner ist nicht in der Hütte. Ulrich rafft an Lebensmitteln zusammen, was er tragen kann, und reißt das Jagdgewehr des Alten vom Haken.

„Sie kriegen mich nur tot.“

Er zieht die Kutte unter dem Heu heraus, stopft sie in den

Rucksack und diesen in einen geflochtenen Buckelkorb. Ob der Ort, wo er hinwill, eine Zuflucht ist, wird sich zeigen.

*

DIE MÄNNER vom Südtiroler Ordnungsdienst sind alle aus dem Tal und der Mutter bekannt.

„Laßt doch die alte Frau! Sie weiß von nichts."

Sie haben das Haus auf den Kopf gestellt, Kästen und Truhen ausgeräumt, Läden umgekippt, sogar die Strohsäcke ausgeleert, an meinem Koffer das Vorhängeschloß heruntergerissen und die Schnittbögen auf dem Boden verstreut.

„Was suchen Sie eigentlich?"

„Du kommst zu den anderen Dreißig, die wir schon im Auto haben", schreit der Kapo.

Ich packe ein, was ich in dem Durcheinander finde, die Mutter steckt mir Brot zu.

„Hierher kommt ein kommissarischer Verwalter", sagt einer zur Mutter, „als Dirn könnt Ihr bleiben, wenn's Euch freut."

Dann lacht er laut und dirigiert mich mit dem Gewehrlauf vor sich her.

Ich steige zu den anderen ins Auto. Die haben von der Drohung nichts gewußt oder tun nur so. Den Erlaß der Sippenhaftung gibt es seit Anfang des Jahres. Ich habe seit Ansgars Flucht damit gerechnet.

„Du stellst dich in keinem Fall, Gari! Mich können sie höchstens einsperren, dich aber erschießen sie."

Ulrich geht, solange ihn seine Füße tragen. Er will ins Gsiesertal auf den Hof seines Schwagers. Nur bei einem geeichten Nazi ist er sicher.

In seinem Tal hätte er alle Wege blind gehen können. Hier fürchtet er, sich im Dunkeln zu verlaufen. Es ist eine milde Augustnacht. Jedes Rascheln in den Bäumen, jedes Knistern im Unterholz läßt ihn aufschrecken. Beim Hellwerden geht er weiter. Die Schwere in den Beinen ist noch dieselbe wie beim Hinlegen. Nicht weit vom Binderhof wartet er auf die Nacht.

„Du, Ulrich? ... Aber du bist doch erst eingerückt!"

Jakob mustert seinen Schwager. Er muß doch irgendwo einen Verband haben. Dann geht ihm ein Licht auf.

„Sonst fällt dir nichts ein? Kommt unter meinem Dach nicht in Frage."

„Willst mich gar anzeigen, Jakob?"

Stina steht von der Eckbank auf, holt Teller und Besteck, die Reste des Nachtmahls. „Iß erst einmal!"

„Mit solchen, wie du einer bist, muß der Hitler den Krieg ja verlieren. Einem Saboteur soll ich Unterschlupf geben?"

„Hier suchen sie mich zuletzt."

„Und wie stehe ich da, vor dem ganzen Dorf und vor mir selbst?"

„Bist bei der SOD?"

„Ortsbauernführer."

„Gestern haben sie Elsa verhaftet."

Stina stellt sich vor ihrem Mann auf. „Wenn der Ulrich nicht bleiben darf, dann gehe ich mit ihm."

„Als Funktionär bist du ja eingeweiht. Wohin bringt ihr die Sippenhäftlinge?

„Ins Gefängnis."

„Lager habt ihr noch keines? Warum verhilfst du dem Hitler eigentlich nicht zum Sieg, Jakob? Auf dem Feld, mein ich."

„Und wer soll hier die Arbeit tun? Jeden Tag melden sich Freiwillige, die Besitzablöse der Auswanderer muß geregelt, Ariernachweise und Ahnenpässe müssen ausgestellt und Protokolle angefertigt werden. Oder sollen wir das dem studierten Gesindel wie deinesgleichen überlassen?"

Ulrich schläft nach Wochen wieder in einem richtigen Bett. Den Tag über hält er sich auf dem Heustock im Stadel versteckt, dann macht er sich auf. Auch zum Binderhof gehört eine Alm. Auch hier ist eine Ploche voll Almheu soviel wert wie drei Plochen Hoammahd. Stina versorgt ihn mit Essen, mit sauberen Kleidern, sogar mit einem Federbett. Die Binderalm liegt einsamer und weiter vom Dorf entfernt als die des Ahrntaler Senners.

Die Mutter weiß nicht ein noch aus. Sie setzt sich auf die Söllerbank und weint auf ihr Fürtuch hinunter. Sie hätte mit Elsa gehen sollen. Wenn der Ulrich noch auf der Alm ist, werden sie ihn finden. Dem Steger-Hartl schaut sie nicht ins Gesicht. Er hat als Verwalter den Hof übernommen. Daß sich der Steger-Hartl zu so etwas hergibt ...

„Räumt das Haus auf, dabei vergeht Euch das Jammern!" schreit er.

Dann holt er die zwei Kühe vom Rosele zurück, führt die volle Korntruhe vom Schusterhof in seinen eigenen und schlägert am nächsten Tag das angezeichnete Holz im Schusterwald. Was die Mutter bisher an Eiern und Butter verkauft hat, verkauft von nun an der Verwalter.

Rosele zählt die Namen auf, die mit Elsa auf der Liste der Verhafteten sind. Dreißig sind es, darunter noch halbe Kinder.

Die Mutter will nicht zum Rosele gehen. Sie will hier warten und das Haus nicht verkommen lassen, von dem der Steger-Hartl alles wegträgt was nicht festgenagelt ist. In den Nächten fürchtet sie sich allein. Der Wastl würde vielleicht in der Bubenkammer schlafen, aber der ist ihr mehr Last als Trost mit seinem endlosen Fragen nach Elsa und nach Kaffee. Sie kniet täglich vor dem Wetterkreuz, täglich bei der Frühmesse, und hängt einen Rosenkranz an den anderen.

„Hansl hilf!" betet sie und ruft das unschuldige Kindl an: „Franzele im Himml!"

Nach und nach sickern Berichte aus dem Brunecker Gefängnis durch. Den Ahrntalern, die sich um die Häftlinge kümmern, gibt die Mutter Brot mit, Wäsche und eine Decke. Die Decke kommt wieder zurück.

Ich habe einen Eckplatz in der Zelle, schlafe im Sitzen. Die Wände kommen mir weniger feucht vor als der Boden. Wir liegen dicht beieinander und wärmen uns gegenseitig. Eine Decke für jeden. Für die eine Hälfte der Nacht ist sie Unter-, für die andere Zudeck. Wenn nur dieser Wachtmeister nicht dauernd durch die Zellen brüllen würde.

Dann der Arbeitseinsatz. Eine Gruppe im Gefängnisgarten, die andere in der Stadt. Die Häftlinge organisieren sich nach und nach. Die Gartenarbeiter nehmen Freß- und Wäschepakete, die über die Gefängnismauern fliegen, in Empfang. Die Ausgänger schmuggeln Briefe und Botschaften hinaus.

Ich werde mit den anderen Frauen zum Putzen eingeteilt. Nach drei Tagen fährt ein Aufseher mit mir in ein Hotel der Stadt. Dort sind Wehrmachtsoffiziere mit ihren Frauen einquartiert. In einem Zimmer mit Nähmaschine, Bügelbrett und Zuschneidetisch sperrt man hinter mir die Tür ab.

„Zeig, was du kannst!"

Eine Person mit einem Körper wie ein Dragoner bringt einen drehbaren Probierspiegel.

„Wir sind hier zu vierzig, und alle wollen wir etwas Neues."

Nicht gut genug zu sein, fürchte ich nicht, aber nicht kräftig genug. „Ich brauche eine Gehilfin – oder zwei."

Sie lassen Mena mit mir gehen, das Mädchen aus St. Johann, verschreckt und verzagt, das dauernd friert. Mena stellt sich ungeschickt an und heftet nicht nur einmal einen Rock unten zusammen anstatt an den Seitennähten.

„Schicken Sie mich nicht weg!"

„Du lernst das noch, Mena."

Ich rede jede mit Frau Offizier an, aber sie sind nicht alle Ehefrauen von Offizieren. Diejenigen, die es nicht sind, drehen sich länger vor dem Spiegel. Da kommt es dann vor, daß eine Kaffee bringt oder ein Butterbrot. Ich lasse mich bestechen und teile mit Mena. Im Hotel gibt es Feste. Gelage, sagen die Frauen aus der Zelle, die das Haus aufräumen müssen. Die Fräuleins in den Büros, sagen sie auch, schlafen mit den Offizieren. Nicht immer aus Zwang oder um sich Vorteile herauszuschinden. Manchmal auch aus Lust.

Der Mann, der mich jeden Morgen ins Hotel weiterfährt, nachdem er den Putztrupp abgeladen hat, ist ein SS-ler.

„Sei froh, daß du nicht nach Bozen kommst", sagt er.

„Ich bin ja froh."

„Im Bozner Lager warten die Juden auf die Himmelfahrt; die Zigeuner auch."

Ich schiebe dem SS-Mann einen Brief über das Armaturenbrett zu. Herzjagen. „Tun Sie das für mich?"

Der Mann steckt das Kuvert ein.

„Es geht mir gut, Muaterle", steht in dem Brief.

Das Essen in der Nähstube ist nicht nur ausreichend, es schmeckt auch. Ab und zu stecke ich ein Stück Struzn oder Obst in den Kittelsack. Für die Mithäftlinge, die immer Hunger haben.

„Mußt nicht verzagt sein, Mena."

Das Mädchen weint über den Tisch. Wir dürfen bei Bombenalarm nicht aus der Schneiderkammer heraus. Mena weint vor dem Schlafengehen und beim Aufstehen, vor dem Wachtmeister im Gefängnis und vor den Offiziersfrauen.

„Zur Gewohnheit läßt du das nicht werden, Madl."

Mena schneuzt sich und beißt vom Butterbrot ab.

„Am Montag hat der Wachtmeister zur Mutter gesagt, wir kommen alle nach Bozen."

Ich frage den Chauffeur, ob er schon im Bozner Lager war.
„Dort gehen die Baracken über. Der Bahnhof ist zusammengebombt, und man kann die Häftlinge nicht mehr wegbringen."
„Wohin?"
„Nach Dachau natürlich, Buchenwald, Mauthausen, Auschwitz. Du darfst es dir aussuchen."
„Können Sie etwas tun, um mich in Bruneck bleiben zu lassen?"
„Sobald die Weiber ihre Fetzen beisammen haben, brauchen sie dich nicht mehr. In Bozen darfst du dann Zelte nähen."
„Was dieses Leben für kalte Menschen macht ..."
„Ich habe eine Frau in Deutschland und zwei Kinder, und den Krieg verlieren wir. Ob ich nach Hause komme, weiß der Teufel."
„Hauen Sie einfach ab!"
„Du bist wirklich eine Deserteursbraut."

„Feldmatratzen heißen die Weiber, die in Kriegszeiten die Soldaten erlösen", hat eine Ahrntalerin aus der Putztruppe gesagt und auf die Bürofräuleins der Offiziere angespielt.
Manch eine tut es für einen weitergeleiteten Brief oder Ähnliches.
Ende November bin ich im Gefängnis von Bozen, bald danach im Lager.

„Rückt der Hitler erst mit seiner V2 aus, haben die Amerikaner das Nachsehen", freut sich Jakob.
Er hält sich an die große Bombe und an die Vorsehung, die es gut mit dem Führer meint. Die Begeisterung der Bauern aber ist mit trotzigen Reden nicht mehr aufzustacheln. Zu viele hören den Feindsender, zu lang ist die Liste der Gefallenen auf der Holztafel im Friedhof.

„Aber deutsch sind wir auf alle Fälle“, schreit der Jakob in die Versammlung. „Wir gehören zum Großdeutschen Reich, und die Walschen können sich putzen. Zwanzig Jahre hat der Faschismus hier gedauert.“

„Die Nazi haben schon in zwölf Monaten wilder gehaust“, ruft einer aus dem Publikum.

Jakob hat schlaflose Nächte. Früher oder später entdeckt einer den Ulrich; ein Jäger oder ein Wilderer.

„Dann bleibt uns nur mehr das Auswandern“, sagt er zu Stina.

Von der Begeisterung fürs Gehen ist die längst geheilt. Es geht auch sonst keiner mehr.

Wieder feuert Ulrich den Herd nur in der Nacht. Hier ist er noch vorsichtiger als im Ahrntal. Er hat sich erst ein einziges Mal während eines Gewitters zum Binderhof hinuntergetraut. Mitten durch die Blitze ist er gegangen. Im Winter kann er hier oben nicht bleiben.

Die Tage wollen nicht vergehen. Ulrich sammelt Kleinholz, bindet es zu Schaben zusammen, durchforstet den Binderwald, sägt Schwachholz. Beim Hacken könnte ihn einer hören. Er beginnt zu rauchen, zum Zeitvertreib und weil Stina auch Tabak in die Pakete wickelt. Hier oben könnte er die Seminarbibliothek auslesen. Fast jeden Tag fallen irgendwo Schüsse. Ulrich verkriecht sich dann stundenlang. Gestern hat ein Hund vor seinem Versteck nicht mehr zu kläffen aufhören wollen, Sauviech, vermaledeites!

*

ICH TRAGE EINE TUTA mit rotem Dreieck. Ich bin ein politischer Häftling.

„Arrivano le Tirolesi!“ ruft eine Partisanin. „Pregate donne, betenbeten!“ Sie stimmt *Bella ciao* an. Die Italienerinnen sind viel schneidiger als die Hiesigen. Sie halten zusammen wie Pech und Schwefel. „Viva la resistenza!"

Sie verspotten das Wachpersonal, ohne sich darum zu kümmern, ob man ihre Frotzeleien versteht. Fünfzig Frauen hausen in einer Baracke, alle in derselben Tuta. Einzig das Dreieck auf dem Rücken unterscheidet sie voneinander. Partisaninnen, Jüdinnen, Zigeunerinnen und die sonderbaren Politischen aus dem Oberetsch teilen sich einen einzigen Kübel für die Notdurft.

Mena menstruiert zum ersten Mal und hat nichts, womit sie das Blut auffangen kann.

„Muß ich jetzt sterben?"

Bei den Verhören gebe ich den Beamten immer dieselben Antworten. Sie sind auch in Bruneck nicht anders gewesen: Ja und nein und ich weiß nicht.

„Sie sind doch keine Bäuerin!"

„Nein."

„Was sind Sie dann?"

„Schneiderin."

„Und wie kommen Sie unter die Ahrntaler Häftlinge?"

Schulterzucken.

„Ma tu chi sei?" fragt eine Partisanin.

Auch in Bozen geht es zum Arbeitseinsatz. Während die anderen in zugigen Hallen vor Zelten und Uniformen sitzen, nähe ich in einer leerstehenden Villa, zwei Straßenzüge weiter, Kleider. Die Kundschaft unterscheidet sich nicht von der in Bruneck. Die Stecknadeln, die ich bei der Anprobe zwischen den Lippen halte, zittern. Nicht immer aus Angst, auch vor Wut.

Was ich für eine Politische sei, will die Kundschaft wissen. Ich knie auf dem Boden, stecke den Rocksaum auf und habe einen Feigling zum Mann. Fehlt nur, daß diese Weiber nach mir treten.

Wir nähen Knöpfe an Zeltplanen, den ganzen Tag Knöpfe,

erzählen die Mithäftlinge im Lastwagen. Mena näht Uniformen.

Ich darf jetzt nicht krank werden.

Heimweh nach Gari.

Wir waschen uns mit kaltem Fließwasser im Hof. Wir stellen uns dabei so auf, daß wir einander vor den Blicken der Aufsicht decken. Von den vier Wachtürmen spähen Posten rund um die Uhr.

Die Jüdinnen sind die ärmsten. Sie dürfen nur in den Hof, nie aus dem Lager hinaus. Ist eine Gruppe von hundert Frauen beisammen, bringt man sie aus Bozen weg. Viele wissen wohin. Die Kinder der Jüdinnen oder Zigeunerinnen verstehen noch weniger als ihre Mütter, weshalb man sie quält. Was würde ich mit dem Franzele tun, wenn es noch lebte.

Das stundenlange Stehen in Reihe und Glied gehört zum Ärgsten am Tag, das Aufgerufen- und Abgezähltwerden, vor allem aber das Stehen.

Rechts und links werden Mithäftlinge angebrüllt, geschlagen, gedemütigt. Vom Männerlager kommen Schreie herüber.

Ich kann nicht wegschauen. Sie spritzen den Juden so lange aus einem Wasserschlauch an, bis er zusammenbricht.

Eine Zigeunerin erzählt, sie hätte zusehen müssen, wie ein Ausgebrochener aufgehängt worden sei. „Wie Jesus am Kreuz. Das geht nie mehr aus dem Ohr, das Stöhnen und Betteln. Bis er in Ohnmacht gefallen ist, hat er gestöhnt und gebettelt."

Und die Mena weiß, gestern haben sie die Italiener abgeführt.

„Die in der Hütte neben dem Lager?"

„Alle dreiundzwanzig, erschossen."

Ich wünsche den Mördern, daß ihnen die Hände faulen.

Der Gefangenenpater der Kapuziner sucht nach mir. Das hat er den Meinen beim Sternwirt versprochen. Dem Pater Pius sind keine regelmäßigen Besuche erlaubt. Er stellt sich trotzdem hartnäckig zweimal in der Woche vor der Lagerleitung auf, läßt sich bespötteln, beschimpfen, verjagen. Aus welcher Laune heraus man ihn ab und zu doch einläßt, weiß er nicht. Er zieht seine Kutte aus, knurrt dabei. Ein SS-ler tastet ihn ab und führt ihn in die Baracken. Die Partisaninnen lachen ihn aus, an den Jüdinnen schleicht er sich vorbei, die Zigeunerinnen schauen ihn groß an, den Tirolerinnen ist er der letzte Halt.

„Vertrauen Sie auf den Herrn!“ sagt er zu mir.

Dein Herr ist kein Vertrauen wert. So bitter bin ich geworden.

Pater Pius schmuggelt meinen Brief hinaus. Ich schreibe nach Brixen und lege den Umschlag mit der Adresse der Schustermutter dazu: „Was auch immer passiert, der Ulrich darf sich nicht stellen.“

Solange sie mich im Lager behalten, haben sie den Ulrich nicht gefunden.

*

„VIER MONATE ist sie schon weg, die Elsa.“

Die Mutter ist ein altes Weiblein geworden.

„Der Herrgott wird es ihm vergelten“, sagt sie zu Stina, als sie erfährt, daß der Ulrich auf Jakobs Alm ist.

„Dem Jakob ist nichts zu vergelten, Mutter.“

Ulrich will vor dem großen Schnee ins Ahrntal zurück. Die Almhütte des alten Senners steht wieder leer. Stina glaubt nicht, daß die Mutter, heruntergekommen wie sie ist, ihren Buben auf dem Berg wird versorgen können. Was sie ihm bringen will, muß sie sich vom Mund absparen.

Ulrich gräbt sich ins Schaffell, schüttelt die Bettfedern einmal nach unten, dann wieder zu den Schultern hinauf. Nur schlafen, wünscht er sich, so lange als möglich schlafen. Er rennt die Alm aus, kreuz und quer durch den Schnee, auf daß er müde werden möge. Am schlimmsten sind die Abende. Sie kommen früh und dauern ewig.

Die Sackuhr des Vaters ist kaputt. Als Hüterbub hatte er sich nach der Sonne gerichtet.

An besonders kalten Tagen schmilzt der Schnee auch in der Hütte nicht mehr. Ulrich stellt nach dem Nachtmahlkochen einen Kübel auf den Herd und wäscht sich in der Früh im Schmelzwasser. Ab und zu gefriert der Schnee sogar in der Hütte. Ulrichs Bart ist so lang und dicht, daß er es mit jedem Kapuziner aufnehmen könnte. Seit Schnee gefallen ist, kommt Stina nicht mehr. Ulrich packt in klaren Nächten den Buckelkorb im Binderhof voll und kehrt wieder um. Er tritt in die Spuren der Wilderer und Waldarbeiter und braucht so die doppelte Gehzeit. Er betet viel. Nicht weniger als in seiner Klosterzeit. Er hat Elsas Gefangenschaft auf dem Gewissen, die Not daheim und das Elend der Mutter. Das wird er in keiner Bußandacht los.

Die Ahrner Bauern brechen zum Heuziehen auf. Wie in jedem Winter. Diesmal sind auch Bäuerinnen mit dabei und Dirnen. Früher war dieser Tag fast so schön wie der Kirtag. Von Alm zu Alm hörte man Jauchzer und Hö-Rufe. Nach dem Aufstieg über Schnee und Eis füllen Kathl und die Mutter die Plachen, Roseles Mann zurrt die Seile darüber zusammen, spuckt in die Hände. Das sachgemäße Beladen der rupfenen Tücher ist eine tradierte Kunst. Auf den abschüssigen Wegen ist das Gleichgewicht der Last entscheidend, die geschickte Balance auch, durch die sich die Fuhre wie von selbst weiterbewegt. Ein gefährliches Unternehmen ist das Heuziehen. Der Träger stemmt sich unter die Heuplache, zieht oder bremst den Haufen auf dem Weg ins Tal. Die Stadel der Höfe sind schon licht geworden. Das Almfutter mischen die Bauern sparsam wie eine Köstlichkeit unter Heu und Stroh. Die Mutter wird zur Hütte des Senners weitergehen und den Buckelkorb in der Speiskammer ausleeren.

„Wie ein Wilder schaust du aus!"

Es ist nicht nur der lange Bart und das lange Haar. Ulrich hat einen gequälten, irren Blick. Sie halten einander lange umarmt, der Bub und die Mutter, wiegen sich ein bißchen hin und her und wissen beide nicht, wie sie im anderen Freude und Weh auseinanderhalten sollen.

„Was tu ich Euch an. Das kann ich ein Leben lang nicht wieder gut machen."

Es geht nur langsam bergab. Der Seppl schämt sich, weil er immer wieder stehenbleiben muß. Die Mutter läuft einmal der Plache voraus, dann hintendrein, und leitet die Fuhre mit Handzeichen und Rufen.

*

DIE ERSTEN FRAUEN werden aus dem Lager entlassen. Vor Überraschung können sie sich gar nicht freuen. Man setzt sie in ihren schmutzigen Kleidern vor die Tür, ohne Erklärung, ohne Essen, ohne Geld. Geld brauchen sie auch keines, weil es auf dem Bozner Bahnhof keine Fahrkarte zu lösen gibt und derjenige, von dem sie mit viel Glück im Auto mitgenommen werden, keine Bezahlung erwartet. Auch Mena ist unter den Entlassenen. Wenn es einmal keinen Krieg mehr gibt, will sie Schneiderin werden.

Anfang Februar fährt das Auto an dem Haus, wo man mich bisher ausgeladen hatte, vorbei. Von nun an nähe auch ich Zelte und Uniformen.

Es ist der zwanzigste Februar. Auf dem Bozner Bahnhof ducke ich mich unter eine Verladekiste. Fliegeralarm.

Wenn es nicht die Bomben sind, dann ist es die Lunge. Nicht jetzt. Nicht hier umkommen.

Irgendwann fährt dann doch ein Zug. Der Klausner Bahnhof. Wäre ich nur in Klausen geblieben. Ich fahre an Brixen vorbei.

„Haben Sie geschlafen?"

Der fremde Mann bietet mir Milch aus seiner Flasche an.

Wir wollen beide nach Bruneck weiterfahren, sollte es die Littorina noch geben.

Dann hilft mir der Fremde auf das Lastauto eines Bekannten, winkt, hebt die ineinandergeschlagenen Hände in die Höhe.

„Der will Ihnen wohl", sagt der Fahrer und macht mir zuliebe einen Umweg.

„Ein Lastwagen hat dich von hier weggebracht und ein Lastwagen bringt dich mir wieder zurück", sagt die Mutter und weint. In der Tischschublade schneidet sie vom Speck, den sie vor dem Verwalter gerettet hat, dicke Streifen für den Fahrer herunter.

„Sobald ich auf dem Söller Schritte höre, schiebe ich die Tischlade einfach zu", erklärt sie und macht ein verschmitztes Gesicht.

Da lache ich zum ersten Mal wieder.

Nach zwei Tagen steht der Ortsbauernführer in der Küche und will mich zum Arbeitsdienst abholen. Die Mutter sagt kein Wort, geht ihm über die Stiege voraus und stößt die Kammertür auf. Der Ortsbauernführer ist unschlüssig, ob er weitergehen soll. Da gibt ihm die Mutter einen Schubs in den Rücken.

Ich liege mit Fieber im Bett, der Atem geht schwer, die Hand auf der Decke ist fast durchsichtig.

Der Vorrat an Lebensmitteln auf der Alm ist bald aufgebraucht. Es ist nicht der Hunger, der Ulrich Angst macht.

Ich werde hier oben verrückt. Und so ein kalter März. Wie wird Elsa frieren. Immer hat Elsa gefroren. Seit ich aus dem Kloster gegangen bin, habe ich nur Unglück gebracht. Über alle nur Unglück.

Es ist etwas passiert. Ich muß heim. Einmal muß ich heim.

Ich will keinen Doktor, keine Hebamme, niemanden.

Ich werde von alleine gesund. Und von der Milch.

Man versteht mich kaum. Den Kopf aus dem Polster zu heben ist eine Anstrengung, das Reden auch. Ich uriniere im Bett in eine untergeschobene Emailleschüssel. Während mir die Mutter das Leintuch austauscht, rolle ich mich auf die leere Ehebettseite.

„Laß dir doch helfen!"

„Laß mich rasten, Ansgar."

Ulrich hockt in der Almhütte. Er hat die Ellbogen auf die Knie gestützt, den Kopf in beide Hände.

„Warum hilfst du nicht, Vater im Himmel? Ich habe kein Talent für einen Hiob."

Sollte das Schicksal noch Ärgeres vorhaben, wird das Unglück ein schwarzes, gewirktes Band sein, das die Mutter in den Buckelkorb bindet.

„Du hast jetzt ein warmes Bett, Elsa, der Ulrich ist nicht weit, und der Ander lebt noch. Die Gnade Gottes ist grenzenlos."

Wo die Mutter nur den Trost hernimmt.

Mena schaut oft beim Schuster vorbei, darf aber nicht in meine Kammer. Sie bringt Eier und Butter. Vom Lager erzählt sie nichts, nur vom Arbeitsdienst, der auch hier hart ist, und daß sie nicht in ihr Heimathaus zurück darf.

„Wie ein Trinkkind hätschelt Ihr mich, Mutter."

Die Mutter kommt fünfmal am Tag mit dem Milchhafele.

„Segen's Gott", sagt sie und schaut mir beim Trinken zu.

Noch will ich nicht sterben.

Vor einem halben Jahr habe ich die letzte Bluse mit Stehkragen und Spitzenbesatz auf das Zuschneidepapier gezeichnet.

Noch ist zu wenig gelebt, heißt es da.

„Im Matzilefeld hat eine Bombe eingeschlagen", erzählt Mena, „sie hat ein riesiges Loch herausgerissen."

Die Matzilebauern müssen vom Hof gehen.

Bald kommt die gute Zeit, verspricht die Mutter und meint das Frühjahr. Sie schiebt eine Bank auf den Söller, legt einen Strohsack darauf und deckt mich mit dem schwersten Federbett zu.

„Wie im Sanatorium, Mutter. Wenn ich durch Euch nicht gesund werde, werde ich es nie mehr."

*

ULRICH RECKT DIE ARME in die Luft, jauchzt so hell er kann, fällt auf die Knie und betet laut. Über die Achner Brücke fahren amerikanische Panzer. Der Krieg ist aus. Er reißt die Kutte aus dem Versteck und stürzt talzu.

„Elsa, der Krieg ist aus!"

Ein amerikanischer Panzer ist in die Ahr gestürzt.

„Daß die Leute die Fahrzeuge ausräumen, das gehört sich nicht." Die Mutter schämt sich.

Durch das Ahrntal ziehen Kolonnen von Soldaten. Sie lassen alles Militärische zurück, das sie zurücklassen können.

Autos zuerst, aber auch Uniformen, wenn sie ein Zivilgewand auftreiben.

Mena kommt mit einem Korb schwarzer Gummibänder in die Stube. Sie hat mit ein paar anderen Weibern aus dem Dorf die Schweißbrillen aus dem Lastauto zusammengeklaubt und die Gummilaschen abgetrennt.

„Wir haben uns das Zeug geteilt", sagt Mena und legt ihren Anteil auf den Tisch. „Kannst du die Gummibänder brauchen, Elsa?"

„Ich mag das gestohlene Zeug nicht im Haus", schimpft die Mutter.

Mena hat auch eine Riesenplane weißer Seide gebracht. „Den Fallschirmstoff hat niemand haben wollen ..."

Das Sitzen strengt an, die Schwäche drückt vom Magen herauf und ein leeres Gefühl steigt mir ins Hirn.

Der Schuster-Ulrich wird gemustert wie der Lazarus, sobald er sich das erste Mal auf dem Kirchplatz zeigt. Er fordert den Steger-Hartl, der in einer Gruppe von Männern auf das Hochamt wartet, auf, aus dem Kreis zu treten.

„Wann bringst du das Zeug zurück, das dir nicht gehört?" fragt er so laut, daß niemand von den Umstehenden die Ohren spitzen muß. „Steig von Anders Rad!"

Ulrich greift mit der Rechten unter den Sattel, mit der Linken auf die Lenkstange. Der Bub des Steger-Hartl wird rot, bleibt beim Absteigen mit dem Schuh im Rad hängen, fällt hin, rappelt sich auf, stiebt in gebückter Haltung davon.

„Ich schieß dir ja nicht nach!" ruft Ulrich.

Ob er geschossen hätte, da oben auf der Alm, überlegt er in der Kirchenbank. Ich glaube, ich hätte geschossen.

Mena steht aufgeregt in der Küche. „Ein Flieger ist über der Birnlückenhütte abgestürzt! Fünfzehn Amerikaner waren drin."

„Herr, gib ihnen die ewige Ruhe!“ Die Mutter bekreuzigt sich.

Noch ist seit dem Kriegsende kaum ein Monat vergangen, und sie hat zwei ihrer Buben wieder und Elsa dazu. „So viel Glück auf einmal ... und der Ander hat keinen Kratzer!“

Ander hebt mich bei der Begrüßung vom Boden. „Herrgott, du wiegst überhaupt nichts mehr!“

Was reden die Männer jeden Abend so lange? Ich höre ihr Murmeln von der Stube herauf und drehe mich im Bett herum. Ich will nicht einschlafen, bevor Ansgar neben mir liegt, wache aber aus einem unheimlichen Traum auf, sobald die Bodenbretter unter seinem Schritt knarren. Er sucht seine Einschlaflage, wirft sich vom Rücken auf den Bauch, auf die rechte Seite, auf die linke.

„Was ist, Gari?“

„Die Juden kommen über den Krimmler Tauern nach Kasern. Zu Hunderten. Sie wollen nach Palästina. Frauen, Kinder... mit Halbschuhen an den Füßen ... Sie gehen nur während der Nacht, da sehen sie das gefährliche Gelände nicht und stürzen nicht schon aus purer Angst ab. Ich kann nicht schlafen, Elsa.“

Ich setze mich im Bett auf und streichle behutsam seinen Körper. Er greift nach meinen Handgelenken.

Im Dorf wird Ansgar geschnitten. Nicht deshalb, weil diejenigen ein schlechtes Gewissen haben, die eines haben müßten.

Wir haben den Kopf hingehalten und andere haben sich gedrückt, heißt es am Kartertisch.

„Den Kopf hingehalten für wen?“

„Für den Falschen halt.“

„Eben. Dann haltet jetzt das Maul.“

Am Sonntag nach dem Amt kommt es im Wirtshaus fast zu einer Rauferei.

„Ich zähl' sie euch der Reihe nach auf, die Ahrntaler Nazi, die mit den Einberufungen umgegangen sind, als wär' jeder einzelne von ihnen der Führer persönlich", schreit Ander.

„Befehle ausgeführt ...", kommt es vom Stubeneck zurück.

„Und die eigenen Ärsche ins Trockene befohlen, das schon, gell?"

Ander wirft ein Glas Wein um, schmeißt die Spielkarten über den Tisch. Die erste Gemeinderatswahl nach dem Krieg ist angesagt. So wollen es die Amerikaner.

*

ICH BIN EINFACH NUR MÜDE. Müde zum Sterben. Schlafen. Nichts als schlafen. Die Mutter redet auf mich ein. Sie könnten mir hier ja nicht helfen. Die Milch würde halt keine Wunder wirken und wer solle nach mir schauen, wenn die Hoammahd erst losgeht und das ganze Haus dem Gras hinterherläuft und später dem Korn.

Auch vor einem Jahr bin ich von hier gegangen. Damals habe ich gewußt, ich komme wieder. Diesmal weiß ich es nicht. August 1945.

Die Mamma schlägt die Hände vors Gesicht.

„Um Himmels Willen, Kind! Das schau ich mir nicht mit an." Die Sternwirtin ist eine resolute Person geblieben.

„Sofort ins Sanatorium!" Sonst sagt der Doktor nichts. Sein strenger Blick ist Ansgar ein Vorwurf.

„Schneiderin sind Sie?" Der Lungenarzt tut ungläubig. „Was Sie haben, meine Liebe, ist eine Künstlerkrankheit. Das behaupte zumindest ich. Es würde ganz gut auf Sie passen, kommt mir vor ... aber daß Sie eine Schneiderin sind ..."

Das Sanatorium ist so wie das letzte Mal. Nur Mimmí ist nicht mehr da. Es weiß auch niemand etwas von ihm.

„Wir setzen einen Pneu", beschließt der Primar.

Kein Schmerz, nur diese Erstickungsangst. Nie mehr werde ich atmen wie früher. Die Schlaf-, Liege-, und Eßkuren sind dieselben geblieben, es stehen dieselben Gefäße für das Sputum herum. Nur isoliert werde ich nicht mehr. Das Haus ist voll unterernährter Menschen, viele haben Kriegsverletzungen, mehr Männer sind da als Frauen.

Ansgar kommt täglich. Er trägt mich in den Garten, bettet mich an einem schattigen Platz auf den Liegestuhl und sieht mir beim Schlafen zu, verscheucht Fliegen und Ameisen von meinem Gesicht.

„Verzeih, daß ich auch dann schlafe, wenn du da bist."

Im Oktober wird er in der Brixner Mittelschule eine Stelle als Hilfslehrer antreten.

„Ich möchte deine Schülerin sein."

Aber da weiß Ansgar schon nicht mehr, ob er jemals unterrichten wird.

„Daß ich dich nur bei mir habe ..."

„Ich bin dein Unglück, Elsa. Mich erdrückt die Schuld."

„Ich werde gesund. Ich werde wieder nähen und du wirst mir vorlesen."

Der Primarius spaziert durch den Park. Er bleibt vor uns beiden stehen.

„Diese schönen, schwindsüchtigen Gestalten ... nicht wahr, Herr Steinwald? Genau wie sie die Literatur beschreibt. Der Genesungsprozeß Ihrer Frau geht rascher vor sich als erwartet. Ach, die Liebe ... sie ist eben doch die beste Behandlung. Küß die Hand, Gnädigste! Empfehlung!"

Ein alter Wiener ... Wie oberflächlich die Menschen daherreden.

Wir sitzen nebeneinander. Garis Kinn berührt fast seine Brust. Er erschrickt unter meiner Hand. Seine Füße scharren ohne auszusetzen. Das Licht in seinen Augen ist ein Flackern geworden. Seit wann haben wir uns nicht mehr umarmt.

An schulfreien Tagen steht Gari schon vor dem Einlaß am Tor und geht erst nach dem Glockenzeichen weg. Er streichelt meine Schultern, fährt mir übers Haar, nimmt mein Gesicht in seine Hände. Er erzählt von den Schülern, was sich beim Sternwirt tut, und was er vom Schusterhof weiß. Dann liest er aus Büchern vor, und ich muß nähen, damit es wie früher ist. Wir haben einen angestammten Platz im Garten, auf den sich niemand anderer setzt. Patienten und Besucher lächeln herüber, wenn sie im gebührenden Abstand an uns vorbeiflanieren. Manchmal schaut Gari vom Buch auf und fragt, was auf den letzten Seiten, die er gerade vorgelesen hat, geschehen sei.

„Der Ansgar betet mir zuviel", sagt die Sternwirtin. „Er ist doch früher auch nicht zweimal am Tag in die Kirche gegangen."

„Sag nichts", bitte ich die Mamma.

„Da ist etwas, Elsa. Er gefällt mir nicht, sage ich dir."

Richard kommt allein auf Besuch. Ohne Seffa. Seffa ist schwanger und traut sich nicht in die Lungenheilanstalt.

„Ansgar hat es schwer", sagt er.

Was weiß mein Bruder, was ich nicht weiß?

Es ist ein Sonntag Ende Oktober. Vom Zaun winkt Ander herüber. Er läuft auf mich zu, schiebt Berge bunten Laubes vor seinen Füßen her.

„Mensch, Elsa, du bist jedesmal schöner, als ich mir dich vorgestellt habe!"

„Im November darf ich vielleicht schon heim. Schade, daß der Ahrntaler November keine Zeit zum Erholen ist."

Im Dorf, erzählt Ander, würden die Weiber oft nach mir fragen. Aber es seien auch solche darunter, über die ich mich nicht zu freuen hätte. „Sie lassen sich von ihren Männern zum Abbitten schicken."

„Wäre es nur eine Abbitte. Sie wollen sich ihre Unschuldserklärungen unterschreiben lassen“, sagt Ansgar bitter. „Von Reue redet kein Mensch.“

Ander verlangt, daß die Bekehrten selber kommen sollten, vor allem *von selber* sollten sie kommen.

Ich will das alles nicht mehr hören. Es tut mir wohl, zwischen den Brüdern im Park auf und ab zu gehen, die Blicke der Besucher anzuziehen und daran zu denken, wie jung ich bin.

„Der Sühne entkommen wir alle nicht. Es wird uns nie mehr loslassen, Ander, keinen von uns.“

Ander legt seinen Arm um mich, rüttelt wie immer an meiner Schulter und verspricht, es alle im Dorf, auch diejenigen, die es nicht gern hören, wissen zu lassen, daß seine Schwägerin jeden Tag gesünder wird und jeden Tag schöner.

„Könntest ein Walscher sein, Ander.“

Es ist doch Dezember geworden und der zweite Adventsonntag, bevor ich entlassen werde. Doktor Prader, der mich nur mit „meine Liebe“ angeredet hat, erbittet sich zum Abschied ein Blatt mit meinen Skizzen. Es sind die Ballkleider, die ihm besonders gefallen. Doktor Prader hatte meine Blätter ab und zu herumgezeigt und von der Künstlerin geredet, die sie da unter sich hätten.

Der Bozner Rechtsanwalt tippt auf einen Zeitungsartikel. „Sie werden sehen, wir müssen uns die Walschen behalten. Die lassen uns nicht mehr aus. Den Rückwanderern legen sie Prügel in den Weg, wo immer sie können. Diese Schikanen mit der Staatsbürgerschaft! Alle Optanten sollen Deutsche sein und bleiben. Das hätten sie gern. Es gibt für Südtirol nur eine einzige Rettung: zurück zu Österreich.“

Von Fanatikern und Eiferern habe ich genug.

Seffa kommt nicht zur Begrüßung in die Gaststube. Bin ich eine Aussätzige?

Gari streichelt meine Hände. „Arme Elsa“, sagt er nur, „meine arme Elsa. Zu Weihnachten sind wir daheim.“

Es ist die Stadt, die ihm nicht guttut.

Ich gehe jeden Tag spazieren. Allein, wenn Ansgar in der Schule ist. Der Weg ist der alte, den Eisackdamm entlang. Eisig bläst die Luft vom Bach herauf. Auf dem Hinweg werfe ich von der rechten, auf dem Rückweg von der linken Uferseite aus einen Blick zum Kapuzinerkloster hinüber. Ich zähle mich an der gleichförmigen Reihe zu dem Fenster durch, hinter dem Ansgars Zelle gewesen ist.

Die Näharbeit liegt schon lange im Schoß. Auch zum Zuhören bin ich um Mitternacht zu müde. Und Ansgar hört mit dem Vorlesen nicht auf. Dann entschuldigt er sich, weil er nicht darauf geachtet hat, daß ich schlafen muß, verspricht, gleich nachzukommen, und bleibt doch so lange über seinem Buch sitzen, bis er sicher ist, ich werde nicht aufwachen, wenn er sich neben mich legt. Das wiederholt sich Abend für Abend.

Am Nachmittag, während ich zuschneide oder an der Nähmaschine sitze, bereitet er sich auf die Schule vor. Er hat mich gebeten, die Kundenbesuche auf den Vormittag zu verlegen. Da ist er außer Haus und muß niemandem begegnen.

„Warum ist Ansgar so leutscheu geworden?“ fragt die Mamma. „Nicht einmal essen will er mehr in der Gaststube. In aller Herrgottsfrühe rennt er zu den Kapuzinern hinunter. Was hat er denn für Sünden zu büßen?“

An Mammas Schulter kann niemand weinen.

Einen Tag vor dem Heiligen Abend fahren wir nach Bruneck. Ob ich mich an unsre erste gemeinsame Fahrt ins Ahrntal erinnere, will Ander wissen und läßt seine Hand so lange auf meiner Schulter, bis es darunter warm wird.

„Ich habe an das Hotel gedacht, in dem ich für die Frauen der Offiziere genäht habe."

Das hätte ich nicht sagen dürfen. Ich drehe mich zu Ansgar um, strecke die Hand nach hinten. „Wieviel Glück ich doch gehabt habe, Gari!"

Bis zum Schusterhof redet er kein Wort mehr.

Wir drücken uns in der Umarmung gegenseitig die Luft ab, die Mutter und ich, halten einander fest, bis Ander ein bißchen unsicher „jetzt laßt es nur gut sein" sagt.

Kathl kommt mit ihrem Bräutigam. Sobald sie in der Kirche im Trachtengewand nicht mehr erfriert, wird Hochzeit gehalten.

Ander holt die Krippe aus dem Unterdach und stellt zusammen mit Ansgar Figuren und Häuser auf. Die Hirten tragen Kleider aus Lederresten, die noch der Vater geschneidert hat. Ich ersetze den papierenen Muttergottesmantel durch einen seidenen. Auch die Heiligen Drei Könige kleide ich neu ein. Das Christkind in der Krippe ist aus Wachs und unverhältnismäßig groß. Die Mutter bettet Moospolster auf den hölzernen Unterbau. „Jahr für Jahr hat der Vater ein paar Figuren dazugestellt." Die Mutter wird wehmütig.

Später bläst sie auf die Glut in der Pfanne, in der die geweihten Kräuter verbrannt sind. Jetzt legt sie Weihrauchkörner darüber. Ander geht mit der rauchenden Pfanne voraus, hinter ihm Ansgar mit der Weihwasserschale und einem Föhrenzweig als Wedel. Ich möchte neben ihm gehen.

Heute vor fünf Jahren!

Ansgar ist ins Gebet vertieft. Er spricht die Segens- und Bittworte mit einer Inbrunst, die mich wie eine Kränkung trifft. Ich richte Glühwein, Zelten und Keks her, lege Holz in den Lehmofen und warte auf die Kirchgänger. Sie werden viel Kälte von der Christmette in die Stube mitbringen.

Die Mutter zerteilt die harten Breatln in der Grammel,

dann läßt sie das Hackmesser auf das Holz fallen. „Der Ulrich hat einen lezzn Sinn“, sagt sie, „und wie ist dir?“

„Die Schwermut ist ansteckend, Mutter.“

Die Bäuerinnen im Kirchenstuhl rechts und links grüßen nickend. Von hinten tupft mir eine auf die Schulter und lächelt aus dem zahnlosen Mund. Ich bin die einzige im Mantel mit einem schwarzen Schultertuch darüber, einem, wie es alle Frauen im Tal tragen.

Auf dem Kirchplatz sammelt sich eine Traube von Glückwünschern. Ich habe mich bei der Mutter untergehakt. Die schwarze Weiberschar bleibt bis zum Dorfende beisammen. Mena verabschiedet sich erst vor dem Hoftor.

Am Christtagabend räuchern wir im Haus ein zweites Mal. Segnend gehen die Beter vom Wohnhaus ins Futterhaus. Auch diesmal warte ich vergebens auf Ansgars Erinnerung.

Am Silvestertag kommen die ersten Neujahrschreier. Sie ziehen rupfene Säcke hinter sich her, in die sie Nüsse und Äpfel, Dörrobst, Keks und Zelten füllen. Die Stiefel der Kinder stehen nach kurzem in einem bräunlichen See. Die Mutter wischt hinter jedem Schub von Neujahrschreiern die Wasserlachen vom Stubenboden auf. Menas Schuhe stehen auf einem Zeitungsblatt unter der Ofenbank.

Ansgar läßt keine Zeremonie in der Dorfkirche aus. Er geht sogar früher vom Hof weg als die Mutter, die immer die erste gewesen ist. Von der Frühmesse um fünf bis zum Hochamt bleibt er in der finsteren Kirche.

„Der Ulrich legt die Stirn auf die Kirchenbank und schlägt seine Arme über den Kopf, ein heiligmäßiger Sohn“, nickt die Kofler-Berta, die bisher den Spitzenplatz in der Ausdauer gehalten hat.

Eine halbe Stunde bergab, eine Stunde heimzu dauert der Kirchweg. Er ist auch ein Bußweg. Ander fährt auf dem

Schlitten. Mit Gesicht und Brust auf Anders Rücken schütze ich mich gegen den Fahrtwind.

„Nicht bremsen!“ schreit Ander und fährt wie der Teufel.

Heimwärts zieht er mich den Berg hinauf. Beim Hoftor angelangt, dreht er die Rodel wieder um und rast zum Wirt zurück. Die Kartenspieler warten. Ansgar kniet noch immer in der Kirche.

Es ist Dreikönigstag. Ansgar bläst beim dritten Räuchergang in die Pfanne. Er dreht sich nach mir um.

„Ich weiß, Elsa… Ich gehe zurück.“

Ich habe es kommen sehen. Muß es gerade heute sein.

„Versprich mir Elsa, daß du leben wirst!“

Ich tröste den schluchzenden Ansgar.

Ich möchte noch ein paar Tage hierbleiben. Ich möchte ihn vor allem nicht beim Sternwirt ausziehen sehen.

Unter der Tuchent strecke ich die Füße nach dem heißen Ziegel aus, den die Mutter jeden Abend in mein Bett legt. Er wird mich in dieser Nacht nicht wärmen.

Wir liegen wach. Ansgar betet. Ich höre die Perlen des Rosenkranzes aneinanderschlagen.

Ich bete nicht.

10

Auf dem Schnittbogen der Feiertagsschürze, die ich der Mutter als Neujahrsgeschenk genäht habe, steht: Jänner 1946. Ende Ansgar.

Der Streifen, mit dem das eingerollte Papier verknotet ist, zeigt blaue Rosen auf blaue Seide gedruckt.

Die Mutter zeichnet ein Kreuz auf Ulrichs Stirn, auf seinen Mund und seine Brust, wiederholt die Zeichen dreimal in kreisenden Bewegungen und murmelt ein Gebet.

„Wie lange läßt du uns die Elsa da?" fragt sie und bindet das Seil fest, das den Koffer auf der Rodel halten soll.

„Ich hole sie nicht mehr", sagt der und sitzt auf.

Ander streckt den Kopf durch die Küchentür und ruft, schon wieder halb draußen: „Na geh, die Weiber werden doch nicht Trübsal blasen."

Ich fülle Brotteig in die Emailleschale und drehe mit einer Kelle eine Kugel daraus. Ob das die städtische Methode sei, hat Franz damals gefragt. Die Bäuerinnen drehen die Knödel in den Handmulden.

Ander bastelt an dem Haus herum, das zur Schmiede gehört. Es fragt ihn niemand, für wen er es so fein herrichtet. Die Mutter hofft, er hat vielleicht doch eine heimliche Braut und fürchtet zugleich, sie wird auf dem Schusterhof allein bleiben.

Nach der Hochzeit werden Kathl und ihr Mann vorübergehend in der Schmiede wohnen.

Ander melkt die Kühe, die Mutter die Geißen. Das abwechselnde Sirren des dicken Milchstrahls aus dem Kuheuter und das des dünneren aus dem Ziegeneuter bricht ab. Ein paar Mal zischt es noch in Mutters Blechkanne, dann setzen beide Geräusche aus. Die Mutter weint, Ander sagt leise: „Ist der Ulrich noch bei Trost?"

„Ander, du? Hast du mich erschreckt!" Ander sitzt auf der Bettkante und drückt mich in den Polster zurück.

„Bleib bei mir, Elsa! Du mußt es doch gespürt haben von Anfang an ... Es gibt genug Frauen im Tal ... aber ... es ist, als hätt' ich auf dich warten sollen."

Vorbereitet hat er das nicht, was er da in die Kammer hineinsagt. Ich mache kein Licht. Er wird sich im Dunkeln leichter tun.

„Du mußt nicht hier im Haus bleiben ... Wir gehn in die Schmiede."

Ich biege den Polster in der Mitte zusammen, schiebe ihn in den Rücken. Schlafen kann ich nicht mehr. Da klopft die Mutter an die Tür. Ob sich die beiden in der Laube begegnet sind?

„Bleib da, Kind, wenn du magst."

Die Mutter setzt sich in die Mulde, die Ander in die Tuchent gedrückt hat. Ich lege ihr das Federbett von Ansgars Seite um die Schultern.

„Sie werden ihn bei den Kapuzinern doch nicht mehr nehmen. Was meinst du, Elsa?"

Kathl will mir das Haus zeigen. Zuerst aber soll ich mich in der Schmied-Stube aufwärmen.

„Der Ander kann einfach alles", ruft sie von der Laube herüber, „tischlern, maurern, sogar die Kabel fürs Elektrische hat er verlegt."

Ich drücke meine Hände auf den Loam. Blitzweiß ist der frisch gekalkte Ofen. Auch die lärchenen Bodenbretter sind hell und riechen noch harzig. Ich ziehe mit Kathl die Truhe über den Laubenboden. Sie ist mit dicken Ballen gebleichten

Rupfentuchs und Seife in viereckigen Blöcken gefüllt. Danach wird der Wert der Aussteuer einer Braut bemessen. Das Geräusch der scharrenden Truhe holt Ander aus der Werkstatt. Fürs Grobe ist er zuständig. Ander läßt mich nicht mit Kathl heimgehen. Er will mich auf der Rodel mitnehmen.

„Weiß es die Kathl?"

Wir sitzen nebeneinander auf der Ofenbank.

„Von mir nicht."

Ander zieht den Strohsack von der Ofenbrücke auf den Fußboden herunter.

„Da ist noch niemand drauf gelegen. Er ist doch warm genug, gell?"

Ander knöpfelt meinen Janker auf. Ich helfe ihm nicht dabei, schaue nur seinen großen Fingern zu, die ungeschickt nesteln. Dann breitet er ein Schaffell über den Strohsack.

„Nicht einmal unter den Heiligen hätte mein Bruder eine Schönere finden können."

Zuerst das Erschrecken. Dann genieße ich seine Hände im Haar, seinen Körper, der weicher ist, als ich ihn mir vorgestellt habe. Und immer wieder richtet er sich auf und schaut. Er nimmt mein Gesicht in beide Hände und schaut. Er wühlt seine Hände in mein Haar und schaut. Er zündet die Petroleumlampe an und hebt mich auf seinen Schoß, streichelt mit seinem Gesicht meine Brüste. Er legt Holz nach, wickelt mich ins Schaffell und trägt mich in der Stube herum, dann bettet er mich wieder auf den Strohsack.

Auf Anders Rücken glänzt der Schweiß. Die Brusthaare kleben schwarz und kraus auf der Haut. Im Liegen füttert er mich mit Scheiben von Geselchtem, schiebt Brotbrocken nach.

„Nimm Bricke, mein Gitschele!"

Wir rauchen gemeinsam an seiner Zigarette. Er kniet sich auf, verschränkt die Arme unter meinem Rücken. Mein Kopf hängt vom Strohsack auf die Bretter hinunter.

„Was ist dir, Elsa?“
„Wohl.“
„Kommst du morgen wieder?“
Und ich komme wieder, morgen und an allen zehn Tagen, bis man mich vom Sternwirt holt.
Nein, bleiben hätte ich im Ahrntal nicht wollen.
Ich bau dir eine Werkstatt neben der meinen, hat Ander versprochen und behauptet, es gehe niemanden etwas an, wenn wir beisammen blieben, und er wisse mich gegen die ganze Welt zu verteidigen.
Ich steige in Richards Auto. Ander tröstet die Mutter.
„Ich bring' sie Euch wieder, die Elsa.“

Bis nach Franzensfeste reden wir nichts. Beim Postwirt macht Richard halt. Ansgar ist wieder Ansgar. Ein einfacher Bruder bei den Brixner Kapuzinern, aber ein verheimlichter.
Schon wieder Brixen... Ich weiß, kein anderer als der Guardian Albuin hätte ihn ein zweites Mal aufgenommen.
Richard meint, Ansgar hätte sich richtig entschieden, als er desertierte. Er selbst nicht.
„Hast du dich vielleicht für den Krieg entschieden?“
Mitgegangen sei er wie ein Schaf, sagt Richard. „Ich hätte mich ja auch den zwanzig Brixnern anschließen können, die nicht mitgegangen sind.“
Ein Deserteur in der Familie ist genug. Ich weine schon wieder. Wie nahe am Wasser ich in letzter Zeit bin.

*

MEIN ERSTER AUFTRAG, seit ich beim Sternwirt allein bin, kommt von der Tochter eines Bozner Laubenkönigs. Es ist ein Hochzeitskleid. Sie fallen mir zu, die Bräute. Die Boznerin wird das Textilgeschäft ihres Vaters erben. Vielleicht kann sie mir gute Kundschaft zuführen.

Die Mamma klopft mit dem Besenstiel an die Decke, wenn sie das Trittbrett der Nähmaschine noch um Mitternacht anschlagen hört. Ich könnte eine Gehilfin beschäftigen, zumindest ein Lehrmädchen, aber ich will niemanden um mich haben. Eine Rücksiedlerin, die in der Hachl wohnt und einen Schüppel Kinder hat, nimmt mir Heft- und Ausnäharbeiten ab. In der Früh lege ich das Stoffbündel in den Hauseingang und hole das fertige am nächsten Tag ab. Im Garten des Sternwirtes werden die Kleider erst einmal gelüftet, damit sich der Geruch vom gedünsteten Kobis verliert.

Der tägliche Botengang ist zugleich mein Spaziergang. Von der Hachl biege ich rechts in den Eisackdamm ein. Auf Halbweg schaue ich zu den Kapuzinern hinüber. Ob Gari wieder hinter demselben Fenster wohnt? Warum wird er nicht vor Heimweh krank? Und dann bimmelt diese Glocke zu allem Überfluß noch so wehmütig herüber. Sie ruft Gari zur Matutin oder zur Vesper. Er wird für mich beten. Einschließen wird er mich, wie sie dort sagen. Eine vergebliche Mühe. Wenn sie Gari nur behalten. Hier kann ich einmal am Tag an ihm vorbeigehen.

Die Brixner wissen es bald, daß ich eine Sitzengelassene bin. Zu meiner Kundschaft gehören mehr Boznerinnen und Meranerinnen als Frauen aus meiner Stadt. Die sagen, die Wirts-Elsa würde nur für die oberen Zehntausend arbeiten. Die Kundinnen haben es bald heraus, daß ich über Kleider rede und über Zubehör. Sonst nichts.

Für die Meranerin, die Übriggebliebene, wie sie sich vorstellt, lasse ich Kaffee heraufbringen. Frau Broder zeigt mir, was man in Paris trägt. Ihre Familie hat vor dem Krieg in Prag, Florenz und Paris Leder- und Textilwarengeschäfte geführt.

Ich stelle mich nur mehr selten hinter die Schank. Die Kundinnen in der Schneiderstube sind mir Gesellschaft genug.

Es gibt fast täglich jemanden, der ein Modell aussuchen oder sich über Stoffe beraten will, der ein Kleid abholen oder eines bestellen kommt. Die Sehnsucht nach Schönem ist nach dieser Notzeit wie eine Krankheit.

Immer noch schneidere ich Modelle in Puppengröße. Sie füllen schon zwei Kästen im Unterdach. Von Onkel Peter habe ich mir entsprechend schmale Kleiderbügel tischlern lassen. Für die unschlüssigen Frauen in der Nähstube hänge ich ab und zu meine Modellkleider heraus.

„Sie sollten sich einen schönen Skizzenblock anlegen", rät der Notar. Er begleitet seine Frau zur Schneiderin, weil die nicht weiß, was ihr gefällt.

Auf denselben Seidenpapierresten, auf denen auch meine Eintragungen zum Tag stehen, entwerfe ich die Modelle für die Kunden und streiche sie hinterher wieder aus. Der Notar aber findet, sie seien es wert, aufbewahrt, sogar veröffentlicht zu werden. Und zwar in Paris!

Ja, nach Paris möchte ich gern. Die Meranerin hat ihr Textilgeschäft wieder, aber die Kundschaft verloren. Die besten Modelle ihrer Schneiderin, zu der sie mich erklärt hat, kommen in den Meraner Lauben ins Schaufenster. Mit goldenem Namenszug und Atelieradresse auf schwarzem Grund. Atelier, nicht Werkstatt, Atelier!

Wie es dazu gekommen ist, daß ich Frau Broder vom Bozner Lager erzählt habe, weiß ich nicht mehr. Ich zeige ihr auch diesen halbamtlichen Brief. „KZ-Häftlinge, Partisanen, Deserteure und Kriegsdienstverweigerer" wollen die Schreiber „erfassen" und den „Leidensweg der Südtiroler unter den Nazis" dokumentieren.

„Ich bin keine Widerstandskämpferin gewesen, wissen Sie. Ich bin nicht aus eigenem Verdienst ins Lager gekommen."

Im *Volksboten* suche ich auf der Liste der Naziopfer nach Ansgars Namen und finde ihn nicht.

„Mich haben jedenfalls die italienischen Faschisten gerettet", sagt Frau Broder.

Während der ersten halben Stunde stehe ich verlegen in der feinen Gesellschaft. Der Florentiner Kaufmann zieht die Augenbrauen hinauf, wie mich Frau Broder als Schneiderin vorstellt. „Couturiere", verbessert er, „falls das Kleid, das Sie tragen, Ihre Creation ist."

Frau Broder hat gemeint, vielleicht würde ich bei ihrem Empfang wichtige Leute kennenlernen.

„Aber ich bitte Sie! Warum sollten Sie nicht dazupassen?"

Der Florentiner heißt Simone. Simone Serpi. Er will mir seine Stadt zeigen.

*

ICH MUß es Ander endlich sagen. Es wird nur mit jedem Mal schwerer. Aber ich kann ihm die Besuche nicht verbieten, wo er doch die einzige Verbindung mit Gari ist. Und dann erzählt Ander von der Mutter und von den anderen, die mir lieb sind. Kathl wird im Schusterhof einziehen, weil sich Ander die Schmiede freihalten will. Für alle Fälle. Kathls Mann ist Stromgeldeintreiber, stammt aus dem Trentino und von armen Leuten.

„Der Gino redet nicht deutsch, aber fast schon tölderisch", lacht Ander. „Meine allerliebste Elsa Du", schreibt die Mutter. Sie ruft „Gottes Segen" auf ihre verlorene Tochter herunter und bestürmt alle Heiligen im Himmel.

Bruder Ansgar. Der Kapuzinerbruder. Der Bruder Gärtner, seit es den Dominikus nicht mehr gibt. Er sperrt das Gartentor auf, schaut auf den Eisackdamm hinüber und denkt sich nichts dabei. Der Vermerk paßt nicht zum Chiffonstreifen, auffällig blumig und teuer.

„Erzähl mir, wie ihm ist, Ander! Er fragt gar nie nach mir?"

Ansgar redet nur vom Garten. Er zeigt sein Glashaus her, Gemüsesamen rinnen durch seine Finger. Er läßt die ganze Zeit über den Krampen nicht aus der Hand, schaut seinem Bruder selten ins Gesicht. Er hat den Kuttensaum unter das Zingulum geklemmt, darüber einen bodenlangen blauen Schurz gebunden.

„Das hätte er daheim auch haben können."

Ander wartet in der Wirtsstube, während ich die Kunden abfertige. Er muß sich erst auskopfen, wie er es mir beibringen soll, daß sie den Ulrich nicht behalten und den Guardian abgesetzt und nach Urbino in die Verbannung geschickt haben.

„Magst auch eine Saure, Ander? Dem Italiener da drüben hat sie geschmeckt." Die Mamma deutet mit dem Kopf in die Stubenecke.

Ich schaue zum Florentiner hinüber, meinem Florentiner Kaufmann. Ich habe seinen Namen schon vergessen. Es ist mir peinlich. Der Gast steht von seinem Stuhl auf, verneigt sich in meine Richtung und bestellt ein Achtel.

„Der ist es also!"

„*Der* ist es nicht, Ander."

Ich bitte den Florentiner an unseren Tisch. Er sei auf dem Weg nach Meran, erklärt er, und Ander knurrt, daß er sich den Umweg hätte sparen können.

„Geh mit mir!" bittet Ander an der Tür, „vielleicht wünscht sich das auch der Ulrich.

Wenn uns nur niemand sieht in dieser neugierigen Gasse.

„Ich warte auf Ansgar. Such dir eine aus dem Dorf, Ander."

Hoffentlich findet er keine, schreibe ich am Abend auf den Papierbogen.

Simone Serpi lädt mich nach Florenz ein. „Aber sagen Sie bitte nicht Florenz. Es heißt Firenze, von Fiorenza, die Blühende. Sie passen nach Firenze, Elsa."

Ich habe das Blitzen in Simones Augen gesehen. Ich kenne das und es macht mich jedesmal stolz, wenn ich es auslöse. „Sie müssen sich viel Zeit nehmen, weil es hier viel Schönes gibt", steht auf Simones Ansichtskarte.

Ich werde mich in Simone verlieben.

„Benvenuta!" sagt er auf dem Bahnhof und schiebt einfach seinen Arm unter den meinen.

„Firenze ist zwar nicht auf sieben Hügeln erbaut wie Rom, aber auch unsre Stadt umgeben sieben Hügel. Die magische Sieben. Sie hat eine besondere Bedeutung für uns."

Wir spazieren über die Via Dei Martelli.

„Man schimpft uns Fiorentini hochnäsig, wissen Sie? Wohin alle anderen zu Fuß kommen, dort erscheint ein Fiorentino hoch zu Roß. Trotzdem ... Ich möchte gern du zu Ihnen sagen."

In der Mitte des Ponte Vecchio bleibt Simone stehen.

„Der Ponte Vecchio ist die einzige Arnobrücke, die uns geblieben ist. Aber es ist nicht die schönste. Ponte Santa Trinitá ist mein Lieblingsponte gewesen. Auch die Uferhäuser gibt es nicht mehr. Nie mehr wirst du Firenze in seiner alten Pracht erleben. Die Menschen sind Barbaren. Sie werfen Bomben auf Firenze. Sag, wie kann man auf Firenze Bomben werfen? Am schlimmsten war es im August '44. Die Deutschen haben auf ihrem Rückzug zerstört, was ihnen untergekommen ist."

In der Via Dei Calzaiuoli reiht sich ein Laden an den anderen. Dort ist auch das Geschäft der Serpi. Die Verkäufer reißen vor ihrem Padrone die Tür auf, huschen hierhin und dorthin, klappern mit Scheren und Meterstöcken, die sie rechts und links auf dem Ladentisch wie chirurgische Instrumente ausrichten.

„Meine Schwester führt hier ein strenges Regiment. Von meiner Familie sind nur Lea und ich übriggeblieben."

Simones Schwester grüßt kühl. Sie schaut sich die Kleider, die ich mitgebracht habe, lange mit gerunzelter Stirn an.

„Prendiamo tutto", sagt sie dann, „é molto benfatto."

In der Capella Sassetti erklärt mir Simone die Fresken, Szenen aus dem Leben des heiligen Franziskus.

„Domenico Ghirlandaio hat den Heiligen nach Firenze versetzt. Es ist die Piazza Dei Signori, siehst du, auf der er die Ordensregel erhält. Auch der Stifter ist da und seine Gemahlin, hier am unteren Ende."

Ich schaue auf den Heiligen, den Franz, wie Ansgar ihn genannt hat, dann erzähle ich Simone meine Geschichte.

*

DIE KLOSTERPFORTE fällt hinter Ansgar ins Schloß. Er dreht sich um, schaut dem Holzkreuz zu, bis es ausgependelt hat. Er beobachtet das Gestänge, das den Zug auf die Glocke hinter dem Tor weitergibt. Das abgegriffene Kreuz mit den blanken Stellen am unteren Balkenstück schwingt noch lange hin und her. Geh zu den Kartäusern, sagen die Brüder, auch die Kartäuser haben eine Klosterpforte.

Den Guardian, den frommen und heiligmäßigen Bruder, will man auch in Urbino nicht haben. Er ist zu weit gegangen mit der Nachsicht für den ausgetretenen Ansgar, entschieden zu weit. Das Probejahr kommt ans Licht, das Jahr der Entscheidungsfindung. Das hat es für einen Kapuziner nicht zu geben.

Pater Albuin und Pater Ansgar tun sich zusammen. Zwei sind schon eine Gemeinschaft. Sie ziehen durch Italien, leben von Almosen und gelegentlichen Arbeiten. Tonsur und Kutte, die sie widerrechtlich tragen, sind ihnen Schutz und eine kleine Sicherheit. Kein Dach über dem Kopf, kein gemeinsamer Tisch, kein Kloster. Das hat der heilige Franz ihnen vorgelebt. Sie nehmen an, was man ihnen schenkt, halten aber nur soviel Vorrat, wie für zwei oder drei Tage reicht. Unterwegs predigen sie das Evangelium. Sie predigen durch ihr Beispiel. Von der Belehrung halten sie nicht viel. Ihre seltene Rede meint das Herz der Zuhörer, nicht den Verstand. Auf dem Monte Sila in Kalabrien schenkt ein Bauer den Frati einen Schafstall. Auch ein Schafstall ist ein Besitz. Leihen, nicht schenken, schlagen sie vor und hausen als Einsiedler in dem Verschlag. Ab und zu gehen sie in die Dörfer, besuchen Kranke, Sterbende und Gefangene. Die *Frati santi*, wie sie in der Gegend bald heißen, sind willkommen, willkommen wie Glücksbringer. Kinder laufen ihnen nach, Alte lassen sich segnen, Frauen bitten die Santi um ihr Gebet.

Sono cosí poveri e cosí gioiosi, sagen die Kalabresen.

Fratelli e sorelle, sagen die Einsiedler zu ihnen.

Ab und zu pilgern junge Männer zum Schafstall. Sie bleiben ein paar Tage, beten und büßen mit den Frati, gehen aber bald wieder. Aus dem Bruderpaar wird kein größerer Bruderkreis.

„Heilige sind seltsam“, sagt Simone, „seltsam unerbittlich.“

*

HAT EIN MÄDCHEN von den Unseren einmal etwas mit einem Italiener gehabt, ist es mit keinem Hiesigen mehr zufrieden. Sie bringen ihren Frauen Rosen mit, wenn sie von der Geliebten kommen, hat Großmutter gesagt.

Großmutter hat bestimmt nie einen Italiener geliebt.

„Elsaleben! Lea meint, sie könnte sich dich als Schwägerin vorstellen. Das ist eine Auszeichnung von einer wie meiner Schwester.“

„Ich warte auf Ansgar, Simone.“

„Dann wirst du warten, wie die Juden auf den Messias.“

„Ja, wie auf den Messias."

Und doch will ich weder zu Kühen und Schafen zurück, noch zu den Trinkern an der Pudel.

Drei Tage nach meiner Rückkehr aus Firenze, das Telegramm von Simones Schwester: Simone ist tot. Ein Verkehrsunfall.

„Sie geben mir meinen Bruder nicht", sagt Lea am Telefon, „sie behalten meinen toten Bruder im Spital. Unsere Toten dürfen nicht länger als vierundzwanzig Stunden auf der Erde sein. Elsa, ich muß meinen toten Bruder begraben."

In der Via Dei Calzaiuoli liegt Simone in einer Holzkiste unter einem schwarzen Tuch. Es ist gar kein richtiger Sarg, vier zusammengezimmerte Bretter nur. Lea schreit. Ich erschrecke über die steife Lea, die beherrschte, die sich so gehen läßt. Auch die anderen Frauen, die sich im Salone versammelt haben, klagen. Sie schluchzen, jammern, schlagen sich mit den Fäusten an die Köpfe, raufen sich die Haare. Lea hört nicht auf, zu ihrem Bruder zu reden. „Tesoro mio", sagt sie und „unica consolazione mia".

Vier Freunde tragen Simone auf den Friedhof. Freunde halten Leas Hände fest, drücken ihr die Arme an den Leib, reden ihr beruhigend zu. Das Totengebet ist ein schlichter Gesang. Keine Blumen, keine Grabrede. Es ist alles unbestimmt unheimlich. Die Männer in der Wohnung sind nicht rasiert, die Frauen nicht gekämmt, alle sitzen ohne Schuhe auf dem Boden. Auch Lea ist in Strümpfen. Sie geht auf mich zu und nimmt das Ei in Empfang. Das Hausmädchen hat es mir in die Hand gedrückt. Dann hat es den Kopf geschüttelt. Der Spiegel in der Garderobe ist mit einem schwarzen Tuch verhängt.

„Man putzt sich nicht, wenn einer gestorben ist, Signora!"

Ich verspreche, wiederzukommen, weiß aber, daß ich das Versprechen nicht halten werde.

„Du darfst die guten Beziehungen, die ich für dich zu den

Kaufleuten hier herstellen kann, nicht ausschlagen“, sagt Lea. Da bricht die Geschäftsfrau durch die Trauer.

Ich gehe ein letztes Mal auf den Friedhof. Allein. Ich zünde Simone ein Licht an, ein Totenlicht, und ich lege einen Stein auf den Rand seines Grabes.

Salve, Simone!

Ich weiß nicht einmal, ob ich in Simone verliebt war. Das schreibe ich in Brixen auf den Schnittbogen, die Vorlage meines feinsten Firenze-Kostüms. Es treffen noch ein paar Bestellungen ein, dann verliert sich die Verbindung. So gut kann ich nicht sein, daß eine Fiorentina ein Kleid in Brixen bestellt. Leas Angebot, da unten ein *Atelier Frener* einzurichten, lehne ich ab.

Frau Broder bringt weiterhin Stoffe aus Firenze: Georgette, Cashmere, Crêpe, Tüll. Eine Zeit lang mache ich für Lea Musterentwürfe für Textildrucke, aber Lea wird die Weberei nicht weiterführen.

Es hätte Firenze besser nie gegeben. Es ist eng zwischen den Bergen.

In der Früh graust mir vor der Luft in der Wirtsstube, vor dem Rauch- und Weingestank. Der kalte Tabakgeruch läßt sich nur durch einen warmen, ebenso widerwärtigen vertreiben. Die Holztische haben den säuerlichen Rotweingestank von Jahren eingesogen. Und dann dieser immer gleiche Spazierweg ... Ich kenne jeden Stein am Eisackdamm, jede Welle im Bach.

Wie komme ich nach Paris? Ich komme nie nach Paris.

An jedem Sonntag, an allen Fest- und Feiertagen helfe ich der Mutter. Es ist mir zuwider, die Gäste zu bedienen, mir deren abgestandene Reden anzuhören und in die Gesichter der Männer zu schauen, denen der Balztrieb einen vertrottelten Ausdruck gibt.

Hier heißt man alle dunkelhäutigen Carabinieri Sizilianer.

Aber Salvatore kommt aus Kalabrien. „Aus Pàola, Elsa! Pàola ist schön!"

„Erzähl mir von deiner Heimat."

„Wir sind vom Meer umgeben. Von drei Seiten. Baciati dai mari."

Und Ansgar kann nicht schwimmen. Vielleicht fürchtet er sich in den Nächten, wenn er das Rauschen hört. Es ist nicht wie das Rauschen der Ahr, das ihn beruhigt hat.

„In Paola gibt es auch Berge. Die Sila ist großartig. Nicht unheimlich wie der Aspromonte. Natürlich haben wir Wälder, auch Nadelwälder. Und Gebirgsbäche ... fast wie hier ... Bergwiesen und dunkelgrüne Seen dazwischen. Und dann die Früchte. Wein und Obst, Zitronen und Oliven. Paola hat einen kleinen Hafen. Ja, ja, auch ein Kloster. Il Santuario di San Francesco. Nein, es ist nicht der Santo von Assisi. Wir haben unseren eigenen Francesco. Den San Francesco di Paola eben, den Apostel der Barmherzigkeit. Er hat einen Bettelorden gegründet. Den Orden der Minimen. In Cosenza gibt es auch ein Kloster des anderen Santo, des San Francesco d'Assisi. Aber unseres ist schöner, mit Kreuzgang und so."

Ansgar und Albuin sind keine Klosterbrüder. Sie werden auch bei den Minimen nicht anklopfen. Bettelmönche sind sie, Einsiedler, irgendeinem Franz verpflichtet.

Einmal wird Ansgar zurückkommen. Ich werde warten. Wie auf den Messias.

„Cosa vuoi sapere?"

Jedesmal, wenn Salvatore beim Sternwirt zukehrt, bitte ich ihn, mir von Kalabrien zu erzählen.

„Du weißt nicht einmal, wo er ist? Cara mia, Kalabrien ist kein Schneuztuch. Wenn er auf dem Aspromonte ist ... der Aspromonte gibt ihn nicht mehr her. Und Schafställe gibt es überall. Wie willst du ihn auf der Sila suchen, bambina mia?"

Richard sitzt mit ein paar Brixnern am Bürgerstammtisch und streitet. Toni beteiligt sich nicht. Es gehört sich nicht für einen Wirt, meint er. Von der Politik will er seit jeher nichts wissen. Es genügt ihm sein kranker Magen. Richard schimpft auf die Partei, in der wieder die alten Nazi das Sagen haben. Aber ein Italiener darf ihm mit diesem Vorwurf nicht kommen. Er will es nicht gutgehen lassen, daß es unter den Italienern nur mehr Widerständler geben soll.

„Alles Ciellini, gell?" spottet er und klärt seine Freunde in der Runde auf, weshalb er als Dableiber ein deutscher Brixner bleiben will. „Sono e rimango cittadino italiano che parla il tedesco, che canta in tedesco, che suona con la banda, che balla alla tirolese, si veste alla tirolese e festeggia alla tirolese. Punto e basta."

Er rät seinen Freunden davon ab, eine eigene Bewegung in der Stadt zu gründen, die unter dem Listennamen *Weißer Turm* zur *Südtiroler Volkspartei* in Opposition gehen will.

„Willst du noch einmal auf der falschen Seite stehen?" fragt der Apotheker und spielt auf das Brixner Polizeiregiment an, das im 43er-Jahr den Eid verweigert hat.

„Kannst es mir glauben, es reut mich heut noch, daß ich's denen nicht nachgemacht hab', damals."

„Die Walschen lassen uns nie mehr aus!" schreit der Tapezierer.

„Und die Innsbrucker wollen die Unseren loswerden."

„Sind halt alles arme Teufel gewesen, die gegangen sind."

Die Sternwirtin schnauft. Die Politisiererei hört in ihren vier Wänden nie mehr auf.

*

SEIT AUF DER PLOSE der erste Schnee liegt, ist ein Riese von einem Mann regelmäßiger Gast beim Sternwirt. Wenn ich nicht zu sehen bin, fragt er nach dem „Fräulein Tochter".

„Ist es nicht bitter, daß wir Tiroler nicht mehr zusammengehören?“

„Solange Sie jede Woche herüberkönnen... Warum läßt man Sie eigentlich drüber?“

„Ich kenne Grenzer auf beiden Seiten. Und außerdem habe ich einen Ärzteausweis.“

„Das reicht?“

„Bisher hat es gereicht.“

Ich schaue heimlich dem Schifahrer zu, der sich in der Stube die Wollkappe vom Kopf zieht und mit gespreizten Fingern durchs Haar fährt.

„Ich heiße Franz, man nennt mich Ferencs. Ferencs Fontana.“

„Und mit einem solchen Namen tut es Ihnen leid, daß wir hier italienische Staatsbürger sind?“

Wir lachen beide. Ich muß mich zusammennehmen, damit ich unter dem Zauber seiner Stimme nicht überhöre, was er sagt. Während wir auf die Plose zuwandern, tauschen wir unsere Erfahrungen in der Lungenheilanstalt aus.

„Natters ist schlimmer gewesen als Brixen. In Natters gab es nicht einmal genug Milch.“

„Auch Ihnen wurde ein Pneu gesetzt?“

Wir bleiben immer wieder stehen, weil wir einander anschauen müssen, zeigen im gleichen Augenblick auf die Fährte, die zu einem Fuchsbau führt, und Ferencs greift vorsichtig nach meiner Hand. Von wie tief unten er herauflacht, sobald ich in der nächsten Anrede wieder Sie zu ihm sage. Ferencs ist übermütig, fast ausgelassen.

„Lachst du gern, Ferencs?“

„Bisher hatte ich wenig zu lachen.“

Er erzählt von seinen Eltern, die sich trennen, wie er noch ein kleiner Bub ist. Er erzählt von seiner tüchtigen, zu kurz gekommenen Mutter und von seinem Vater, dem Hollodri.

„Aber er hat mich ein ganzes Jahr lang jeden Sonntag

in Natters besucht… der einzige Besucher. Und er hat die teuersten Lebensmittel ins Sanatorium gebracht."

Nach so viel Krankheit schaut Ferencs gut aus, kräftig, zäh und drahtig. Für den Weg bis zur Ochsenalm brauchen wir doppelt so lange als vorgesehen. Beim Heimkommen ist es finster.

Die Mamma schaut fragend, aber ich erzähle nichts. Der junge Doktor gefällt der Mamma. Er gefällt ihr für ihre Elsa. Die kann einen Doktor brauchen.

„Wie heißt er denn, der Doktor?"

„Fontana. Ferencs Fontana."

„Ein alter Trentiner, oder ein Böhm? In welchem Spital ist er denn Doktor?"

„An der Innsbrucker Klinik."

„Und was für ein Doktor ist er?"

„Hals-Nasen-Ohrenarzt will er werden. Frag nicht so viel, Mamma."

Es ist ihr also ernst, weiß die Sternwirtin; wenn sie geheimnisvoll tut, die Elsa, dann ist es ihr ernst.

„Ein guter Esser ist er jedenfalls. Nach dem Hunger im Krieg bekommen die Männer nicht mehr genug. Wo war er denn im Krieg?"

„Das erste Mal im Kiewkessel, Odessa. Das zweite Mal im Hochkaukasus. Sonst weiß ich nichts, weil ich davon nichts mehr wissen will."

„Und am Sonntag erholt er sich in der alten Heimat…"

„Daß du nur nicht in der *verlorenen* sagst… Er erholt sich von seiner Lungenkrankheit."

„Ach Gott! Der auch?"

Natürlich weiß ich mehr von Ferencs' Soldatenzeit. Ich habe nicht danach gefragt, aber Ferencs erzählt. Es ist nicht anders zu erwarten. Kanonier Fontana. Akustischer Auswerter. Er errechnet die Treffer der großen Geschütze.

„Die Wehrmachtsführung, lauter Schweine ...", sagt er, „haben uns Gymnasiasten ausgebildet, weil wir mit Logarithmen rechnen konnten."

Ich habe keine Ahnung, was Logarithmen sind, aber das ist mir gleichgültig.

„Langweile ich dich?"

„Ja."

Ich höre lieber, wie Ferencs jetzt lebt, wie sein Beruf ausschaut, und was für ein Kind er gewesen ist.

Wenn ich einmal nicht mit in die Berge gehe, bleibt auch der Doktor in der Wirtsstube. Er schaut mir beim Bedienen zu oder geht mit mir in die Schneiderei. Und redet. Dem Ferencs hat noch keiner zugehört. Manchmal bin ich unaufmerksam.

„Du mußt mich jetzt einen Augenblick denken lassen, Ferencs", entschuldige ich mich über dem Schnittbogen, und Ferencs entschuldigt sich wegen seiner Redseligkeit.

„Gerade ich, der ich der geborene Einsamkeitsfanatiker bin ..., ich laufe dir hinterdrein wie ein Hundl ..."

Ferencs erzählt von seiner Großmutter, der Magd im Wiltener Gasthaus, der Marie mit den schönen Ohren, die der Tafelarbeiter aus der Bäckerei nebenan schwängert. Ferencs vermutet, von den schönen Ohren seiner Großmutter hat er die Leidenschaft für Ohren ganz allgemein geerbt. Auch er ist schon auf der Welt, bevor seine Eltern heiraten. Und die beiden Schwestern seiner Mutter haben ebenfalls vor der Ehe Kinder und jeweils ein Bangert dazu.

*

MEIN LIEB, schreibe ich auf den Schnittbogen, „mein Lieb" hat noch keiner zu mir gesagt. Wenn einer „mein Lieb" sagt, muß man ihm antworten.

Ferencs gehörte zum Widerstandsnest in der Innsbrucker

Klinik. Er ist nicht besonders tapfer gewesen, gibt er zu, hat nie Kopf und Kragen riskiert.

Im April '45 schließt er sein Studium ab und arbeitet im Reservelazarett. Angestellt ist er dort nicht, aber gut versteckt. Im Spital hofft er täglich auf die Amerikaner.

Er lebt bei seiner Mami und bleibt ihr Bub. Die Mami ist in allem vorsichtig. Sie sagt ihm, was er zu tun hat. Der Bub folgt und ist brav. Was sie beunruhigt, verheimlicht er ihr. Nie wird sie erfahren, daß er schon als Zwölfjähriger mit der Absicht gespielt hat, in die Sill zu gehen.

„Ich habe es bisher niemandem erzählt, daß mein Großvater den Gashahn aufgedreht hat und meine Hildatante genauso."

Die Mami schämt sich für ihre unglückliche Schwester. Sie schämt sich auch für deren Mann, den Falott. Daß es gerade die lebenslustige Hilda dem Vater gleichtun muß, schmerzt die Mami besonders. Damit, daß sich Hilda diesen Kerl in den Kopf gesetzt hat, diesen Obernazi, hat alles Elend angefangen. Die Alliierten holen ihn sich, und Hilda macht eine Bäckerei auf. Bald schon hat sie mehr Schulden als Brot. Geld bekommt sie von einem Innsbrucker, der mit Kriegsgut Geschäfte und ihr ein Kind macht. Das steht sie nicht durch.

Diese Schande, diese schwarzen Flecken. Auch ihr Ferencs, ihr einziger Bub, wird nicht in sauberen Verhältnissen groß.

„Meinen Vater haben sie nach Salzburg strafversetzt. Da wollte meine Mami nichts mehr von ihm wissen."

„War dein Vater ein Nazi?"

„Er war Gendarm. Kennst du einen Gendarmen, der kein Nazi war?"

Der Postkommandant hat in Salzburg andere Frauen. Er hat schon in Innsbruck andere Frauen gehabt. Die seine arbeitet in Innsbruck wieder beim Glockenbäck-Großvater.

Der Ferencsbub fährt mit dem Rad hin und her, von der

Wiesengasse zum Höttinger Glockenbäck, zweimal am Tag, in der Früh mit der Mami, am Abend um die Mami. Untertags ist er allein. Er mag die Kinder aus der Wiesengasse nicht, und die mögen ihn nicht. Er fürchtet sich vor dem Buben des Herrn Oberst. In der Schule ist er nicht weniger einsam, einsam wie alle Klassenbesten.

Ein kränkelndes Kind ist Ferencs und ein sonderbares. Im Gymnasium steht sein Berufswunsch fest. Er wird Arzt werden, Ohrenarzt, Hals und Nase nimmt er in Kauf.

Ferencs macht die Matura, die Mami macht in der Stadt einen Papierladen auf. Mutter und Sohn wohnen im Stock über dem Geschäft.

Nach dem Arbeitsdienst geht er mit Schorsch nach München. Die Innsbrucker Universität ist geschlossen.

„Das Hungerstudium in München war eine harte Zeit. Kein Geld, kein Essen, nichts. In der Früh haben wir uns vor die Bäckerei gestellt, um den Brotgeruch zu riechen."

Nach dem Vorklinikum rücken die beiden Freunde mit einem Pferdezug ein, strafweise, weil sie während der Sanitäterausbildung über die Klinikmauer getürmt und nach Hause gelaufen sind.

Bevor sie ein zweites Mal die Wehrmachtsuniform tragen, schließen sie das erste Trimester ihres Studiums ab, das letzte im Herbst '44. Im April sind sie junge Doktoren, im Mai ist der Krieg aus.

„Dieser Muli, weißt du, wie wir dieses angeschossene Vieh aus dem Graben gezogen haben … der offene Bauch … Meine Eltern haben sich nie scheiden lassen, sie sind aber auch nie mehr zusammengezogen. Am Tag vor meiner Entlassung aus dem Sanatorium ist Vater an einem Herzschlag gestorben."

Warum die Mami nie nach Natters zu ihrem einzigen Sohn auf Besuch gekommen ist?

„Weil sie gearbeitet hat."

„Aber Ferencs!"

Ferencs hat monatelang auf der rechten Seite liegen müssen, immer liegen und immer auf der rechten Seite. Nach dem Pneu muß ich nicht fragen. Ich weiß, wie das ist.

*

NOCH SIND KEINE ZEHN JAHRE vergangen, und aus den Zugfenstern am Brixner Bahnhof schauen enttäuschte Menschen. Ratlose. Die Wartenden auf dem Perron kann man zählen. Sie sind verlegen. Verhalten. Kein feierliches Willkommen in Brixen. In Innsbruck kein Aufwiedersehen, nur Erleichterung, daß sie endlich wieder mit Sack und Pack gehen. Es ist wenig Sack und wenig Pack, was die Auswanderer zurückbringen. Der Pofl, der gegangen ist, ist als Pofl wiedergekommen.

Wärst halt nicht hinaus, sagen die Nachbarn zu meiner Hilfsnäherin. Nach wie vor riechen die ausgefertigten Röcke und Blusen, die ich jetzt im Rücksiedler-Ghetto abhole, nach gedünstetem Kraut und gebräunter Zwiebel.

*

„ICH WILL MIT DIR leben, Elsa. Und ich will Primar werden."

Ich will nicht auswandern, auch jetzt nicht, auch nicht freiwillig.

„Wenn wir in wilder Ehe leben, werde ich nie Primar."

„Sie vertragen sich nicht, die Liebe und die Berufung, Ferencs."

Die Mami ist eifersüchtig. Sie verliert ihren Buben. Sie hat sonst nichts. „Was ist sie denn für eine?" fragt sie.

„Sie hat einen Namen. Elsa ist schön."

„Sonst nichts?"

Hart ist die Mami und verbissen. Sie kennt seit Jahren nichts anderes als Wohnung und Laden; dazwischen ist nur eine Stiege. Am Sonntag in der Früh geht sie in die Kirche, zum Glockenbäck nie mehr.

Der Ferencs ist immer ihr Bub gewesen. Ausgerechnet in seinem letzten Jahr hat dieser Vater, der nie einer gewesen ist, keinen Sonntag im Sanatorium ausgelassen. Warum soll man über einen Toten nicht schlecht reden? Auch ein toter Schmarotzer bleibt ein Schmarotzer. Ihretwegen ist Ferencs ein ordentlicher Mensch geworden, nur ihretwegen, und fromm dazu. Sie hat ihn zu den Jesuiten geschickt.

Der Bub redet nicht viel. Von sich aus eigentlich gar nicht. Sie erfragt sich schon, was ihr zu wissen zusteht. Über den Krieg schweigt er sich aus, als hätte es nie einen gegeben. Sie aber hat stündlich um ihren schönen Unteroffizier gezittert. Sie hätte sich das nicht ausdenken können, nach so viel Studium einfach im Krieg bleiben. Bald ist ihr Ferencs ein Spezialist, nicht nur ein gewöhnlicher Doktor. Und jetzt soll ihn diese Elsa bekommen. Eine Schneiderin, die ihm die weißen Kittel näht. Ins gemachte Nest wird sie sich setzen und eine Schwiegermutter aus ihr machen.

„Da war ich noch keine zehn, als ich meinen Vater das erste Mal umbringen wollte. Zuerst ihn und dann mich. Umbringen wie seine Fische. An die Angel hätte ich ihn nehmen wollen und in seinem Forellenpanzen begraben."

Der Ferencsbub ist froh, daß der Vater nie daheim ist, weil ihm dann die Mami ganz allein gehört. Die Mami geht auch oft weg. Sie hängt ihm die Schlüssel von Garten-, Haus-, und Wohnungstür um und geht in die Stadt. Der Vater kommt mit Sicherheit wieder, irgendwann, wenn man ihn schon nicht mehr erwartet. Daß die Mami einmal nicht wiederkommen könnte, davor fürchtet er sich.

„Ein Kind, das viel allein ist, baut sich seine eigene Welt. Und es bezahlt damit, daß es kein anderer mehr versteht."

Wie der Vater seine Liebschaft zugibt, führt sich die Mami auf wie eine Furie, obwohl sie es seit Jahren weiß. Sie ziehen in die Stadt. Der Vater hat Hausverbot.

„Deinen Tausendguldenschuß aus dem Ersten Weltkrieg kannst du dir einrahmen lassen. Ich werde Arzt. Von deiner Militärseligkeit will ich nichts wissen", fährt er seinen Vater an.

Ferencs beweist sich, daß er nicht nur radfahren kann, sondern das Zeug zum besten Langstreckenläufer der Schule hat. Er ist ein herausragender Student, der seine Prüfungen mit einem Lacher besteht.

Gebirgsjäger, Südabschnitt der Ostfront. Wald, Maulesel und immer nur müde. Ruhr, Blasenentzündung. Jahre danach noch Alpträume von abgerissenen Armen und Beinen, geplatzten Bäuchen, Löchern im Schädel und zum Einschlafen ein starkes Pulver.

„Und die Frauen?"

„Daß du die erste bist, um die ich werbe, glaubst du mir eh nicht. Alle anderen habe ich halt genommen."

Ferencs' einzige Liebe ist sein Beruf. Die tut nicht weh und enttäuscht nicht.

Den Tag seiner Promotion verbringt er in der Klinik, im Reservelazarett, in Uniform. Die winzige Wohnung, die er seit kurzem hat – eigentlich ist es ein großes Zimmer mit Kochgelegenheit hinter einem Verschlag und einem Klo auf dem Gang –, setzt er gegen den Widerstand der Mami durch. Das Bett in seiner Klause ist zu schmal für zwei, das Licht reicht kaum zum Lesen, die paar Scheiter im Kachelofen geben selten eine wärmende Glut ab. Gegen den ganz großen Hunger gibt es die Ausspeisung in der Ärztemesse. Von Krankenschwestern und Klosterfrauen wird der lange, dürre Ferencs ein bißchen aufgepäppelt.

In der Klinik geht es drunter und drüber. Vorstände werden abgesetzt, haufenweise aus der Wehrmacht entlassene Ärzte suchen Arbeit. Der Professor an der Chirurgie wirft ihm eine Pistole zu, weil ein Chirurg für den Fall, daß ihm ein unverzeihlicher Fehler passiert, eine Pistole braucht.

Ferencs hat kein Glück mit den Frauen. Es ist nicht die Zeit für Liebesgeschichten. Die Frauen schlafen mit dem, von dem sie etwas brauchen. Arbeit, Essen, Kleider, eine Wohnung. Die Männer brauchen eine, die ihre verrohten Soldatenhände aushält, über die Alpträume hilft und keine Ansprüche stellt.

Was weiß die Mami von diesem Ferencsleben? Sie hat mit sich selbst Elend genug. Sie hat in Zeiten wie diesen ein Geschäft zu führen, haust in einer halbverwüsteten Wohnung und trauert einem Sohn nach, der ihr als Studierter entfremdet ist.

*

FERENCS BEKLAGT die Eingleisigkeit, in der wir aufeinander zugehen.

„Was verheimlichst du mir, Elsa?"

Ich öffne die Truhe mit den beschriebenen Schnittbögen. Ferencs schaut auf die verschieden dicken und verschieden langen, mit bunten Stoffstreifen zusammengebundenen Rollen, mit Jahreszahlen versehen, mit Namen.

Ferencs liest. Er liest den ganzen Sonntag, von der Früh bis zum Abend. Er rührt sich nicht aus der Schneiderstube, fragt nicht, will nichts ausführlicher erzählt bekommen. Er rollt einen Bogen nach dem anderen aus, streift ihn glatt, legt ihn mit dem dazugehörigen Band umwickelt wieder zurück. Ich gehe schlafen. Ferencs legt sich nicht zu mir. In der Früh fährt er nach Innsbruck. Die Knöpfe seines Rocks hinterlassen auf meiner Brust ein Zeichen.

„Laß dich scheiden, Elsa. Ich habe Freunde bei den

Jesuiten. Sie haben mir versichert, mit der Sacra Rota läßt sich da etwas machen."

„Ich brauche keine Scheidung, keine Jesuiten und keine Sacra Rota. Ich warte auf Ansgar."

„Eher kommt einer aus Sibirien zurück oder es kommt der Messias, als ein Einsiedler aus der Sila."

„Dann warte ich auf den Messias, Ferencs."

Der letzte Vermerk auf dem Schnittbogen ist aus dem Jahr 1948.

Warten. Und Heimweh. Jahrelang Warten und Heimweh.

Daneben liegt die Sterbeurkunde des Ulrich Steinwald aus dem Comune di Paola, Provincia di Catanzaro.

„Ulrich Steinwald, nato il 7 maggio 1916, decesso il 7 agosto 1997."

„Es ist leichter, auf niemanden zu warten", sagt Olga.

Sie geht im Foyer des Bürgerheims hin und her. Im Staubmantel. Mit Hut. Die Tochter meldet den Besuch bei ihrer Mutter ab, der Sohn nicht einmal das. Olga setzt sich sehr gerade in den Sessel mir gegenüber, Handtasche im Schoß.

„Alt werden wir allein."

„Ja, Olga, wir träumen auch allein."

Zum historischen Hintergrund des Romans und zur Sprache von Helene Flöss

(einzelne Ausdrücke und Abkürzungen im Glossar, S 199)

Helene Flöss läßt ihren Roman „Schnittbögen" im Südtirol der dreißer und vierziger Jahren spielen, soweit es sich um Erlebnisse und um den Briefwechsel der beiden Erzählerinnen handelt. In einer großen Rückblende reicht die Geschichte in die zwanziger Jahre zurück, in denen Ulrich aufgewachsen ist.

Somit umspannt der zeitgeschichtliche Hintergrund jene drei Jahrzehnte, in denen Südtirol seine größten Umbrüche erlebt hat. Im November 1918 von italienischen Truppen besetzt, fiel der südliche Teil des alten österreichischen Kronlandes Tirol 1919 im Friedensvertrag von St. Germain gegen den erklärten Willen der Bevölkerung an Italien. Die dort bald darauf an die Macht gekommenen Faschisten sahen es als ihr Ziel an, das Alto Adige, wie sie die neue Provinz hießen, zu italianisieren. Die Mittel dazu waren: Verbot des deutschen Unterrichts in der Schule, Auflösung der traditionellen Strukturen in Politik, Verwaltung und Kultur, Einsetzung von italienischen Gemeindesekretären und Amtsbürgermeistern, Verbot vieler Formen des Brauchtums. Die Maßnahmen hatten keinen Erfolg, da sich die Tiroler ihre Kultur und Eigenständigkeit nicht nehmen ließen und viele Maßnahmen unterliefen. Berühmt wurde der geheim durchgeführte Deutschunterricht, für den später der Begriff „Katakombenschule" geprägt wurde.

Auch die massive Zuwanderung italienischer Industriearbeiter in die nach 1930 neu gegründeten Industriebetriebe konnte Südtirol keinen italienischen Charakter geben. 1939 schloß Mussolini deshalb mit Hitler, der auf die Rückgewinnung des „deutschen" Südtirol verzichtete, ein Abkommen zur Radikallösung der Südtirolfrage. Die Südtiroler sollten ins Reich bzw. in ein noch von Deutschland zu eroberndes Gebiet umgesiedelt werden. Möglichst viele Südtiroler sollten die deutsche Staatsbürgerschaft annehmen („für Deutschland optieren"), womit die Verpflichtung zur Auswanderung verbunden war. Wer sich für die Beibehaltung der italienischen Staatsbürgerschaft entschied, verlor sein Anrecht auf Schutz irgendwelcher Minderheitenrechte.

Von seiten NS-naher Gruppen und Organisationen begann darauf eine intensive Propaganda zugunsten einer Option für Deutschland und eine Verteufelung aller Befürworter des „Bleibens", die man als „Walsche" und Verräter am Volkstum verleumdete. Diese waren jedoch sicher, auch unter den neuen Umständen ihre Tiroler Identität behaupten zu können. Ins nationalsozialistische Deutschland wollten sie auf keinen Fall. Für

Deutschland zu optieren und sich schweren Herzens für eine Auswanderung zu entschließen, mußte andererseits auch nicht gleichbedeutend mit Sympathie für den Nationalsozialismus sein. Viele glaubten, wenn nur genügend Südtiroler ihre Bereitschaft zum Weggehen bekundeten, würde es wohl gar nicht dazu kommen. Zu wissen, was richtig ist, war schier unmöglich. Umso unnachgiebiger hielt man deshalb an einmal getroffenen Entscheidungen als einer Art Gewissens-, ja Glaubensfrage fest. Die Auseinandersetzung ging oft mitten durch Familien. Im übrigen konnten – welches Schicksal man immer wählte – starke wirtschaftliche Motive ausschlaggebend sein.
Schließlich stimmten rund 90 Prozent der Südtiroler für Deutschland. Die 1940 begonnene Umsiedlung kam jedoch wegen des Krieges ins Stocken und wurde später gänzlich eingestellt. „Nur" etwa 250.000 Südtiroler wanderten tatsächlich aus, davon kehrten etwa 70.000 nach 1945 wieder zurück.
Als nach dem Sturz Mussolinis die Deutsche Armee Südtirol im September 1943 besetzte, wurde die faschistische Verwaltungsorganisation beseitigt, Optanten-Organisationen und NS-Sympathisanten übernahmen im Land das Kommando. Politische Gegner wurden verfolgt, einige in deutsche Konzentrationslager geschickt. Wer für Deutschland optiert hatte, mußte nun wegen seiner deutschen Staatsbürgerschaft zum deutschen Militär einrücken. „Dableiber", die als italienische Staatsbürger dazu nicht verpflichtet hätten werden dürfen, mußten sich „freiwillig" melden oder wurden mit Gewalt zu den Waffen geholt.
Nach Kriegsende vereinte die Forderung nach dem Selbstbestimmungsrecht und die Ablehnung eines Verbleibs bei Italien die früheren Gegner, so daß es statt irgendwelcher Vergeltungsmaßnahmen zur Gründung der Südtiroler Volkspartei als „Sammelpartei" der deutschsprachigen Bevölkerung kam. Südtirol verblieb nach einem Diktat der Sieger bei Italien; mit Erreichung einer gewissen Autonomie im Pariser Abkommen von 1948 erreichte die SVP jedoch eines ihrer ersten Ziele.

Helene Flöss hat als 1954 Geborene diesen Zeitabschnitt der Südtiroler Geschichte nicht persönlich erlebt, viel allerdings aus den Erinnerungen von Verwandten erfahren. Zusätzlich hat sie für ihren Roman Zeitzeugen befragt, Zeitungen der Zeit studiert sowie Memoirenwerke, Chroniken und wissenschaftliche Literatur zum Thema zu Rate gezogen (siehe S. 202 f.). Für die Briefe von Matti hat Helene Flöss authentische Passagen aus Briefen eines Verwandten übernommen.

In ihrer Sprache bleibt Helene Flöss bewußt so nahe wie literarisch möglich an der Wirklichkeit und verwendet um der Authentizität willen häufig auch Dialektausdrücke oder dem Dialekt nahekommende Formulierungen. Vielfach ergibt sich die Bedeutung aus dem Sinnzusammenhang, aber selbst dort wurde – wie bei italienischen oder ladinischen Worten oder Sätzen – die genaue Übersetzung in das folgende Glossar aufgenommen.

Glossar

S. 7 *sindaco del Comune di Paola. Provincia di Catanzaro* – Der Bürgermeister der Gemeinde Paola. Provinz Catanzaro
Ma chi era costui? – Wer war denn der?
Chissá – Wer weiß?
Dopo la morte del fratello, l'altro santo ha continuato a vivere in questa brutta stalla – Nach dem Tod des Bruders hat der andere Heilige in diesem häßlichen Stall weitergelebt

9 *Avviamento* – dreijährige, kaufmännische Schule nach der Volksschule
Dolomiten – Name der führenden Südtiroler Tageszeitung

11 *Walsche* – von welsch = fremd, meist abwertend für „Italiener" verwendet. Auch *walsch (wallisch)* = italienisch
Badioten – Die in Ladinien (ladinisch Badia) lebende Bevölkerung. Auch pejorativ verwendet

13 *Umma* – (ladinisch.) Mutter
Dableiber – So wurden die Südtiroler genannt, die sich bei der Option 1939 für die Beibehaltung der italienischen Staatsbürgerschaft entschieden hatten (deshalb von den Befürwortern der Option für Deutschland auch „Walsche" genannt) und damit für den Verbleib in ihrer Heimat. Die für die Deutsche Staatsbürgerschaft optiert hatten, nannte man Optanten oder Geher.

14 *Model* – Gußform (für Wachs, Lebkuchen etc.)
AdO – Arbeitsgemeinschaft der Optanten für Deutschland

15 *Buona notte, walscher Totte. Buona sera, walscher Plärra* – Gute Nacht, walscher Dickbauch. Guten Abend, walscher Plärrer

17 *wallisch* – siehe Walsche und walsch (S. 11)

18 *Befanafeiern* – siehe Befana (S. 19)
Fasci und Squadristi – Faschisten und faschistische Staffel

19 *Buona Befana* – Gute Befana! Befana = Feiertag am 6. Jänner, Fest der Erscheinung des Herrn (Dreikönig). Die Befana ist eine gute Hexe, die durch den Rauchfang kommt und den Kindern Geschenke in den Strumpf steckt.
Spiega tu! – Erkläre du!
Che cosa avete nella vostra zucca? Patate e crauti? – Was habt ihr in eurem Kürbis (= Kopf)? Erdäpfel und Kraut?

20 *Era Fascista* – Faschistisches Zeitalter (Zählung beginnt 1922 mit dem Jahr 1)

24 *Vittoria ad Occidente, La quinta colonna* – „Sieg im Westen", „Die fünfte Kolonne"

Na vertora – Eine Ausrede

Tota – Patin

24 *Chiló diji ...* – Ladinisch geschriebene Passage, um die Zensur zu umgehen. Übersetzung: Hier sagen sie, daß die Engländer kommen werden und die Wälder und Felder anzünden, sobald alles schön dürr ist, dann haben wir im nächsten Jahr nichts mehr zu essen. Ich bin froh, daß Du an einem sicheren Ort bist.

s'un ji – Auswandern

25 *Piccole italiane* – Mädchenorganisation der Faschisten

Balilla – Bubenorganisation der Faschisten

GIL – Gioventù Italiana del Littorio = Verband faschistischer Jugendorganisationen

27 *Municipio* – Gemeindeamt

Cassa Rurale – Bank, Sparkasse für die Bauern, Raiffeisenkasse

28 *Bricke* – (pusterisch) harte Brotbrocken

Struzn – (pusterisch) Brotlaib

29 *Schwedenreiter* – Vorrichtung zum Trocknen des geschnittenen Grases

30 *Spekulierer* – Brille

33 *Che me ne faccio di un coniglio?* – Was soll ich mit einem Hasen?

34 *Pfoat* – Hemd

35 *Loam* – Lehmofen

37 *Harpfe* – meterhohes Holzgerüst zum Trocknen der Korngarben

38 *Schmalzmaislan* – typisches Ahrntaler Schmalzgebäck

Holzstötzl – kleiner hölzerner Bottich

Dunkakrapfen – von tunken, in Schmalz getauchte kleine Krapfen

Göre – Muttertier bei den Schafen

43 *Stallknospen* (auch *-kospen*) – Stallschuhe

Killpole – Jungtier

44 *Lottermandl* – Bettler, auch: heruntergekommene Person

45 *Marende* – Jause

55 *Che brutto paese, frate!* – Was für ein häßliches Land, Bruder!

57 *Hoamatl* – (von Heimat) der im Familienbesitz befindliche Hof, Vaterhaus

59 *Ombretta* – wörtlich: kleiner Schatten, in Italien übliche Bezeichnung für ein Gläschen Wein nach dem Essen

63 *generi alimentari* – Lebensmittel

SOD – von den Optanten eingerichteter „Südtiroler Ordnungsdienst"

65 *Non sei felice.* – Du bist nicht glücklich.

Non so. – Ich weiß nicht.

Ti posso accompagnare? – Darf ich dich begleiten?
66 *Stella mia!* – Mein Stern!
Vitztum – Eintopf (dicke Bohnen- und Gemüsesuppe)
68 *È un atteggiamento da bambini ... verrebbe con me in Italia?* – Das ist ein kindisches Verhalten (oder: So verhalten sich Kinder) ... Würden Sie mit mir nach Italien kommen?
74 *Chiló éle ...* – Hier sind viele Juden, und die anderen sind gefangengenommen. Sonst sieht man niemanden.
y püch da fá – und wenig zu tun
chiló sön plaza ... – hier auf dem Platz vier Männer aufgehängt, welch ein Schrecken, sie zu sehen! Sie haben auf unsere Wachen geschossen. Drei sind umgekommen. Wie sie den ersten getroffen haben, haben sie noch dazu behauptet, sie würden siegen. Am Nachmittag haben wir ein Bad genommen, damit wir keine Läuse kriegen. Ich darf nicht sagen, wo ich bin, jedenfalls noch ziemlich weit weg vom „Hirn". Meine Karre ist schon wieder kaputt, deshalb komme ich nicht weiter. (Zum Glück!) Wir haben nichts einzufüllen, nicht einmal Öl. Ich hätte Dir schon viel zu sagen, aber ich darf nicht. Mit Zahlen zeige ich Dir an, wo ich bin, den Namen der Stadt, es sind 12 Ziffern (Buchstaben).
Al é bele ... – Es ist bereits sieben Uhr am Abend und wir haben den ganzen Tag nichts Warmes zu essen bekommen. Entweder sind sie nicht imstande, uns mit Nachschub zu versorgen oder es fehlt ihnen der Stoff für die Autos.
74/75 *dër dî chiló ...* – nicht lange hier zu sein, denn sobald es kalt wird, können wir nichts mehr machen. Ich habe mich über nichts zu beklagen. Wir haben eine schön warme Stube.
75 *Figli della Lupa* – Söhne der Wölfin (Untergruppe der faschistischen Jugendorganisation)
Avanguardisti e Muschettieri – Avantgardisten und Musketiere (Untergruppen der faschistischen Jugendorganisation)
Dopolavoro – Freizeitlokal (hier der Eisenbahner)
76 *L' uomo del Niger, Cortocircuito, Leggenda azzurra, Solitudine* – „Der Mann vom Niger", „Kurzschluß", „Blaue Legende", „Einsamkeit"
77 *capusta* – Kohlkopf
ai i á proibi ... – sie haben dem Kuraten verboten, die Messe zu lesen. Die Leute sind darüber recht unzufrieden.
Ara ne gnará ... – Es wird wohl nicht so kommen wie im 18er Jahr. Wir fangen dann halt einmal mit dieser Sache an. Sie beginnt mit G und endet mit S. Man redet von allem Möglichen.
79 *Schlenggltag* – 5. Februar, der Tag, an dem die Dienstboten ihren Arbeitsplatz gewechselt haben.
Lichtmessen – 2. Februar, Maria Lichtmeß

82 *Ci tof!* – Was für ein Gestank!

86 *Podestá und compagnia bella* – der Bürgermeister und die ganze schöne Gesellschaft

93 *Himmlatzn* – Wetterleuchten

95 *Littorina* – elektrisch betriebene Eisenbahn

96 *Schüpp(e)l* – Haufen, Menge

99 *La politica stá nella pentola.* – Die Politik entscheidet sich im Topf. (Im Sinne von: Liebe geht durch den Magen.)
Por ladin ... – Auf ladinisch, bei Alexander und noch ein ow.
Nager und *Muskateller* – Pfirsichsorten

100 *L'orrizzonte dipinto, Piccolo alpino* – „Farbiger Horizont", „Kleiner Alpino"
Facetta nera – Faschistisches Kriegslied (Abessinienlied)

101 *gegrattelt* – von gratteln = karren

103 *Nähn* – Großvater

104 *Klöckeln* – wörtl. klopfen, anklopfen, in Tirol weit verbreiteter Brauch der Vorweihnachtszeit (Darstellung der Herbergsuche von Maria und Josef, verbunden mit bzw überlagert von vorchristlichem Perchtenbrauchtum = Vertreiben böser Geister)

106 *Il fanciullo del West* – „Der Junge aus dem Westen"
Knospen – Stallschuhe (vgl. S. 43)

107 *Cazü* – Löffel (der Hofname heißt also soviel wie Löffelbauer)

109 *GUF* – Gruppo Universitario Fascista = Faschistischer Studentenverband
Tessera dell' anno XXI – Ausweis für das 21. Jahr (nach faschistischer Zählung)

110 *Hecken* – Osterbrauch des Eier-Gegeneinanderschlagens (andernorts „Pecken" oder so ähnlich genannt)
La donna del peccato – „Die sündhafte Frau"

115 *Leaslbuabm* – zur Musterung antretende Jungmänner

116 *Dopo fatto non c'è piú consiglio* – Nach der Tat ist jeder Rat überflüssig.

117 *Plenten* – Polenta

118 *herrisch* – wie die Herrschaften, allgemein: nach Art der Städter
Bäurisches – zu ergänzen: Gewand, also: Bauerntracht

119 *Nohterin* – Schneiderin
Muggn – wörtlich: Mücken, hier: Spione, lästige Aufpasser

120 *Ziggl* – Ziehbrunnen

121 *Edelweiß* – Name einer Zeitung

122 *Poppele* – Kleinkind, auch Ungeborenes

127 *Dov'è la licenza?* – Wo ist die Lizenz?

128 *Povera bambina ... manine cosí bianche* – Armes Kind ... (mit diesen) weißen Händchen
Brutta gente i todeschi! – Ein häßliches Volk, diese Deutschen!

134 *Hascherle* – armes Wesen
138 *Carissima ... mi manchi tanto* – Liebste ... Du fehlst mir sehr.
Condanno il momento nel quale ho deciso di diventare medico – Ich verfluche den Augenblick, in dem ich beschlossen habe, Arzt zu werden.
Ti aspetto con le braccia aperte – Ich erwarte Dich mit offenen Armen.
Domenico, con il piú grande affetto – Domenico, in tiefster Zuneigung
151 *Tuta* – Montur, hier: Sträflingskleidung
Arrivano le Tirolesi! ... Pregate, donne! – Die Tirolerinnen kommen! ... Betet, Frauen!
Bella ciao – Partisanenlied
152 *Viva la resistenza!* – Es lebe der Widerstand!
Ma tu chi sei – Wer bist denn du eigentlich?
156 *licht werden* – schütter, hell (weil halbleer) werden
168 *Lezzn Sinn* – Gedrücktes Gemüt, schlechte Stimmung
172 *Ofenbrücke* – hölzener Überbau von Lehm- und Kachelöfen, auch als Schlafstelle verwendet
176 *tölderisch reden* – im Taldialekt reden
179 *Prendiamo tutto ... é molto benfatto* – Wir nehmen alles ... es ist sehr gute Arbeit.
180 *Frati santi* – heilige Brüder
Sono cosí poveri e cosí gioiosi – Sie sind so arm und so fröhlich.
Fratelli e sorelle – Brüder und Schwestern
181 *Tesoro mio ... Unica consolazione mia* – Mein Schatz ... Mein einziger Trost
183 *Baciati dai mari* – Von den Meeren geküßt
Cosa vuoi sapere? – Was willst du wissen?
Cara mia – Meine Liebe
Bambina mia – Meine Kleine
184 *Ciellini* – Mitglieder des CLN = Comitato di Liberazione Nazionale = Nationales Befreiungskomittee.
Sono e rimango cittadino ... – Ich bin und bleibe ein italienischer Staatsbürger, der deutsch redet, deutsch singt, der in der Musikkapelle spielt, deutsch tanzt, sich deutsch kleidet und deutsch feiert. Punkt und Schluß.
190 *Pofl* – dritter Grasschnitt, im übertragenen Sinn: mindere Qualität, vor allem für „minderes Volk“ verwendet
195 *Nato il 7 maggio 1916, decesso il 7 agosto 1997* – Geboren am 7. Mai 1916, gestorben am 7. August 1997

Kleine Auswahl an Literatur zur Situation Südtirols von 1920 bis 1950

Helmut Alexander, Stefan Lechner, Adolf Leidlmair:
HEIMATLOS. Die Umsiedlung der Südtiroler. Herausgegeben vom Tiroler Landesinstitut (Innsbruck und Bozen). Deuticke-Verlag, Wien, 1993

Klaus Eisterer/Rolf Steininger:
DIE OPTION. Südtirol zwischen Faschismus und Nationalsozialismus. Innsbrucker Forschungen zur Zeitgeschichte-Band 5. Haymon-Verlag, Innsbruck, 1989

Claus Gatterer:
SCHÖNE WELT, BÖSE LEUT. Kindheit in Südtirol. Europaverlag, Wien-Zürich, 1989[2]

Reinhard Johler, Ludwig Paulmichl, Barbara Plankensteiner (Hg.):
SÜDTIROL IM AUGE DES ETHNOGRAPHEN. Edition Per Procura/Supplement des Prokurist, Wien/Lana, 1991

Karl Prossliner:
SPRECHEN ÜBER SÜDTIROL. Zeugen eines Jahrhunderts. Beiheft zur gleichnamigen Videoband-Edition. Folio-Verlag /RAI, Wien/Bozen, 1996.

Leopold Steurer, Martha Verdorfer, Walter Pichler:
VERFOLGT, VERFEMT, VERGESSEN. Lebensgeschichtliche Erinnerungen an den Widerstand gegen Nationalsozialismus und Krieg in Südtirol 1943-1945. Edition sturzflüge, Bozen, April 1993.

Martha Verdorfer:
ZWEIERLEI FASCHISMUS. Alltagserfahrungen in Südtirol 1918-1945. Österreichische Texte zur Gesellschaftskritik Bd. 47. Verlag für Gesellschaftskritik, Wien, 1990

Friedl Volgger:
MIT SÜDTIROL AM SCHEIDEWEG. Erlebte Geschichte. Haymon-Verlag, Innsbruck, 1984[3]

OPTION-HEIMAT-OPZIONI.
Eine Geschichte Südtirols – Una storia dell'Alto Adige. Ausstellungskatalog. Tiroler Geschichtsverein, Bozen, 1989.

I Frati Cappuccini.
Documenti e Testimonianze del Primo Secolo. Edizione Frate Indovino, Roma, 1998

Der Ahrntaler.
Historischer Kalender 1995. Öffentliche Bibliothek Ahrntal.

Der Ahrntaler.
Bräuche im Kalender 1998. Öffentliche Bibliothek Ahrntal.

Außerdem verschiedene Beiträge in:

Geschichte und Region / Storia e regione. 3. Jahrgang - anno III, Bozen 1994

Jahrbuch der Arbeitsgemeinschaft Regionalgeschichte, Bozen. Annuario del Gruppo di ricerca per la storia regionale, Bolzano. Folio-Verlag, Bozen/Wien, Bände ab 1994.

Weitere Bücher von Helene Flöss
im Haymon-Verlag

Nasses Gras

Erzählungen (vergriffen)

Spurensuche

Erzählungen

12,5 x 20,5 cm, 160 Seiten, broschiert

Psychogramme verschiedener Beziehungen, geprägt von Abhängigkeit, Entfremdung, Rivalität.

„Zarte, aber niemals bloß ätherisch-versponnene Gebilde, die den Leser einfangen. In ihnen steckt auch ein gutes Stück subversiver Widerstand." *(ORF Ex libris)*

Briefschaften

Roman

(zusammen mit Walter Schlorhaufer)

13 x 21 cm, 256 Seiten, gebunden

Im Mittelpunkt dieser in Briefform erzählten Geschichte stehen die mit einem gefühlskalten Mann verheiratete Magdalena Samter und der einsame, von der Liebe enttäuschte Rupert Findling. Findling erinnert die um vieles jüngere Magdalena an ihren früh verstorbenen Vater und es entwickelt sich eine eigenartige Beziehung zwischen Freundschaft und Liebschaft.

„Bereits nach einigen Seiten ist man von dieser poetischen und schrittweisen Suche nach dem Du fasziniert."
(Tiroler Tageszeitung)

„Es zieht sich durch den Text eine eigentümliche Spannung zwischen Abgrenzung und Verweigerung, zwischen Nähe und Ferne, Geborgenheit und Verlorensein." *(Orientierung)*

Und zuletzt:

Dürre Jahre
Erzählung
In zweiter Auflage.
13 x 21 cm, 80 Seiten, gebunden

Helene Flöss stellt sich dem aktuellen Thema Magersucht ohne Sensationslust, subtil und mit rein literarischen Mitteln: Knappe Sätze und Dialoge umreißen Stimmungen und innere Vorgänge der Protagonistin, schildern das Verhalten von Verwandten, Freunden, der Umwelt.
Man erfährt vom Beginn und vom Verlauf der Krankheit, von Hoffnungen und Enttäuschungen, bis der schwierige Weg zur Heilung gefunden scheint.

„Flöss kreist die Krankheit in einem Stakkato feinbitterer Wahrnehmungssplitter ein, an dessen Ende sich dann ganz zaghaft Heilung auftut." *(Maria Renhardt, Der Standard)*

„Vielleicht weiß die Literatur tatsächlich mehr als die Psychologie. Die Autorin vertraut darauf und hat für ein Stück verloren geglaubte Lebenszeit eine Sprache gefunden, die etwas Seltenes erreicht: Was und Wie des Erzählten stimmen überein." *(Margit Oberhammer, Dolomiten)*

„Emotionslos folgt Wort auf Wort, eine brutale Abfolge atemloser Sätze." *(Susanne Schaber, ORF Ex libris)*

„In einem konzentrierten Prosastück führt Flöss die Innen- und Außenwelt ihrer Protagonistin Dali mit suggestiver Stärke vor. (...) Ein Raum stellt sich her, in dem sich alles auf den Körper und dessen Mindestgewicht konzentriert, in welchem die Zwänge jede Handlung leiten und die Isolation übermächtig wird. (...) Von diesem Text geht ein beklemmender Sog aus, dem man sich nicht rasch entziehen kann." *(Beatrix Eichmann-Leuchtenegger, Der kleine Bund)*